COLLECTION A UN FRANC LE VOLUME.
1 FR. 25 CENT. POUR LES PAYS ÉTRANGERS.

XAVIER DE MONTEPIN.

LES CHEVALIERS

DU LANSQUENET

PREMIÈRE SÉRIE,

LE LOUP ET L'AGNEAU.

PARIS
ALEXANDRE CADOT, ÉDITEUR,
57, RUE SERPENTE, 57.

1857

LES

CHEVALIERS DU LANSQUENET.

Y²

XAVIER DE MONTEPIN.

LES CHEVALIERS

DU LANSQUENET

PREMIÈRE SÉRIE.

LE LOUP ET L'AGNEAU.

PARIS

ALEXANDRE CADOT, ÉDITEUR,

37, RUE SERPENTE, 37.

1857

LES

CHEVALIERS DU LANSQUENET.

PROLOGUE.

LE CONSEIL DES DOUZE.

I

Le bilan.

Si par un hasard quelconque, le trente novembre de
l'an de grâce mil huit cent quarante-quatre, vous étiez
entré dans un appartement situé au troisième étage de
l'une des plus jolies maisons de la rue de Provence, vous
auriez été frappé de certains préparatifs, qui n'eussent
pas manqué, nous en sommes sûrs, d'exciter votre curiosité au plus haut point.

Figurez-vous d'abord, à la suite d'une antichambre assez élégante, un salon de dimension ordinaire, tendu en étoffe perse à dessins rose vif, sur un fond gris-perle lustré et doux à l'œil.

Un tapis blanc à rosaces cramoisies couvrait le parquet ; — des encoignures en palissandre, de formes diverses et gracieuses, supportaient de coûteuses nullités; — mille luxueuses babioles se montraient çà et là, et semblaient indiquer que l'hôte de ce coquet séjour était une femme, jeune sans doute et probablement jolie. — Nous pourrions ajouter d'autres détails caractéristiques, mais nous nous bornerons à dire que la pendule en porcelaine, façon Vieux-Sèvres, marquait neuf heures, qu'un grand feu pétillait dans une cheminée de marbre blanc, sur la tablette de laquelle brûlaient dans des candelabres, en porcelaine comme la pendule, huit bougies évidemment allumées depuis peu d'instants. — Du reste, ce salon était complétement inhabité.

Jusque là, rien de plus simple : ce qui l'était moins, c'était la disposition de certains meubles. Ainsi le piano de palissandre, chargé de cahiers de musique, avait été relégué dans un des angles de l'appartement. — A la place qu'il occupait ordinairement on voyait un bureau à cylindre derrière lequel trois siéges étaient rangés sur la même ligne. — Sur ce bureau il y avait deux bougies, du papier, des plumes, une sonnette d'argent, un sucrier, une carafe, un verre à pied, le tout en cristal, et enfin un paquet de cigares. — Autour du bureau et formant un demi cercle, neuf chaises vides attendaient.

S'agissait-il d'une assemblée de conspirateurs, ou d'une de ces innocentes soirées où d'inoffensifs bas-bleus débitent à tour de rôle leurs inspirations saugrenues et incomprises, et se livrent à *huis-clos* à de petites inspirations incolores et sentimentales? — c'est ce que nous saurons dans un moment.

Quelques minutes après neuf heures, la porte du salon s'ouvrit et donna passage à une jeune femme vêtue d'une robe montante en gros de Naples couleur carmélite. — Cette femme, qui paraissait avoir vingt-sept ou vingt-huit ans, n'en avait en réalité que vingt-quatre. — Ses traits étaient irréguliers, mais gracieux et expressifs, sa taille ne manquait pas de souplesse, malgré une disposition marquée à un embonpoint précoce. Somme toute, l'ensemble de cette femme était agréable, et pour en donner une idée plus complète, nous ajouterons que ses yeux étaient vifs et spirituels, et que ses magnifiques cheveux châtains empruntaient un charme de plus d'une torsade et de nœuds en velours rouge, mêlés à leurs tresses et à leurs bandeaux.

A peine entrée dans son salon, cette personne sonna sa femme de chambre, et lui donnant une lettre à porter dans un quartier éloigné, elle lui dit qu'elle l'autorisait à ne rentrer qu'à onze heures et demie ou minuit. — La soubrette enchantée ne se fit pas répéter cet ordre, et la maîtresse du logis restée seule se jeta dans un vaste fauteuil placé au coin du feu, les yeux fixés sur la pendule, l'air rêveur et préoccupé, et battant distraitement du bout du pied la mesure précipitée d'une polka à la mode.

A neuf heures et demie précises un coup de sonnette se fit entendre, mais si faiblement que c'est à peine si le timbre heurta deux fois les parois de la clochette. — La jeune femme tressaillit et se leva en sursaut, puis elle ouvrit sans bruit la porte qui donnait dans l'antichambre, et elle attendit.

Moins d'une minute après, trois coups frappés à intervalles égaux contre le bois de la porte retentirent doucement. — La jeune femme, alors, traversa rapidement l'antichambre, fit jouer la serrure et introduisit deux hommes, qui, après avoir serré cordialement sa main, se débarrassèrent de leurs paletots et entrèrent dans le salon : la jeune femme resta dans l'antichambre.

Au bout d'un instant les trois coups maçonniques retentirent de nouveau, annonçant l'arrivée d'autres visiteurs auxquels la porte fut ouverte sur-le-champ. — Six fois de suite, et à peu de distance les uns des autres, se présentèrent deux par deux les hôtes attendus, et quand la jolie introductrice en eut compté douze, elle fit tourner deux fois la clef dans la serrure de manière à fermer la porte de l'antichambre à double tour, puis elle regagna le salon, dans lequel flottait déjà une vapeur blanche et légère produite par la fumée des cigares de la Havane.

Un vivat douze fois répété accueillit l'entrée de la jeune femme, qui répondit par des sourires agaçants aux galanteries de haut goût dont elle fut à l'instant même assaillie, et prit sur la cheminée un éventail, afin d'être en mesure de réprimer par une manœuvre toute espagnole, les entreprises peu discrètes des mains hardies qui seraient tentées de s'émanciper autour de sa taille.

Nous pensons que le moment est venu de donner quelques renseignements préliminaires sur les douze invités de la jolie inconnue.

Ils représentaient tous les âges, depuis vingt jusqu'à soixante ans, et offraient les physionomies caractéristiques des différents peuples de l'Europe. — Les types français, anglais et russes dominaient cependant. — Tous étaient mis avec une recherche qui, sans être précisément celle de la bonne compagnie, ne manquait néanmoins pas d'une certaine distinction.

De ces hommes, trois étaient particulièrement dignes d'être remarqués, et c'est de ceux-là que nous nous occuperons d'abord.

Le premier, qui paraissait être le doyen de l'assemblée, avait, malgré ses soixante ans et ses cheveux argentés, l'œil vif et le regard perçant d'un aigle. — Sa physionomie calme, ses traits réguliers, ses mains effilées et ses pieds mignons, son attitude et son costume, respiraient la parfaite distinction d'un gentilhomme de vieille race. — Il portait à sa boutonnière les ordres de *Saint-Louis*, *de Lucques*, du *Christ de Portugal*, de *l'Éperon d'or de Rome*, de *Sainte-Isabelle d'Espagne* et de *Saint-Wladimir de Russie*. — Il se nommait le baron Stanislas-Aymeric Croisé de la Croisette.

Le second pouvait avoir de trente à trente-deux ans. — Il était de haute taille, de figure mâle, tournure militaire, et portait à la boutonnière de son habit coupé à la dernière mode, le ruban de la Légion-d'Honneur : — il s'appelait le comte Georges d'Entragues.

Quant au troisième, lord William Stloobomby, c'était un tout jeune homme de vingt-cinq ans au plus, blond, rose et blanc comme une figure de Greuze. — Il avait l'air flegmatique et calme d'un insulaire *pur sang*, l'œil candide et doux, le regard honnête et même quelque peu étonné.

Les neuf autres, jeunes ou vieux, beaux ou laids, portaient presque tous un nom sonore, un titre, et au revers de l'habit un morceau de ruban d'une couleur quelconque.

Et si vous voulez savoir aussi, comment se nommait la jeune dame chez laquelle étaient réunis ces *gentilshommes et gentlemen*, nous vous dirons qu'elle était connue dans un certain monde sous le pseudonyme poétique de Lucrezia de santa Mira, mais qu'on la désignait plus généralement par le sobriquet de *Mirabelle* : — pour en finir avec elle, nous vous apprendrons encore qu'elle exerçait la profession de *lorette*, d'une manière très-remarquable et très-appréciée des véritables connaisseurs.

Pendant quelques instants la réunion fut bruyante,

comme cela arrive toujours quand des hommes viennent de se rassembler; — mais le baron Croisé de la Croisette, qui rôdait depuis son arrivée autour du bureau, prit la sonnette d'argent, la secoua légèrement par un geste plein de grâce, et dit d'une voix à la fois douce et sonore :

— Chevaliers du lansquenet, à vos places!

A ces mots, et comme par enchantement, le silence le plus profond succéda aux éclats de voix et vint mettre un terme subit aux conversations commencées. — Le comte d'Entragues et lord Stloobomby se placèrent à droite et à gauche du baron de la Croisette, qui occupait le fauteuil de la présidence, les autres personnages s'établirent sur les siéges rangés en demi cercle autour du bureau, et Mirabelle se réinstalla dans sa chauffeuse au coin de la cheminée.

— Messieurs, — dit le baron en saluant son auditoire de la façon la plus noble et la plus courtoise, — depuis près de deux ans que j'ai l'honneur de présider l'assemblée générale de l'ordre, c'est toujours pour mon cœur un moment d'émotion profonde que celui où je vous vois tous réunis autour de moi : ce sentiment, vous le partagez, j'en suis sûr.

— Oui! oui! oui! — s'écrièrent toutes les voix avec un ensemble que nous souhaitons à la nouvelle direction de l'Académie royale de musique.

— Vous ajoutez encore à cette émotion plus que je ne saurais dire, — reprit le baron en posant sa main sur sa poitrine ornée d'un flamboyant jabot... — souffrez que je me remette.

Et il avala un demi verre d'eau sucrée, puis il reprit d'une voix plus ferme :

— Depuis près de deux ans, investi par vous de fonctions délicates et sacrées, je m'en suis acquitté, je l'espère, avec la droiture et la fidélité qui me caractérisent...

— Oui! oui! oui! reprirent les voix.

— Grâce à mes soins, Messieurs, et surtout à votre activité intelligente, continua le baron, notre association est dans un état florissant. — Le bilan de chaque mois nous a donné des résultats magnifiques jusqu'à présent, et je me flatte que le bilan de ce mois-ci n'en offrira pas d'inférieurs...

Ici l'orateur fut interrompu par de nouvelles et nombreuses marques d'approbation.

— Nous allons donc, — continua le baron Croisé de la Croisette, — procéder à l'encaissement des valeurs, puis à la répartition des fonds destinés à être partagés; ensuite nous discuterons les améliorations à introduire dans notre société, si admirablement organisée déjà. — Mylord Stloobomby, voulez-vous bien vous donner la peine de prendre note, en votre qualité de secrétaire-général de la société, des sommes que M. le comte d'Entragues encaissera.

Lord Stloobomby fit un geste d'assentiment, et prépara une immense feuille de papier, en tête de laquelle se lisaient en gros caractères, ces deux mots sacramentels et quelquefois terribles :

DOIT — AVOIR

— Je vais maintenant, — reprit le baron, — procéder à l'appel nominal des chevaliers par ordre alphabétique. Je commence :

— Comte Abel ?

— Présent.

— Qu'apportez-vous à la communauté, fin de ce présent mois de novembre 1844?

— Deux mille cent vingt francs.

— Remettez-les, je vous prie, au caissier.

Deux billets de banque de mille francs et six napoléons

furent déposés sur le bureau, puis l'appel nominal recommença.

— Chevalier d'Astré.

— Présent.

— Combien ?

— Deux mille deux cents francs.

— Marquis de Borgues, combien?

— Quatre mille francs.

Un frémissement joyeux parcourut toute l'assistance quand elle entendit proclamer ce résultat superbe.

— Sir Babibernet ?

— Quinze cents francs de déficit : j'ai rencontré une contre-mine.

Sensation douloureuse et générale.

— Vous aurez à vous expliquer plus clairement sur ce fait, tout à l'heure, sir Babibernet. Continuons : — Comte d'Entragues?

— Trois mille francs.

— Prince Krakopoulof?

— Quarante louis.

— Comte Antonio Miso ?

— Douze cents francs.

— Sir Nasomby ?

— Deux mille francs de déficit.

Signes non équivoques de mécontentement, auxquels se joignent quelques imprécations peu parlementaires.

Le baron agita sa sonnette et dit :

— Nous règlerons ce compte tout à l'heure. A votre tour maintenant, baron Peregode?

— Onze cent quarante francs. J'avais espéré mieux, mais j'ai reperdu.

— Vicomte de Sanluces?

— Soixante et dix louis.

— Mylord Stloobomby ?

— Deux mille francs.

— Enfin, moi-même, Messieurs, je joins à ces diverses sommes six mille francs pour ma part.

Enthousiasme universel ; plusieurs vivats se font entendre.

Après avoir salué modestement l'assistance à plusieurs reprises, le baron Croisé de la Croisette reprit :

— Lord Stloobomby voudra-t-il bien faire son addition, et nous dire le total des sommes que M. d'Entragues a encaissées ?

Vingt-trois mille huit cent soixante francs, dont il faut défalquer trois mille cinq cents francs perdus par les très-honorables sirs Babibernet et Nasomby ; reste donc net, vingt mille trois cent soixante francs.

— J'ai la douleur, Messieurs, d'avoir à vous faire observer, dit le baron de la Croisette, — qu'il y a une notable décroissance dans nos recettes de ce mois. — Quel était, je vous prie, Monsieur le secrétaire général, le chiffre du mois dernier ?

— Trente mille quatre cent vingt.

— C'est effrayant ! — sir Babibernet, la société vous cite à sa barre pour que vous ayez à vous expliquer immédiatement sur les quinze cents francs appartenant à l'association des Chevaliers du lansquenet, et naufragés entre vos mains. — Sir Nasomby, vous vous justifierez ensuite relativement aux deux mille francs également perdus par vous. — Sir Babibernet, la société vous écoute.

— Messieurs, — dit Babibernet, — en se posant avec dignité en face du bureau, je déplore plus que qui que ce soit d'entre vous le malheur qui m'est arrivé, et dont je vous reconnais le droit de me demander compte. — Voici les faits : à la séance du mois dernier, j'eus l'honneur de vous soumettre trois invitations que je m'étais procurées pour des maisons riches et honorables, dans lesquelles un homme bien posé dans le monde devait me présenter. — Je demandai à la société une mise de fonds de quinze cents francs, convaincu qu'entre mes mains cet argent ne manquerait pas de se quadrupler. — Effectivement, dans les deux premières maisons, le succès avait dépassé mes espérances, mais la fatalité voulut que dans la troisième mon bonheur vînt échouer. — Un valet de chambre, gagné par moi à prix d'or, m'avait promis d'intercaler dans les cartes du lansquenet un jeu préparé par moi. Il le fit en effet; mais soit maladresse, soit méchanceté, il intervertit l'ordre de ces cartes, et lorsque me croyant sûr de mon affaire je reprenais hardiment une main déjà arrivée au chiffre de six mille francs, la carte attendue fut remplacée par une autre, *et le banquo* de mon adversaire emporta ma mise de fonds, mon gain et mes belles espérances!... Je fus malheureux, je ne fus pas coupable, et je me confie sans crainte à la justice des chevaliers de l'ordre, représentés par le bureau.

— Et vous, sir Nasomby, qu'avez-vous à dire pour votre justification ? — demanda le baron de la Croisette après avoir accueilli par un signe approbateur le récit de Babibernet.

— Mon histoire diffère très-peu de celle de mon prédécesseur à cette barre, et je m'en remets comme lui à la justice du bureau.

Le président, le secrétaire et le caissier s'entretinrent pendant quelques instants à voix basse, puis le premier annonça que le bureau interprétant l'indulgence de l'assemblée, accordait un bill d'indemnité aux deux prévenus.

— Maintenant, — continua le baron, — nous avons à faire la répartition de vingt mille trois cent soixante francs, produit net des recettes du mois écoulé. — Nous prélèverons d'abord quatre mille huit cent soixante francs, qui entreront dans la caisse de l'ordre, conformément à nos statuts. — Nous prierons ensuite Mme Lucrezia de Santa Mira d'accepter ce billet de cinq cents francs pour l'indemniser de ses frais de réception, et la dédommager du dérangement que nous lui causons tous les mois une fois. — Il nous reste donc une somme de quinze mille francs à partager entre douze, ce qui fait douze cent cinquante francs pour chacun. — Monsieur d'Entragues, veuillez, je vous prie, remettre ce dividende à chaque associé.

Quand cette opération fut terminée, le baron s'adressa de nouveau au secrétaire général.

— Mylord, — demanda-t-il, — quelle est en ce moment la situation de la caisse sociale?

— Elle présente un actif de soixante-quatre mille deux cent quarante francs.

— Et son passif?

— Elle n'en a pas.

— Veuillez, en conséquence, Messieurs, — reprit toujours le baron, — prendre la peine de signer ce bilan qui se résume par un actif de soixante-quatre mille deux cent quarante francs, et un passif nul. Il est, je crois, peu de sociétés commerciales dont les fins de mois soient aussi florissantes.

Les chevaliers signèrent.

— Maintenant, Messieurs, avant de clore la séance, nous allons discuter quelques points de nos statuts qui peuvent devenir pour notre ordre des questions de vie ou de mort.

— Je demande la parole, — dit le comte d'Entragues.

II

Un dictateur.

— La parole est à M. le comte |d'Entragues, — avait répondu le baron Croisé de la Croisette.

Georges se leva aussitôt, quitta le bureau derrière lequel il était assis depuis le commencement de la séance, puis il traversa le salon en se dirigeant vers la cheminée dans laquelle il jeta le cigare qu'il tenait encore entre ses lèvres, et ayant tourné le dos à la glace et adressé un imperceptible sourire à Mirabelle, il prit cette attitude si connue, de l'homme qui se dispose à parler sérieusement.

Tous les auditeurs avaient changé de position, et maintenant, debout, faisaient cercle autour du comte.

— L'union fait la force, Messieurs, — dit celui-ci. — Cette vérité est vieille comme le monde, ce qui n'a pas empêché notre immortel La Fontaine de la remettre en lumière dans cette charmante fable où il nous montre un faisceau indestructible, composé de dards faciles à rompre séparément. — En nous réunissant, en centuplant nos

2

forces par l'association, nous avons sans doute fait une belle et utile chose ; mais en avons-nous tiré tout le parti possible ? Je ne le pense pas, et j'irai jusqu'à dire hardiment que nous manquons complétement notre but. — Qu'avons-nous en effet voulu, Messieurs ? Former une ligue contre la société qui n'a pas su nous apprécier, et ne veut pas comprendre qu'à nous, natures exceptionnelles et d'élite, il fallait des jouissances raffinées, et des monceaux d'or pour arriver à ces jouissances. — Trop richement doués pour demander au travail des moyens d'existence, sûrs d'ailleurs que le travail, quelque opiniâtre qu'il soit, ne nous donnerait ni ces recherches, ni ce luxe dont nous ne pouvons nous passer, nous nous sommes mis en lutte secrète avec la fortune, et nous avons voulu la forcer à nous sourire, à nous, plutôt qu'à cette foule d'imbéciles qui l'attendent, l'appellent, la caressent du regard, mais ne savent pas la saisir brusquement pour lui faire violence au besoin. — Cette résolution était noble et digne de nos intelligences, mais encore une fois, a-t-elle produit tout ce qu'elle peut produire, et pouvons-nous appeler un résultat, ce triomphe mensuel qui consiste à nous partager douze fois par an quelques malheureux billets de banque arrachés après des ruses de Mohicans et des combinaisons de Machiavel ? — Chaque jour nous jouons sur une carte notre honneur, jusqu'à présent intact aux yeux du monde, et chaque jour nous faisons à la poursuite de quelques napoléons un pas de plus vers les bancs de la police correctionnelle. — Risquons la police correctionnelle, la cour d'assises même s'il le faut, j'y souscris : *A vaincre sans péril on triomphe sans gloire !* Mais ne faisons pas à l'aventure une partie de dupes, et que de chaque côté l'enjeu vaille du moins la peine d'être risqué ! — Ce n'est pas que je vous propose la dissolution de notre société : loin de moi cette pensée impie ! Je crois à la solidité des bases de notre entreprise, je crois à ses résultats possibles ; mais ces résultats je les veux *grandioses !* — Pour Dieu ! Messieurs, puisqu'il faut que nous soyons des *grecs,* ne soyons pas du moins de ces *grecs* vulgaires, pauvres gueux qui n'ont jamais à leur disposition cinquante mille francs à jeter dans la gueule de la police pour l'empêcher d'aboyer. — Nous sommes tous gens de qualité, et nous devons ressusciter à Paris ce que furent autrefois à Londres les *gentilshommes de la nuit : Gentlemen of the nigth !* — Pour me résumer d'une façon plus énergique qu'élégante, je vous dirai : — Volons, Messieurs, mais ne *carottons* pas. — Qu'au lieu de ce bilan mesquin, qui nous donne tous les trente jours, vingt ou vingt-cinq mille francs à partager entre douze, nous ayons chaque mois une curée de cinq mille louis, et l'or, cette puissance sans égale et sans rivale possible, nous absoudra de tout !

Un silence qui n'était ni celui du blâme, ni celui de l'approbation, accueillit ces paroles. — D'Entragues, qui semblait indifférent à l'effet qu'il avait pu produire, promenait sur l'assemblée muette des regards assurés et presque hautains.

Enfin le baron de la Croisette sembla tout à coup se décider à se faire l'organe de tous. — Il toussa deux fois, passa légèrement ses doigts sur son jabot, chercha dans sa poche une tabatière d'or, l'ouvrit lentement de manière à faire scintiller les diamants qui entouraient un portrait de femme, placé sous verre sur le couvercle, et ayant savouré une prise de *Régent* avec la grâce inimitable d'un seigneur de la cour de Louis XV, il regarda avec une attention bienveillante le comte d'Entragues, et prononça avec quelque hésitation ces paroles longtemps attendues :

— Tout ceci est très-beau, mon cher comte, très-beau, je ne le conteste pas ; mais dans tout ce que vous nous avez fait l'honneur de nous dire, je vois...

— Vous voyez? — demanda d'Entragues.

— Des phrases, de fort jolies phrases, bien alignées, bien débitées, mais rien de plus.

Le baron s'arrêta, croyant à une réplique de M. d'Entragues. — Le comte restant silencieux, le baron reprit :

— Certes le résultat dont vous nous avez parlé serait magnifique!

— Admirable! — appuya sir Nasomby.

— Cinq mille louis, ou cent mille francs en belles espèces d'or à palper chaque mois, ce serait délicieux!

— Étourdissant! — fit sir Nasomby, qui répétait la pensée en se bornant à changer le mot.

— Mais, hélas! c'est un rêve!

— Un songe!

— Une illusion!.

— Un mirage!

Ajoutèrent à intervalles égaux sir Nasomby, le prince Krakopoùlof et le comte Antonio Miso.

— Il faudrait pour donner quelque apparence de réalité à ce jeu certainement fort agréable de votre esprit; il faudrait, dis-je, mon cher comte, — continua le baron, — que vos calculs reposassent sur une base quelconque.

— Sur un fondement quel qu'il fût! — dit sir Nasomby.

— Et que cette base elle-même ne fût pas quelque chose de vague.

— De fantastique, — fit l'écho.

— En un mot, que vous eussiez un plan.

— Oui... un... un plan.

— Avez-vous un plan, mon cher comte, et voulez-vous nous le soumettre?

Pendant le discours à bâtons rompus du baron de la Croisette, M. d'Entragues avait plus d'une fois mordu les pointes de sa moustache brune pour réprimer un sourire

quelque peu dédaigneux. — A cette interpellation directe, il se redressa et répondit :

— Je m'attendais, Messieurs, à ce que vient de me dire,
en son nom et au vôtre, mon honorable ami, le baron
Croisé de la Croisette, chevalier de beaucoup d'ordres,
commandeur de quelques autres, et président de l'association des chevaliers du Lansquenet ; je m'attendais donc
aux objections qui m'ont été faites, et je suis sûr d'avance
qu'on m'en fera bien d'autres encore quand j'aurai développé ma pensée, ainsi que vous venez de me l'ordonner.

Georges prononça ce dernier mot avec une fine ironie
dans laquelle perçait malgré lui le sentiment de la supériorité qu'il se croyait à bon droit sur ses collègues.

— Vous avez, — reprit-il, — traité de rêve, de mirage,
les résultats ambitionnés et considérés comme certains
par moi. — Vous m'avez demandé mon plan, ce plan
existe... il est là ! — continua le comte en posant un de
ses doigts sur son front ; — mais ce serait en compromettre le succès que de vous le développer à présent. —
Je refuse donc toute explication, et, malgré ce refus, je
n'hésite pas à vous faire deux demandes... Ces demandes
vous paraîtront folles, insensées, surtout en présence de
l'obstination que je mets à ne pas m'expliquer ; mais de
même que je me regarde comme libre de me taire, vous,
vous serez libres de me refuser les moyens d'obtenir ces
merveilleux résultats auxquels vous ne voulez pas croire...

D'Entragues se tut un moment. — Tout le monde l'é-
coutait avec le profond silence de la curiosité violemment
excitée.

— D'abord et avant tout, Messieurs, — reprit le jeune
homme avec un imperturbable aplomb, — je veux que
vous m'accordiez une confiance entière et sans limites...
je veux être investi par vous et sur vous tous d'un pouvoir
absolu.

Georges fut arrêté court par une exclamation générale de surprise et d'opposition.

— Ne m'interrompez pas, Messieurs, — reprit-il sans se troubler ; — quand j'aurai fini vous serez les maîtres de discuter et de rejeter mes propositions. J'arrive et je complète ma pensée. — Par confiance entière et sans limites, j'entends que personne d'entre vous n'aura le droit de commenter mes actions, et de m'en demander compte avant le jour que j'aurai fixé pour cela. — Vous ne chercherez à savoir de ma pensée que ce que je voudrai vous en dire, et cette pensée deviendra *vôtre*, alors même qu'elle vous paraîtrait obscure ou extravagante. — Pouvoir absolu a pour moi le sens d'une véritable dictature. C'est donc la dictature que je demande ! — Si vous m'investissez de ce pouvoir extraordinaire, vous devez m'obéir sans aucune réserve, comme, par exemple, prince Krakopoulof, vous obéissaient les *serfs* de vos domaines, quand vous aviez des domaines et des *serfs* : il est bien entendu, toutefois, que l'autocratie morale remplacera le knout. Je veux, en un mot, dussé-je me répéter, obéissance passive, sujétion absolue : vous serez les membres qui agissent, j'y consens, mais moi, je serai la volonté qui les fait agir.

Ici de nouvelles acclamations, plus générales, plus accentuées que les premières, arrêtent de nouveau d'Entragues.

— Je vous avais demandé, Messieurs, — reprit le jeune homme avec une certaine impatience en élevant la voix au-dessus du tumulte, — je vous avais demandé de ne pas m'interrompre. — J'insiste de nouveau sur la nécessité de me laisser parler librement, d'autant que je n'ai plus que quelques mots à vous dire. — Vous avez en caisse, en ce moment, soixante-quatre mille francs qui sont entre mes mains, en ma qualité de caissier de la société, et que je

vous représenterai à la première réquisition. — Eh bien ?
et c'est là ma seconde demande, je veux être autorisé par
un vote général, unanime, à disposer de ces fonds jusqu'à
concurrence de la somme de quarante mille francs, sans
que personne se permette de me questionner sur ce que
je compte en faire. — Si ma proposition est acceptée, acceptée, comme je l'entends, sans restriction, par vous
tous, je prends l'engagement de mettre l'ordre auquel
nous appartenons, à même de partager chaque mois au
moins cinq mille louis entre ses douze membres. Si, au
contraire, vous me refusez, je vous rendrai mes comptes
à l'instant même, et vous ne serez plus que onze chevaliers, car je cesserai désormais de siéger au milieu de
vous. Voilà mon dernier mot. Je vous laisse le champ
libre pour la réflexion et la discussion, et je passe dans la
chambre voisine, où notre charmante amie Mirabelle voudra bien m'accompagner, j'en suis sûr.

Et le comte d'Entragues sortit en effet, suivi par Mirabelle qui chercha à rougir, mais sans pouvoir en venir à
bout.

Aussitôt après le départ de Georges, le mécontentement,
un instant contenu par sa présence, éclata avec une violence inouïe et cependant comique. — Tout le monde
parlait à la fois; on gesticulait, on s'interpellait, on tré-
pignait des pieds; c'était à croire qu'on ne viendrait jamais à bout de rétablir l'ordre. — Les phrases suivantes
donneront une idée de ce *tohu bohu*, que nous ne pouvons
comparer qu'à certaines séances de la chambre des députés.

— Il est fou ! — disait le comte Abel.

— Stupide ! — reprenait le comte Antonio Miso.

— Absurde ! — criait sir Nasomby.

— Ce qu'il demande est du dernier ridicule !

— L'orgueil a tourné la tête à cet homme-là.

— Je ne dis pas qu'il soit sans esprit, sans talent, mais de là à vouloir...

— Nous diriger...

— Nous régenter...

— Cette prétention...

— De faire de nous des machines...

— Pour aboutir à jouer la partie à son profit...

— Est du dernier ridicule !

— Insoutenable !

— Offensante !

— Pourtant, Messieurs... — hasarda timidement le baron de la Croisette qui n'avait pas encore parlé.

— Eh bien ! quoi ? — interrompirent plusieurs voix : — que signifie ce *pourtant ?*

— Que le comte d'Entragues nous est supérieur à tous ! — reprit le baron avec plus de hardiesse.

— Par exemple ! voilà qui est fort ! — s'écrièrent dix voix sur tous les tons de la surprise et du mécontentement.

— Oui, Messieurs, — poursuivit le baron sans se troubler, — supérieur par l'audace, par l'habileté, par l'esprit d'intrigue.

— En admettant que tout cela soit vrai, ce ne serait pas encore une raison, — dit le prince Krakopoulof...

— Et remarquez bien, Messieurs, — interrompit la Croisette, — que ce qu'il nous a demandé, et qui paraît bizarre au premier examen, est combiné, nous a-t-il dit, de manière à servir puissamment l'intérêt commun.

— Oui, mais s'il...

— Remarquez bien encore que monsieur le comte d'Entragues est un homme d'honneur...

— De beaucoup d'honneur, — répéta sir Nasomby.

— Et que toutes les fois qu'il nous a promis une chose, cette chose s'est faite.

— C'est vrai, — dirent quelques-unes des voix.

— Exact, — répéta Nasomby, comme une grosse mouche qui bourdonne dans l'angle d'une vitre.

— Et ma foi je suis d'avis — (ici la Croisette sembla perdre un peu de son assurance) ; — je suis d'avis, Messieurs, de nous en rapporter aveuglément à lui.

— Ah! bah! — dirent unanimement les chevaliers avec l'inflexion de voix de la stupéfaction.

— Oui, Messieurs, je vous le dis avec une profonde et inébranlable conviction, mettons-nous à sa discrétion avec confiance. — Je parie cent louis contre cent sous que nous nous en trouverons bien.

Nous ne raconterons pas la discussion qui suivit l'échange des paroles que nous venons de rapporter. — Elle fut violente d'abord, puis seulement animée, et enfin elle tomba dans un calme plat, comme si tout le monde était du même avis. On eût dit une de ces séances de la Chambre des députés, où le ministère attaqué de tous les côtés, ne sait plus sur quoi s'appuyer pour se défendre. L'opposition lui montre le poing, ses partisans les plus dévoués ont l'air de faire cause commune avec elle. On vocifère, on se menace, on se jette au visage les plus sanglantes injures. — Ne croyez pas à cette colère ; ne vous inquiétez pas de ces injures. — Tous ces gens-là se connaissent trop bien pour se prendre au sérieux. L'heure de voter arrive ; l'orateur qui avait été conspué à la tribune reçoit des félicitations dans l'hémicycle, pendant que les boules blanches ou noires tombent dans l'urne. Bref, on dépouille le scrutin, et le projet qui semblait n'avoir pas de partisans passe à une majorité immense et inattendue.

Telle fut, sur une plus petite échelle, l'histoire de ce qui se passa dans l'assemblée des chevaliers du Lansquenet ; aussi à peine une demi-heure s'était-elle écoulée, que le baron Croisé de la Croisette rappela Georges d'Entragues pour lui annoncer, au nom de tous ses collègues sans exception, qu'il était investi de la dictature.

Le comte rentra le premier, et ce ne fut que quelques secondes après lui que Mirabelle reparut. — Sa beauté avait acquis une certaine animation qui en doublait le charme, et il était facile de deviner que la conversation de Georges l'avait vivement intéressée.

D'Entragues commença par remercier, en termes affectueux et dignes, ses collègues de la confiance sans bornes dont ils lui donnaient une marque si éclatante, puis voyant que l'assemblée lui était de plus en plus favorable, il continua ainsi.

— Maintenant, Messieurs, je vais quitter Paris sous trois jours, et mon absence durera au moins une semaine. — Je vous répète encore que cette absence aura lieu dans un but d'intérêt général. — A mon retour, je vous convoquerai en assemblée extraordinaire pour vous initier à mon plan, dont le secret ne sera plus indispensable, et vous communiquer les premiers résultats que j'aurai obtenus. — Jusque-là, évitez, je vous en conjure, tout ce qui pourrait vous compromettre, ou seulement attirer l'attention sur vous. Et à ce propos, baron Pérégode, vous me permettrez de vous dire que vous avez une manière malheureuse de tenir les cartes qui finira par vous valoir des ennuis, et à nous par contre-coup. — L'autre jour, dînant au café de Paris, j'entendais plusieurs jeunes gens, très-bien posés dans le monde, s'étonner du singulier mouvement de vos mains quand vient votre tour de *faire la banque*, et se demander s'il n'y avait que du hasard dans le bonheur que vous saviez tirer d'une main déjà usée par sept ou huit passes. — Prenez quelques leçons du vicomte de Sanluces, qui lui-même a été élevé à l'école des grands maîtres *Philippe, Comte et Bosco*. Veuillez aussi avoir une mauvaise veine aux premières parties de lansquenet où vous figurerez, mais arrangez-vous de manière à ne pas trop entamer le fonds social pour rétablir votre réputation, cela n'en vaudrait pas la peine. — Perdez peu en ayant l'air de perdre beaucoup. — Je vous alloue deux mille francs pour cet usage : tel est, Messieurs le premier acte de la dictature que vous m'avez confiée.

— Avez-vous d'autres recommandations à nous faire? — demanda le baron de la Croisette.

— A vous, mon cher baron, je vous dirai qu'on vous a vu passer l'autre jour en citadine comme une bourgeoise qui va *dîner en ville*, ou une femme du grand monde qui va faire un mauvais coup, et que cela est du plus déplorable effet. — Prenez un coupé au mois. Voilà six cents francs pour le premier paiement. Ayez soin de faire peindre vos armes sur les panneaux veillez aussi à ce que le cocher soit bien tenu et les chevaux convenables. — Vous, vicomte de Sanluces, mettez-vous en mesure, par vos connaissances de l'ambassade d'Angleterre, de vous faire présenter chez lady Wigmorland, qui vient d'ouvrir sa maison dans le faubourg Saint-Honoré, et qui recevra toutes les semaines. — Voilà, Messieurs, tout ce que j'avais à vous dire pour aujourd'hui. Agréez encore tous mes remerciments, et comptez sur moi comme je compte sur vous. — Chevaliers du Lansquenet, la dictature comprenant aussi la présidence, je déclare que la séance est levée.

Des poignées de main furent échangées entre tous les assistants, qui se séparèrent ensuite deux par deux comme ils étaient venus.

Georges d'Entragues et le baron Croisé de la Croisette, chevaliers de plusieurs ordres, etc., etc., etc., restèrent les derniers.

— Je vous ai donné un fameux coup d'épaule, mon

cher comte, — dit la Croisette, au moment de sortir. —
Cela me vaudra, j'espère, une petite prime secrète de
trois mille francs sur le bilan prochain.

— Sans aucun doute, cher et noble ami ! s'écria d'Entragues en reconduisant le baron avec toutes les formes
du plus affectueux respect. — Vieille canaille ! mur-
mura-t-il après avoir fermé la porte sur le dos de l'ex-
président.

Georges d'Entragues, qui n'avait pas eu le temps de
couler à fond tous les sujets qu'il avait à traiter avec Mirabelle, pendant leur demi-heure de tête-à-tête, resta ce
soir-là chez elle.

III

Mazagran.]

Des faits que nous avons rapportés dans les deux chapitres précédents, et les paroles prononcées par les personnages que nous avons mis en scène, ont dû plus que
suffisamment, nous le croyons du moins, faire comprendre à nos lecteurs ce que c'étaient que le *conseil des
douze et les Chevaliers du Lansquenet*.

Nous nous bornerons donc à dire ou plutôt à ajouter,
que le signe distinctif de l'ordre, la décoration si l'on
veut, décoration que du reste, les chevaliers se gardaient
bien de porter, et qu'ils cachaient au plus profond de
leurs secrétaires, consistait en un hochet d'or émaillé, représentant trois cartes, deux valets et un as de cœur
disposés comme il suit : les deux valets à gauche et au
milieu, l'as de cœur à droite; au-dessus et pour devise
ces mots : *Galuchet pour toujours*. — *Galuchet* dans le pittoresque argot des *grecs* de Paris, signifie le *valet*.

Cette décoration ou breloque, comme on voudra l'appeler, était attachée à un ruban rouge et noir, couleurs
symboliques et caractéristiques. .

Ceci posé, nous allons dire en quelques paroles que nous ne ferons suivre d'aucuns commentaires, le fait sur lequel Georges d'Entragues édifiait les bases premières du vaste plan qu'il avait conçu, nous réservant d'entrer plus tard dans de plus longs détails. Ce que nos lecteurs vont connaître pour le moment n'est qu'une espèce de note diplomatique, sur laquelle ils seront libres de bâtir à leur gré tout un monde de conjectures, sauf à voir par la suite lesdites conjectures complètement démenties par l'évènement.

Deux jours avant la réunion des chevaliers du Lansquenet, le comte Georges d'Entragues avait reçu une lettre que lui écrivait, de Normandie, une vieille chanoinesse, sa tante, digne et excellente femme, qui ne se doutait guère du coup de filet que sa missive préparait tout doucement à son très-peu honorable neveu.

Dans cette missive, au milieu d'une foule de choses insignifiantes que nous passons sous silence avec le plus grand plaisir, se trouvait ceci : — nous copions textuellement ; ainsi que l'on veuille bien ne pas s'en prendre à nous du style quelque peu arriéré de l'excellente chanoinesse :

« Il n'est bruit en ce moment dans toute la province, mon beau neveu, que du prochain départ pour Paris, du jeune vicomte de Nodêsmes, mon voisin de terre. — Ce charmant cavalier, dont j'ai dû vous parler quand vous êtes venu me voir (ce qui par parenthèse et soit dit en passant n'est pas arrivé depuis longtemps), ce charmant cavalier, dis-je, est allié par les femmes à la famille de Trêsmes Cariman. — La princesse de Trêsmes actuellement vivante, était, s'il vous en souvient, première dame de madame la Dauphine, et son mari l'un des quatre premiers gentilshommes de la chambre du roi. — Le jeune vicomte de Nodêsmes est fils unique, et comme il a perdu sa mère dans sa première enfance, et son père à l'âge de dix-neuf ans, il jouit aujourd'hui d'une des plus grandes fortunes de nos contrées. — La terre de Nodêsmes seule lui rapporte plus de quatre-vingt mille livres de rente. — Son éducation a été ce que devrait être celle de tous les fils de grande maison, c'est-à-dire morale, religieuse et monarchique. — J'ai beaucoup connu le digne ecclésiastique qui l'a élevé. — Le vicomte quitte ses terres pour la première fois. Puisse la corruption de votre Babylone ne pas atteindre cette belle nature! — A ce sujet je vous recommanderai, mon beau neveu, pour le cas où vous rencontreriez Jules de Nodêsmes dans le monde, de chercher à vous l er avec lui ; de mon côté, s'il vient, comme cela n'est pas douteux, me faire ses adieux avant son départ, je lui parlerai de vous en fort bons termes, quoique je craigne bien que vous ne le méritiez guère. Mais enfin, si vous avez fait des folies de jeune homme, et même des sottises dans le cours de votre vie, je suis bien sûr que vous n'avez jamais mis en oubli cette belle devise de tous les vrais gentilshommes : *Noblesse oblige!* — Le vicomte de Nodêsmes partira pour Paris vers le milieu du mois de décembre. »

Et sans rougir le comte d'Entragues put lire cette phrase solennelle : *Noblesse oblige!*

Il est des natures d'hommes qui gardent, même au milieu de la plus grande dépravation, quelques traces de leur honnêteté primitive. — Il en est qui peuvent revenir encore aux sentiments purs, aux croyances élevées, à la voie droite. Quelquefois les consciences sont assoupies, mais non pas tout à fait mortes. Elles se raniment, elles se réveillent, elles parlent, quand un fait inattendu, un accident de la vie les obligent à descendre en elles-mêmes. — Monsieur d'Entragues n'en était plus là. —

Profondément corrompu, il était arrivé peu à peu à un degré de dépravation qui avait si bien tué sa conscience que rien ne pouvait désormais la raviver, Dans son for intérieur même il ne rougissait pas de ses actes les plus honteux. — Sauver les apparences aux yeux du monde semblait à son jugement faussé la seule chose importante, et, pour en arriver là, rien ne lui eût coûté, pas même un crime. — Celui dont le regard aurait pu lire dans le cœur de Georges, eût contemplé à coup sûr un effrayant spectacle, car tous les vices s'y trouvaient réunis, sans l'espérance, même lointaine, du repentir et de la réhabilitation.

Le lendemain de la soirée dont nous avons raconté les circonstances dans les deux chapitres précédents, Georges d'Entragues quitta sur les dix heures du matin le logis de Mirabelle, et s'achemina de son pied léger vers les boulevards, en fumant son cigare. — Il déjeuna sobrement au café Foy, puis passant par la rue de la Michodière et la rue Neuve-Saint-Roch, il gagna sa demeure, située à l'entresol d'une maison de la rue des Pyramides.

C'était un joli petit logement de garçon, composé de trois pièces de moyenne grandeur, meublées sans grand luxe, mais pourvues de tout ce qui pouvait en rendre le séjour agréable et commode. — Georges avait, pour prendre soin de ce séjour, un valet de chambre dont la tenue était celle d'un domestique de bonne maison dans toute l'acception du mot.

Aussitôt rentré chez lui, le jeune homme s'habilla. — Sa toilette fut un costume du matin, simple et élégant à la fois. — Cette importante opération terminée, il fit appeler le concierge de la maison, lui paya deux termes, donna congé, et prévint que probablement il déménagerait dans la journée : ensuite il envoya son domestique lui chercher un petit coupé de remise, et en y montant il ordonna au cocher de le conduire place Saint-Georges, au coin de la rue qui porte aussi ce nom.

Arrivé là, il sauta légèrement hors de la voiture et passa sans s'arrêter sous la porte cochère, en jetant au concierge le nom de mademoiselle Adèle Libières.

Deux mots sur ce nouveau personnage, que nous allons voir entrer en scène.

Adèle Libières était une de ces créatures qui, ne vivant que pour le plaisir et par lui, sont les joyeuses bayadères de notre joyeux Paris. — Ayant de l'esprit et de la beauté comme en ont les Parisiennes qui se mêlent d'être belles et spirituelles, elle fut devenue peut-être, dans un siècle où la concurrence eut été moins grande, une Ninon de Lenclos ou une Marion de Lorme. — Jetée dans la circulation à une époque comme la nôtre, elle avait été tout simplement adoptée par la mode qui préside aux renommées des bals de bas étage, et quelques *polkeurs* émérites l'avaient affublée du sobriquet de Mazagran, pour la poser en rivale des *Rose Pompon*, des *Pomaré*, des *Frisette*, des *Mogador*, ces autres filles-folles, reines d'un jour du *Château-Rouge*, du *Ranelagh* et de *Mabille*.

Comme presque toutes ses pareilles, Mazagran vivait au jour le jour, tantôt bien, tantôt mal. — Aujourd'hui des bijoux magnifiques, demain des écrins solitaires et des reconnaissances du Mont-de-Piété. — Hier le café Anglais, ses cabinets particuliers, ses primeurs à vingt francs la portion, ses vins exquis frappés; demain l'assiette de charcuterie, ressource des brodeuses sans ouvrage et des lorettes en non activité, ou le bol de café au lait, pain quotidien des portières de maisons borgnes. — De l'or quelquefois, mais des dettes sans cesse : des dettes criardes, hargneuses, incessantes, véritable cauchemar ne laissant ni trève, ni merci!!

3

Monsieur d'Entragues monta jusqu'au troisième étage et sonna en tirant un cordon qui était évidemment une ancienne ceinture mise au rebut après de nombreux et loyaux services.

Une jolie petite soubrette à mine plus qu'éveillée vint *entr'ouvrir* la porte ; — nous disons entr'ouvrir, car elle la maintenait d'une main, tandis qu'elle était prête, en cas d'invasion, à faire une vigoureuse résistance avec l'autre.

— Bonjour, Fifine, — dit Georges en effleurant du bout de ses doigts aristocratiques la joue friponne de la soubrette. — Madame y est-elle ?

— Oui, Monsieur, — répondit Fifine ; — mais elle s'est couchée tard hier et elle dort encore.

— Alors j'entre... il faut absolument que je lui parle ce matin même.

Et Georges fit un mouvement pour avancer, mais Joséphine, ou Fifine, comme il l'avait appelée par abréviation, ne parut pas disposée à lui laisser le champ libre.

— Veux-tu m'ouvrir cette porte oui ou non ? — dit le jeune homme impatienté.

— Madame m'a bien recommander de ne laisser entrer personne ce matin.

— Mais cet ordre n'est pas pour moi.

— Madame n'a pas fait d'exception.

— Enfin est-elle seule ou n'est-elle pas seule ?

— En voilà une drôle de question ! mais certainement qu'elle est seule, puisque je vous ai dit qu'elle dormait.

— Au fait c'est juste ; — murmura Georges, en souriant malgré lui de la naïveté de la soubrette.

Cette dernière, par une manœuvre habile, fermait peu à peu la porte, et insensiblement Georges allait se trouver seul sur le carré, quand il eut l'heureuse idée d'essayer de la corruption. — Il glissa donc une pièce de cinq francs dans la main de la soubrette, qui le laissa passer en lui disant gaiement :

— Ma foi vous vous arrangerez avec Madame; si elle se fâche tant pis pour vous. Allez tout seul, les volets sont fermés, mais vous savez où est le lit : — tâchez au moins de la réveiller agréablement.

Georges pénétra dans l'intérieur de l'appartement, et arriva sans encombre dans la chambre à coucher, où régnait en effet une obscurité presque complète. — Le tapis assourdissait ses pas, et l'on n'entendait d'autre bruit que la respiration égale et douce de la jeune femme endormie.

M. d'Entragues ne jugea sans doute pas qu'il fut nécessaire pour éveiller Mazagran d'employer le *moyen agréable*, conseillé par l'ingénieuse Fifine, car il s'approcha de la fenêtre, ouvrit brusquement un des volets, et des flots de lumière pénétrant dans l'appartement allèrent se perdre par demi-teintes dans le clair-obscur de l'alcôve.

Georges put contempler alors un ravissant spectacle. — Entre des rideaux de damas, aux plis lourds, sur des oreillers de batiste garnis de fines dentelles, reposait une délicieuse tête, à laquelle la fatigue d'une nuit de plaisir prêtait un charme de plus. — Une tresse de cheveux noirs entourait un cou d'une blancheur éblouissante et d'une perfection de forme presque idéale; — un bras charmant reposait sur la couverture avec cet abandon si gracieux du sommeil; — des contours adorables apparaissaient çà et là sous des draps en désordre... — Au pied du lit, un masque de velours, un domino de satin noir, des bottines en gros de naples gisaient confondus dans un pêle-mêle des plus pittoresques.

Georges contempla la belle dormeuse pendant quelques secondes, puis il toussa légèrement. — Mazagran s'agita sur sa couche, mais elle n'ouvrit pas les yeux. — Georges

alors saisit le joli bras étendu sur la couverture, et l'ef-
fleura de ses lèvres à plusieurs reprises. — La jeune
femme soupira, ses paupières frémirent, et un éclair de sa
prunelle se fit jour entre ses longs cils qui semblaient se
séparer à regret.

— Qui est là ? — balbutia-t-elle d'une voix endormie.

— Moi, Georges.

— Quel Georges ? — demanda Mazagran en se soulevant
sur son coude.

— Georges d'Entragues.

— Comment c'est vous ? — fit la lorette en se mettant
sur son séant, et en écartant du bout de ses doigts rosés
les longues mèches de ses cheveux qui tombaient sur son
visage. — Est-ce qu'il est déjà tard, pour venir ainsi m'é-
veiller ?

— Je le crois bien, paresseuse ! il est midi.

— Midi ? — dans ce cas je me rendors. — Mon petit
Georges, bonsoir.

Et la jolie tête retomba sur ses oreillers avec une grâce
charmante et un abandon adorable.

— Mazagran ! ma chère belle ! vous dormirez demain ;
— aujourd'hui, il faut que je vous parle : il le faut de
toute nécessité.

— Alors repassez ce soir.

— Je vous ai dit qu'il fallait que ce fût tout de suite. Il
s'agit d'une affaire très-sérieuse.

— Ah çà ! qu'est-ce que vous avez donc de si intéressant à m'apprendre, que vous venez m'importuner dans
mon domicile d'une façon indécente ? — Un prince russe
vous a-t-il chargé de me faire des propositions pour le
bon motif, ou mon notaire vous envoie-t-il m'annoncer
que j'ai fait un héritage ?

— Mais c'est quelque chose comme cela.

— Le prince russe ou l'héritage? — J'aimerais mieux l'héritage, ça donne moins de peine.

— Eh bien! vous êtes servie à souhait.

— Bah! mon petit Georges, bien vrai, j'hérite? et de qui donc? je ne me connais pas de parents.

— Levez-vous, belle enfant, je vous dirai de quoi il est question.

— Me lever devant vous! par exemple! fit Mazagran du ton de la pudeur offensée. Je ne me lève devant les hommes que quand...

— Je vous tournerai le dos, — interrompit Georges avec un mouvement d'impatience.

— Et puis vous regarderez dans la glace... Passez votre chemin, on vous connaît beau masque.

— Vous avez des dettes, — dit Georges sans paraître s'offenser de la juste défiance de la jeune femme.

— Gros comme moi.

— Le chiffre?

Mazagran calcula mentalement, puis elle répondit avec vivacité.

— Trois mille francs à peu près... — est-ce que vous voudriez par hasard me les offrir.

— Les voilà.

Et Georges posa sur le guéridon de la lorette trois billets revêtus de la très-excellente signature de MM. de Crouzas et Garat.

A la vue des précieux chiffons, Mazagran, qui, malgré la susceptibilité de sa pudeur, s'était, depuis quelques instants assise sur le bord de son lit, enfonça avec prestesse merveilleuse ses pieds mignons dans deux petites mules de maroquin rouge, et s'élança d'un bond jusqu'auprès de Georges, bien moins vêtue de sa chemise transparente que de ses beaux cheveux noirs, manteau splendide qui tombait jusque sur ses talons.

— C'est à moi? — dit-elle en dévorant les billets du regard ; — à moi, *sans blague?*

— A toi, ma fille ; mais à une condition.

— Acceptée d'avance ! — tu es un amour d'homme. — Voyons, laquelle?

— Tu vas t'habiller immédiatement.

— M'habiller ! tiens c'est drôle ! pourquoi faire?

— Pour déménager.

— Déménager ! qui ça? moi?

— Toi-même.

— Pour aller où?

— Dans un logement plus beau que celui-ci.

— Vrai !

— Logement pour lequel je payerai trois termes d'avance, dont je te remettrai la quittance ce soir.

— Ta parole?

— Ma parole d'honneur ! et demain matin tu trouveras à ta porte un charmant petit coupé avec un joli cheval ; le tout payé aussi d'avance pour plusieurs mois.

Le petit coupé était le plus caressé de tous les rêves de splendeur de Mazagran.

— Un coupé ! — s'écria-t-elle avec une joie qui approchait du délire.

— Oui, ma belle, un coupé ; et chaque mois, — ajouta Georges, — je te donnerai deux mille francs pour ton ménage et tes dépenses de toilette.

— Ah ça ! tu veux donc me charger d'assassiner un de tes oncles?

— Pas le moins du monde.

— Alors il faut convenir que tu es nn drôle de corps de payer si cher ce que je t'ai donné si souvent de bien bon cœur pour rien.

Georges sourit.

— Après ça, — ajouta Mazagran, — si c'est ton idée

de m'entretenir sur ce pied-là, tu es bien le maître. — On en vaut joliment la peine... mais tu ne t'en repentiras pas... je me conduirai bien avec toi : foi de Mazagran!

Georges prit un air sérieux.

— Et d'abord, ma fille, — dit-il d'un ton grave, — souviens-toi d'une chose, c'est qu'à dater de ce moment il n'y a plus de *Mazagran!*

— Comment tu vas me débaptiser?

— C'est indispensable.

— Pourquoi cela?

— Parce que je le veux ainsi. — Dans ton nouveau logement tu passeras pour une jeune veuve, et pendant quelques jours, quelques semaines peut-être, tu ne pourras recevoir personne chez toi.

— Tiens, tu es jaloux?

Georges sourit de nouveau sans répondre.

— Mais au moins je pourrai sortir? demanda avec inquiétude la lorette, chez laquelle le besoin de l'indépendance se réveilla tout à coup.

— Tant que tu voudras.

— C'est tout ce qu'il me faut... Et ce logement où est-il?

— Tu vas aller le choisir toi-même. Je désire que ce soit autant que possible dans une de ces belles maisons qui avoisinent la place Ventadour... — C'est un quartier très-tranquille et assez décent. — Habille-toi vite, et sors pour cela ; je reviendrai te voir à cinq heures, et tu déménageras demain.

En sortant de chez Mazagran, le comte d'Entragues chercha et trouva pour lui-même, dans la rue Saint-Lazare, un délicieux appartement avec écurie et remise. — Il passa ensuite chez son tapissier, de qui il obtint la promesse que dès le lendemain cet appartement serait complètement tendu et meublé. Il vendit en masse à un brocanteur tout son ancien mobilier de la rue des Pyramides; puis il alla chez Thomas Baptiste, où il eut la bonne fortune de trouver un coupé de voyage très-confortable, qui, venant d'un riche Anglais et n'ayant presque pas roulé, était neuf sans l'être trop : — Georges l'acheta sans hésiter.

Le lendemain Mazagran était installée place Ventadour, et son petit coupé l'attendait à la porte de la maison. — On la connaissait dans son nouveau domicile sous le nom de *Madame veuve Lambertini, née Adèle de Flavy.* — Georges venait de lui annoncer son départ, et elle se creusait vainement la tête pour trouver un motif quelconque à sa conduite avec elle. — Nous supposons que nos lecteurs sont dans une incertitude au moins aussi grande... — qu'ils aient patience et bon courage, nous satisferons bientôt leur curiosité.

Le soir de ce même jour, le logement de la rue Saint-Lazare, fut prêt. Georges y donna le coup d'œil du maître, puis s'élançant dans son coupé de voyage, il cria gaiement au postillon : — Route de Normandie! cent sous de guides!

FIN DU PROLOGUE.

——————

GEORGES D'ENTRAGUES.

——————

1

Georges d'Entragues. — Coup d'œil en arrière.

Avant d'aborder franchement les scènes capitales de l'histoire que nous racontons, nous croyons devoir entretenir quelque peu nos lecteurs du comte Georges d'Entragues, qui, dans ce moment, roule vers la Normandie, emporté rapidement par quatre vigoureux chevaux de poste, et qui doit devenir sinon le héros, du moins l'un des principaux personnages de notre récit.

Déjà nous avons esquissé en quelques lignes son portrait dans les premières pages de ce livre : « — Georges, disions-nous, paraissait avoir de trente à trente-deux ans :

il avait la taille haute, la physionomie mâle, et la tournure militaire. »

Cette espèce de silhouette nous semble maintenant in-
suffisante. — Étudions de plus près notre personnage, ne
fut-ce que pour savoir si nous découvrirons plus tard
quelques rapports intimes entre les traits de son visage et
les dispositions les plus saillantes de son caractère.

Le teint de Georges était de cette pâleur mate et uni-
forme qui loin d'annoncer une santé faible et une orga-
nisation maladive, est au contraire l'indice certain d'un
tempérament robuste et nerveux, et de passions violentes
pouvant, au besoin être contenues. — Son front haut et
saillant paraissait avoir été peu à peu bombé par le travail incessant d'une pensée mystérieuse et puissante, tout
à la fois espérance et tourment de sa vie. — Ses cheveux
noirs, fins, et brillants, plutôt *ondés* que bouclés, entouraient
avec une grâce pleine de distinction des tempes déjà fati-
guées par les habitudes d'une vie joyeuse, ou les agita-
tions d'anxiétés secrètes. — La forme un peu allongée de
son visage s'encadrait dans des favoris courts et taillés à
l'anglaise. — Le nez, légèrement aquilin, était mince,
long et moqueur. — Deux choses seulement péchaient
dans cette remarquable figure : les yeux et la bouche.

Et pourtant ces yeux étaient beaux, spirituels et largement fendus ; mais le regard qui en jaillissait n'avait jamais cette franchise lumineuse et sereine qui est comme
le rayonnement d'une âme généreuse et loyale. — Le cli-
gnotement habituel des paupières, l'absence absolue de
fixité dans la prunelle, semblaient trahir chez Georges la
crainte de laisser pénétrer dans les abîmes de sa pensée,
le coup d'œil implacable de l'observateur, qui aurait peut-
être deviné promptement en lui le libertin déjà blasé, et
le joueur trop souvent heureux.

Quant à la bouche, elle était petite et finement dessinée,

mais les lèvres sans saillie et presqu'aussi décolorée que le reste du visage lui donnaient une expression tout à la fois astucieuse et méchante ; et quand par hasard un sourire venait desserrer ces lèvres pâles et découvrir les dents admirables du jeune homme, ce sourire était toujours sardonique ou malveillant.

L'habitude générale du corps ne manquait ni de grâce, ni de dignité ; — les manières avaient ce dédain aristocratique qui impose au vulgaire ; — les pieds et les mains étaient irréprochables comme chez tous les hommes de grande race dont les mères n'ont pas dégénéré dans leurs amours.

Georges appartenait à une très-vieille et très-excellente famille de Normandie. — Le comte d'Entragues son père, ancien émigré et chevalier de Saint-Louis, avait été presqu'entièrement dépouillé par la révolution ; mais au retour de l'ordre et à sa rentrée en France, il avait pu racheter, grâce à la succession d'un oncle, mort fort à propos, une partie notable des terres situées autour de son château, qui avaient été vendues nationalement, comme on disait à cette époque. — L'habitation, magnifique demeure féodale, tombait en ruines, et n'était d'ailleurs, quant à son étendue, plus en rapport avec la fortune fort amoindrie du comte. — Celui-ci acheva l'œuvre des siècles, en la jetant par terre, et sur le même emplacement il fit construire une maison simple mais commode, à laquelle il sut donner un certain air seigneurial, en la flanquant aux quatre angles, de jolies tourelles, percées de fenêtres en ogives et surmontées de toits pointus. — Cela n'était pas d'un goût architectural très-pur, mais on pouvait dire encore le château, et le vieux comte n'en souhaitait pas davantage.

Là, monsieur d'Entragues mena pendant plusieurs années la vie la plus complétement heureuse qu'il soit pos-

sible d'imaginer. — Il s'occupait avec amour d'obtenir
par les meilleurs procédés agricoles, des moissons supérieures en beauté et en abondance aux moissons des pro-
priétaires ses voisins. — Il aménageait avec une rare intelligence ses taillis, et respectait religieusement les vieux
arbres que la cognée révolutionnaire avait oubliés. —
Quand il fallait en abattre un pour le faire servir à quelque réparation urgente, le vieux gentilhomme le marquait
lui-même, et voulait assister à sa chute, afin de veiller à
ce qu'il ne tombât pas sur quelque innocent baliveau qu'il
pourrait écraser. — Monsieur d'Entragues s'occupait aussi
d'améliorer l'espèce chevaline, et les élèves de son haras
avaient une certaine réputation dans la province. De plus
il avait fait venir des mérinos de l'Estramadure, des va-
ches de l'Oberland, et il soupirait après la fin du blocus
continental pour envoyer chercher, dans le Norfolk, des
cochons monstrueux dont il avait fait la connaissance
pendant son émigration.

Si nous n'avons pas commencé par entretenir nos lecteurs de la femme et des deux enfants de monsieur d'Entragues, c'est que nous voulions placer en dernière ligne,
pour nous y arrêter plus longtemps, les trois affections
qui, de fait, occupaient les premières places dans le cœur
du vieux gentilhomme, laissant bien loin derrière elles les
champs, les bois, les poulains de race, voire même deux
épagneuls, favoris de la maison, cependant, et la troupe
aboyante des *Lumino, Bigaro, Fanfaro, Trémolo.* etc., etc.,
qui formaient la meute de M. d'Entragues, chasseur passionné, comme l'étaient, du reste, presque tous les gentilshommes d'autrefois.

La comtesse d'Entragues, fille cadette du marquis de
Montsaurin, n'avait donné le jour à Georges que quelques
années après son mariage, et alors qu'elle avait presque
tout à fait renoncé au bonheur d'être mère : aussi sa joie

fut-elle immense, et pendant huit ans le petit Georges, en
sa qualité de fils unique, concentra sur lui toute la tendresse et tout l'orgueil de ses parents : mais la comtesse,
à la surprise générale, devint grosse une seconde fois, et
elle mit au monde une ravissante petite fille qui reçut le
doux nom de Marie.

Madame d'Entragues, dont la constitution avait toujours été frêle et maladive, fut violemment éprouvée par
sa dernière couche. — Sa santé déclina rapidement, ses
traits s'altérèrent, sa maigreur augmenta à vue d'œil, bref
tout semblait indiquer une désorganisation à laquelle il
était urgent de porter remède. — On eut d'abord recours
aux ressources qu'on avait sous la main, c'est-à-dire aux
médecins du pays ; mais leurs soins ayant été complètement inefficaces, le vieux comte se décida, quoiqu'à regret, à quitter pour quelques mois ses terres, et à venir
s'établir à Paris, ce grand centre, disait-il, des lumières
et des sciences.

En conséquence de cette détermination, dans le courant
de l'année 1822, monsieur d'Entragues loua, dans le
quartier des Champs-Élysées, un petit hôtel où il s'installa
avec sa famille, une femme de chambre et un domestique,
anciens serviteurs encore plus vieux que leur vieux maître,
et Louise-Jeanne, nourrice de la petite Marie. — Louise-
Jeanne était la femme d'un des fermiers du comte, et
certes elle n'avait pas plus d'attachement pour ses pro-
pres enfants que pour le nourrisson confié à ses soins. —
A cette époque le petit Georges avait huit ans et quelques
mois : c'était un délicieux enfant, quant à la figure et à
l'esprit. Pour le reste, ses parents le trouvaient charmant :
nous supposons qu'ils en avaient le droit, et ne les con-
tredirons pas à cet égard.

Deux années se passèrent dans le calme le plus profond. — La santé de la comtesse s'améliorait sensible-

ment; les deux enfants croissaient en force, en grâce et en beauté; le vieux comte, lui-même, qui avait pris son parti de vivre à Paris, semblait rajeunir sous l'influence des habitudes casanières par lesquelles il avait remplacé ses allures actives de chasseur et d'agronome. — Chaque jour on le voyait promener sur le boulevard de *Gand*, sa haute taille, sa mâle et noble figure et sa croix de Saint-Louis. Il donnait habituellement la main au petit Georges, et les passants admiraient la tournure imposante du vieillard et la grâce incomparable de l'enfant. — Le soir, M. d'Entragues faisait sa partie de boston ou de whist avec de vieux amis, presque tous ses compagnons d'exil, et les anecdotes joyeuses de l'ancien régime, les souvenirs mélancoliques de l'émigration, prêtaient un charme infini à ces réunions intimes, justifiant ainsi ce vieil adage : *Se ressouvenir c'est vivre.*

Un jour, vers le milieu du mois de janvier, par une de ces belles matinées où les rayons du soleil réchauffent sans l'amollir la surface gelée du sol, Mme d'Entragues, assise au coin de son feu, dans une moelleuse et profonde bergère, fermait un billet qu'elle venait d'écrire. — La petite Marie jouait auprès d'elle sur le tapis. — Tout à coup, l'attention de l'enfant fut attirée par la flamme brillante d'une bougie que sa mère avait allumée pour cacheter sa lettre. Marie, qui s'était levée et se tenait debout auprès du tabouret sur lequel reposait les pieds de la comtesse, Marie, disons-nous, s'amusa d'abord à regarder la cire écarlate coulant et se durcissant sur l'enveloppe, puis elle admira la pierre brillante qui venait d'y laisser l'empreinte du vieil écusson des d'Entragues, et comme il est très-rare que les enfants ne désirent pas bien vite la possession de ce qui les frappe un instant, la petite fille demanda le cachet, que sa mère lui refusa d'abord.

Marie renouvela sa requête d'une voix plus triste, et elle essuya un nouveau refus. Alors, quelques larmes vinrent se suspendre à l'extrémité de ses larges cils, et des soupirs étouffés gonflèrent sa petite poitrine. — Mme d'Entragues n'eut d'abord pas l'air de remarquer ces symptômes de douleur, dans l'espoir qu'ils se calmeraient en n'y faisant pas attention ; mais Marie, qui était fort gâtée, se mit tout à coup à trépigner en poussant des cris perçants, et la comtesse, autant pour avoir la paix que pour ne pas affliger sa fille, lui permit de prendre le cachet tant désiré.

C'était une améthyste de médiocre valeur, gravée aux armes des d'Entragues, à savoir : *de gueules à la croix d'argent ancrée,* surmontée d'une couronne de comte. — Cette pierre, enchâssée dans une monture d'argent finement travaillée, pouvait se porter comme breloque à une chaîne de montre; aussi Mme d'Entragues, qui ne faisait jamais les choses à demi quand il s'agissait de complaire à ses enfants, eut-elle l'idée de passer une faveur bleue dans l'anneau du cachet, et de le suspendre au coup de Marie, dont le charmant petit visage reprit aussitôt toute sa sérénité.

Un peu plus tard, Marie, donnant la main à sa nourrice devenue sa bonne, et suivie du vieux valet de chambre qui portait une poupée et un cerceau, sortit de l'hôtel pour aller respirer pendant une couple d'heures l'air vivifiant des Champs-Élysées. — Le cachet si vivement ambitionné pendait toujours à son cou, mais Marie n'y songeait déjà plus, une autre fantaisie étant venue, sans doute, remplacer celle-là, — les enfants ressemblent tant aux hommes!

Marie gagna le carré Marigny, où elle se mit à courir avec sa bonne pour se réchauffer. — Antoine, c'était le nom du vieux domestique, ne pouvant les suivre, était resté sur une des allées latérales, où il fut bientôt accosté par un valet de chambre de ses amis.

Après quelques minutes de conversation, pendant lesquelles Antoine n'avait pas perdu de vue sa petite maitresse, le valet de chambre lui proposa d'entrer dans un café.

Antoine allégua la sévérité d'une consigne qui lui défendait de quitter Marie, et il fit une magnifique résistance.

— La petite fille est occupée pour longtemps maintenant, — riposta le valet de chambre, et vous n'aurez pas de peine à la retrouver quand vous voudrez la rejoindre.

Antoine jeta un nouveau coup d'œil sur l'endroit où était Marie, et il vit qu'elle avait entraîné sa bonne auprès d'une grande baraque de saltimbanques, située à une petite distance de la place où elle jouait, la minute avant.

Cette circonstance ébranla sa résolution, et comme le café n'était pas loin non plus, Antoine se décida à y entrer après avoir fait ses conditions, lesquelles consistaient à ne prendre qu'un seul petit verre sur le comptoir, sans se donner même la douceur d'un tabouret de velours auprès du poêle.

« *Si vous mettez le doigt quelque part, craignez que le bras n'y passe,* » dit le proverbe oriental. — Antoine commença donc par boire le petit verre sans s'asseoir, puis il en but un second, un troisième, un quatrième, et son compagnon, qui était allé sur la porte surveiller ce qui se passait au dehors, lui ayant dit que la petite fille et sa bonne étaient toujours en vue du café, il se détermina à prendre un siège, et les petits verres recommencèrent de plus belle. — Bref, quand Antoine leva la séance, une heure s'était écoulée, et la nuit jetait ses premières ombres sur les Champs-Élysées.

Or, pendant cette heure, voici ce qui s'était passé.

La petite Marie avait d'abord pris un extrême plaisir à contempler les contorsions du *Paillasse* et les coups de pied distribués en profusion à la *Queue-Rouge*.

Les sauts de carpe et les tours d'équilibre de *l'acrobate* lui avaient semblé réjouissants au delà de toute expression.

Elle avait regardé avec une curiosité mêlée de frayeur et de dégoût, *la femme-sauvage* dévorant un pigeon cru, et les *Alcides* soulevant des poids énormes sur leur poitrine, pendant qu'une lourde épée tournoyait sur leur menton.

Puis à la longue elle s'était ennuyée de tout cela, et elle avait réclamé sa poupée et son cerceau.

Comme c'était Antoine qui portait ces objets, et qu'Antoine devait être à quatre pas de là, Louise-Jeanne se retourna pour le chercher des yeux et l'appeler.

Ne le voyant pas, elle se dégagea un peu de la foule des spectateurs.

Dans ce mouvement, elle quitta la main de Marie, mais elle la reprit, ou du moins elle crut la reprendre aussitôt.

Elle n'aperçut pas Antoine : Nous savons pourquoi. — Tout à coup, il lui sembla que la petite main qu'elle tenait était moins douce que celle de Marie.

Elle baissa les yeux et poussa un cri déchirant, un de ces cris qui remuent les âmes les plus indifférentes. — Marie avait disparu, et à sa place la pauvre Louise-Jeanne tenait un petit garçon vêtu d'une blouse déchirée, un de ces nombreux et immondes *gamins* qui sont comme le limon au fond des flots impurs des grandes foules de Paris.

La malheureuse nourrice repoussa loin d'elle le gamin

qui la regardait en ricanant, et elle se mit à courir de tous les côtés comme une folle.

Elle plongea son regard désolé dans tous les groupes, appela, questionna ; mais elle ne vit pas Marie, aucune voix ne lui répondit, et nul ne put lui donner le plus vague renseignement sur la petite fille à la pelisse de velours vert doublée d'hermine.

Alors Louise-Jeanne passa à plusieurs reprises ses mains crispées par le désespoir, sur son front trempé de sueur, comme pour chasser de son cerveau un rêve épouvantable, puis se reprenant tout à coup à un espoir insensé, elle courut jusqu'à l'hôtel habité par M. d'Entragues.

— Le concierge interrogé par elle, dans des termes qu'on peut se figurer, lui répondit qu'il n'avait vu ni M. Antoine, ni mademoiselle Marie.

Louise-Jeanne s'élança hors de la loge, et reprit une seconde fois le chemin des Champs-Élysées.

Auprès du rond-point elle rencontra Antoine qui revenait, un peu honteux de son escapade.

— Eh bien ! — lui cria-t-elle en se jetant sur lui comme une lionne.

— Eh bien ! quoi ? — fit machinalement Antoine.

— Où est-elle ? — demanda Louise-Jeanne d'une voix déchirante et brisée.

Antoine la regarda d'un air stupide.

— Où est-elle ? où est-elle ? — reprit la pauvre nourrice en serrant le bras d'Antoine à le broyer.

— Mon Dieu ! de qui donc voulez-vous parler ? — demanda Antoine, à son tour sérieusement épouvanté de la décomposition des traits de Louise-Jeanne, de l'égarement de ses yeux, et du ton étrange de ses interrogations.

— Elle ! Marie !! mon enfant !!!

— Marie ! mais elle est, elle était avec vous ! — répondit Antoine qui n'osait pas réfléchir de peur de deviner la vérité.

Louise-Jeanne promena autour d'elle des yeux hagards comme si l'enfant devait effectivement être près de là; puis, comprenant enfin que si Antoine parlait ainsi, c'est qu'il ne savait rien de ce qui s'était passé, elle chancela, poussa un cri, un seul, mais rauque, étrange, désespéré; un cri qui n'avait rien d'humain, et prenant sa course, elle s'enfonça dans les Champs-Élysées, et disparut derrière les arbres, déjà environnés de la brume opaque du soir. — Antoine ne songea pas à la suivre; il était frappé de stupeur et paralysé par le désespoir.

Cependant la comtesse commençait à s'inquiéter vaguement et comme par instinct de l'absence prolongée de Marie et de sa nourrice. — M. d'Entragues, qui venait de rentrer avec Georges de sa promenade quotidienne sur le boulevard de Gand, se chauffait les pieds devant la cheminée du salon, en pensant à sa partie de whist ou de boston du soir, quand le concierge vint le prévenir d'un air mystérieux que quelqu'un voulait lui parler.

M. d'Entragues sortit et trouva dans l'antichambre Antoine, qui, la figure bouleversée, la parole à peine intelligible, commença en balbutiant un récit incohérent de sa propre négligence et de l'état dans lequel il avait trouvé la malheureuse Louise-Jeanne.

Avertie par un de ces pressentiments maternels dont l'infaillibilité ne trompe presque jamais, madame d'Entragues avait suivi son mari jusqu'à la porte du salon, et aux premiers mots d'Antoine, la vérité lui était apparue dans toute son horreur.

Elle tomba évanouie sans pouvoir articuler un mot : il semblait que la foudre l'eût frappée.

Au bruit de sa chute et aux cris de Georges, le comte revint près d'elle. — On la porta sur un canapé, on la délaça, on lui fit respirer des sels, et quand elle revint à elle, on murmura à son oreille des paroles d'espérance.

— Perdue ! perdue ! — s'écria-t-elle : et s'échappant des bras qui la retenaient, elle s'élança tête nue, les cheveux en désordre, traversa la cour et gagna l'avenue des Champs-Élysées, appelant sa fille à grands cris, et la demandant à tous les passants qui la prenaient pour une folle.

Mais bientôt ses forces la trahirent, sa course se ralentit, ses membres fléchirent sous elle ! Elle serait tombée sur le pavé, si le comte et Antoine qui l'avaient suivie, ne s'étaient trouvés là pour la recevoir dans leurs bras et la rapporter à l'hôtel.

Elle se laissa mettre au lit sans résistance, car elle était plongée dans un anéantissement complet. — Bientôt une fièvre ardente, accompagnée de transport au cerveau et de délire, se déclara. — Tantôt la comtesse croyait presser sa fille dans ses bras, tantôt elle la croyait absente ou morte, et alors elle voulait s'élancer de sa couche pour la chercher ou aller prier sur sa tombe.

La malheureuse femme préférait Marie à Georges, parce qu'elle avait découvert dans les replis de la jeune âme de ce dernier des instincts qui la faisaient trembler pour l'avenir. M. d'Entragues ne se doutait pas de ces découvertes : les pères voient rarement ces sortes de choses, et ne les devinent jamais.

Au bout de quelques jours, la maladie de madame d'Entragues sembla diminuer d'intensité. — Le délire disparut, la raison revint, la pauvre femme put pleurer ! elle demanda Georges, qu'on avait éloigné d'elle, et exprima le désir de rester quelques instants seule avec lui.

M. d'Entragues l'amena près de son lit, puis il se retira dans la pièce voisine.

La comtesse serra son fils dans ses bras en sanglotant,

et l'éloignant un peu d'elle pour le regarder, elle remarqua avec un redoublement de désespoir qu'il avait l'œil sec, et que sa physionomie ne trahissait aucune émotion intérieure.

— Eh bien ! maman, — dit l'enfant, — me voilà pourtant fils unique.

Madame d'Entragues repoussa Georges avec horreur en jetant un cri perçant. — A l'instant même tous les accidents de sa maladie reparurent avec une nouvelle violence ; un délire furieux succéda au calme, momentané qu'elle avait éprouvé, et elle succomba dans la nuit.

Personne ne sut que Georges avait tué sa mère ; lui-même ne s'en douta pas : — il avait un de ces égoïsmes précoces dont la férocité est aveugle dès le début.

Le jour même où l'on enterrait madame d'Entragues dans le cimetière de Chaillot, on portait à la morgue le corps de Louise-Jeanne trouvé dans les filets de Saint-Cloud. — Le désespoir avait poussé la malheureuse nourrice au suicide.

Il serait trop long de raconter ici les démarches sans nombre que fit M. d'Entragues pour retrouver sa fille. — Vainement la police merveilleuse de Paris mit-elle en œuvre toutes les ressources dont elle dispose ; — vainement aussi des sommes considérables furent-elles offertes par la voie des journaux, aucune lumière ne vint percer l'obscurité qui enveloppait le mystère de la disparition de Marie.

Ainsi Georges se trouva par le fait fils unique, bien qu'il n'existât aucune preuve légale de la mort de sa sœur.

II

Un début dans la vie.

Lorsque M. d'Entragues dut abandonner tout espoir de retrouver sa fille, il quitta Paris, devenu pour lui la ville maudite, et, le cœur déchiré par une incurable douleur, il retourna s'ensevelir avec Georges dans sa terre de Normandie, pour y pleurer en paix la perte des deux êtres qu'il chérissait le plus au monde.

L'éducation première du jeune d'Entragues fut de nature à développer, sinon ses facultés intellectuelles, du moins sa force physique, son courage et son adresse. — Libre comme la brise qui passe sur les hauts sommets, toujours courant par voie et par chemin ainsi qu'un jeune cheval sauvage, tantôt partant dès l'aube matinale, son fusil sur l'épaule, avec des gardes-chasse et des braconniers, tantôt enfourchant un poulain indompté à la nuit tombante, pour s'amuser à aller effrayer les paisibles habitants de quelque ferme isolée, il grandit rapidement, et sous l'influence de cette vie active et presque périlleuse, sa vigueur musculaire surpassa bientôt celle de tous les jeunes garçons de son âge, sans en excepter les plus robustes. — Méprisant le danger pour lui-même, il s'inquiétait peu d'y exposer les autres, et ne tenait jamais compte d'aucun obstacle. Il en résulta pour Georges qu'en même temps que ses nerfs se trempèrent comme l'acier, son âme se durcit comme le bronze, et il devint également propre à supporter les fatigues de la débauche, les veilles de l'orgie, et à contempler sans en être ému les douleurs et les misères de ses semblables.

Quand Georges eut atteint sa treizième année, M. d'Entragues, qui avait recueilli, à droite et à gauche, quelques vagues notions sur les besoins et les exigences de son siècle, ou plutôt du siècle de son fils, comprit que le moment était peut-être venu de s'occuper de l'éducation morale de l'enfant sur lequel se concentrait toutes ses affections, et qui résumait toutes les espérances de sa vie brisée.

En conséquence, après une mûre délibération à laquelle prit part le curé du village, le jeune comte d'Entragues fut envoyé au collége de Juilly.

Là, sous les yeux de juges impartiaux et sévères, les fâcheux côtés de la nature de Georges ne tardèrent pas à se montrer : on reconnut bientôt qu'il était déjà un mauvais camarade, et qu'il ne serait jamais un bon écolier.

Il fut mauvais camarade, en ce sens qu'il abusa de la supériorité de sa force physique pour opprimer ses condisciples aussi âgés que lui, mais plus faibles, et pour s'arroger sur eux ce droit incontesté et incontestable, ce droit à la *part du lion*, qu'on appelle aussi le droit du plus fort. — Nous devons, du reste, rendre justice à notre héros, que toutes les fois qu'il se trouva, par extraordinaire, dans une collision quelconque, avoir affaire soit à plusieurs individus, soit à un seul appartenant à la catégorie des *grands*, et par conséquent plus robuste que lui, il ne recula jamais d'une semelle, reçut les horions sans se plaindre, et regardant comme le *nec plus ultrà* de la justice humaine la peine du tallion, rendit toujours *coup pour coup, œil pour œil, dent pour dent,* comme disent les Écossais.

Georges fut mauvais écolier, parce que, doué d'une intelligence supérieure, il ne fit de cette intelligence que l'usage strictement nécessaire pour éviter de justes punitions. — Il pouvait faire bien, et presque sans peine, il préféra faire plus que médiocrement et ne pas se donner de peine du tout.

Nous ne prétendons pas, au surplus, conclure de là, qu'une enfance indocile et paresseuse soit toujours suivie d'une jeunesse coupable : combien ne voyons-nous pas tous les jours dans le monde d'hommes honorables et honorés, doués d'un mérite tout à fait hors ligne, qui furent, dans leurs premières années, de détestables écoliers? le contraire, du reste, se voit plus fréquemment encore.

Bref, à dix-huit ans ses études étant terminées, tant bien que mal, Georges d'Entragues quitta le collége pour entrer, après un médiocre examen, à l'école militaire de Saint-Cyr.

Là, comme au collége, ses supérieurs furent promptement renseignés sur le caractère du jeune comte. Toutefois, comme la discipline presque militaire de l'école ne s'accommode point d'une trop flagrante insubordination, on finit par venir à bout de mâter l'indomptable nature de Georges.

Ce n'était pas sans une grande répugnance que M. d'Entragues s'était résigné à laisser son fils servir le gouvernement nouveau, l'*usurpation,* comme il disait. Mais son bon sens naturel s'épouvanta des conséquences d'une vie complétement inactive, pour un jeune homme dont il commençait à entrevoir les instincts inquiétants; et

Georges ayant reçu le brevet qui le nommait sous-lieutenant dans un régiment de cavalerie légère, son père le laissa partir pour l'Afrique.

Georges était brave : nous insistons sur ce point sans prétendre lui faire un mérite de cette vertu si naturelle à un Français et à un gentilhomme; de plus, la vie aventureuse des camps plaisait au jeune officier, qui se fit bientôt remarquer par sa valeur, son sang-froid et sa rare sagacité. – Après trois années de service, une action d'éclat lui valut le grade de lieutenant et la croix. — A cette époque une magnifique carrière militaire s'ouvrait devant lui, et peut-être l'eût-il parcourue sans déviation, s'il n'avait eu le malheur de perdre son père! — Le vieux comte d'Entragues, usé par les chagrins qui avaient empoisonné les dernières années de sa vie, était mort presque subitement, laissant à son fils une fortune dont il était indispensable de surveiller promptement l'administration, si on voulait en tirer un bon parti.

Georges ne vit qu'une chose dans la nouvelle qui lui apprenait que son père n'existait plus, c'est qu'il était indépendant et qu'il allait être presque riche. — Il prétexta donc la nécessité de s'occuper sans retard de ses affaires, et donna sa démission, malgré son colonel qui aurait vivement désiré le garder, parce qu'il faisait le plus grand honneur à son régiment.

Comme les propriétés avaient acquis beaucoup de valeur, depuis l'époque où le feu comte s'était rendu acquéreur d'une partie de ses anciens domaines, Georges se trouva, à sa rentrée en France, à la tête d'une fortune de six cent mille francs environ.

Son premier soin fut de faire déclarer judiciairement *l'absence légale* de sa sœur, dont la disparition remontait à plus de dix années; le tribunal qui la prononça lui

donna l'administration des biens de *l'absente,* avec la qualité de tuteur responsable.

Ayant passé de l'habitation de son père au collége de
Juilly, du collége à l'école militaire, et de celle-ci à l'ar-
mée d'Afrique, Georges n'avait été initié que par les rêves
de son ardente imagination à toutes ces enivrantes folies
qu'on 'est convenu d'appeler des plaisirs; mais par cela
seul qu'il avait dû se borner à les rêver, il désirait les
connaître avec une ardeur dévorante. — Ne ressemblant
pas à la plupart des écoliers qui voient une bonne fortune dans la conquête d'une femme de chambre hors
d'âge, dont les laquais ne veulent plus, il avait, de bonne
heure, assez réfléchi *sur l'amour,* pour comprendre que
ce qu'il en avait expérimenté jusqu'à ce jour n'était que
l'informe simulacre des jouissances que lui réservait l'a-
venir. — Ce n'est pas qu'il eût dédaigné les passe-temps
champêtres de la séduction villageoise pendant ses va-
cances, ni les escapades à Paris, lors des sorties de Saint-
Cyr; mais ses instincts précoces d'élégance, et sa vanité,
dès le début sans bornes, n'avaient trouvé leur compte ni
dans les uns, ni dans les autres. — Les premiers, malgré
les rendez-vous mystérieux sous la feuillée des taillis, ou
au fond des sillons des blés verts, parmi les bluets et les
coquelicots, et les causeries du soir, au clair de lune, par-
dessus les haies d'églantiers, n'avaient pas empêché
Georges de se dire que les grosses et robustes filles de la
Normandie, avec leurs joues rougeaudes, leurs cheveux
flottants à l'aventure, leurs pieds immenses et surtout les
émanations peu agréables qui s'exhalaient de toute leur
personne, ne devaient point ressembler aux poétiques
créations de son imagination, si prématurément éveillée.
— Quant aux secondes (nous voulons parler des escapades à Paris), le jeune gentilhomme s'en était moins arrangé encore. Les malheureuses créatures auxquelles il

avait eu affaire, lui avaient paru tombées si bas, qu'il était
impossible, soit de les opprimer, soit de les avilir davantage ; et la nature tyrannique et égoïste de notre héros
lui avait soufflé à l'oreille que l'on ne possède bien que
les femmes qui ont assez de valeur pour pouvoir être dé-
gradées.

Georges avait bien aussi rapporté quelques souvenirs de
son séjour en Afrique, mais ils ne lui rappelaient que des
juives assez laides, et des mauresques fort malpropres,
qui n'avaient ni les unes ni les autres rien de ces ravissantes Parisiennes que le jeune comte avait vu passer
comme les formes fantastiques d'un rêve au milieu de la
poussière des Champs-Élysées.

Aussi, dès que Georges s'était vu possesseur d'une fortune assez importante, il s'était hâté de venir à Paris, où
il sentait qu'il devait trouver la réalité de tous ses songes
quelques brillants qu'ils eussent été.

Les événements, on le voit, servaient les désirs du jeune
homme, désirs insensés à coup sûr, puisque celui qui en
saluait l'accomplissement avec bonheur ne donnait aucun
regret à la perte d'une carrière brillamment commencée,
et ne pensait déjà plus à la mort d'un père, dont la tendresse, si peu éclairée qu'elle fut, eût été cependant un
secours pour lui au besoin.

Toutefois une chose pouvait encore détourner Georges
de l'abîme vers lequel il se sentait entraîné, c'était son
premier amour.

Si cet amour était sérieux et profond ; — s'il s'adressait à une de ces nobles femmes qui se font une sorte de
mission sainte d'élever le cœur qui se donne à elles ; —
si cette femme savait se faire respecter même après sa
chute ; s'il n'y avait que de la passion et pas de déver-
gondage dans sa faiblesse ; — si son âme enfin restait
honnête et pure au milieu des désordres d'une liaison

coupable, — nous ne craignons pas de le dire, non seulement Georges n'aurait pas fait de progrès dans le mal, mais il eût pu même revenir au bien : ces miracles se voient quelquefois.

Mais si Georges, au contraire, s'attachait à une de ces créatures perverses, nées avec tous les instincts du vice et tous les secrets de la corruption; — s'il lui livrait son âme encore plus que son corps; s'il perdait dès le premier jour, dans les âcres jouissances d'une débauche raffinée, le goût des plaisirs délicats, — oh! alors il n'y avait plus rien à attendre de lui, et son avenir pouvait en quelque sorte être prévu.

Eh bien! ce fut le second de ces hasards que le dernier rejeton de l'antique et noble maison d'Entragues rencontra sur son chemin, presqu'aux premiers premiers pas de son début dans la vie.

Un soir, trois mois environ après l'arrivée de Georges à Paris, l'un des mystérieux petits salons *du Rocher de Cancale*, alors dans toute la splendeur de sa vogue, réunissait six convives des deux sexes : il y avait trois hommes et trois femmes.

Le matin même de ce jour, d'Entragues avait été invité à ce dîner par un de ses anciens camarades de l'école militaire, le marquis de***, fils aîné du duc de*** pair de France. — Le marquis n'avait que vingt-deux ans, et possédait déjà, du chef de sa mère, une immense fortune.

— Vous amènerez votre maîtresse, — avait-il dit à Georges; — et vous verrrez la mienne, la belle Antonia.

Georges avait accepté : Quel est l'homme jeune ou vieux, qui, dans ces occasions là, n'est pas en mesure de fournir une femme lorsqu'on la lui demande?

Nous allons faire assister nos lecteurs à ce dîner dont nous venons de leur parler.

Le troisième convive du sexe masculin était un ami commun de Georges et du marquis : il va sans dire qu'il avait aussi amené une créature quelconque qu'il appelait sa maîtresse.

Celle de Georges, était une actrice du Vaudeville que nous ne nommerons pas parce qu'elle vit encore et qu'elle n'a point quitté le théâtre. — Elle jouissait alors de quelque célébrité; cependant comme elle n'est pas destinée à jouer un rôle dans notre histoire, nous ne nous occuperons pas d'elle.

Antonia, elle aussi, vit encore, et plus d'un viveur parisien n'a point oublié, nous en sommes sûr, son nom, sa merveilleuse beauté, son esprit diabolique et ses aventures sans nombre ; — mais qui pourrait la reconnaître aujourd'hui, elle, la courtisane folle et prodigue, sous le chapeau en éteignoir et l'ignoble tartan bariolé de l'ouvreuse de loges d'un des plus infimes théâtres des boulevards.

A cette époque, elle était dans tout l'éclat de sa splendide beauté, aussi mérite-t-elle et doit-elle obtenir de nous quelques lignes.

Figurez-vous une femme ni trop grande ni trop petite, mais admirablement proportionnée de la tête aux pieds.

Fine de la taille, large des hanches et de la poitrine, elle était de ce ces créatures admirables qui sont aussi nues sous une robe de velours, que Vénus Aphrodite sous l'écume transparente des flots. — Son sein de marbre, saillant et développé, semblait s'indigner des entraves incommodes du corset. — Sa démarche onduleuse et souple avait ce je ne sais quoi que la femme tient de la couleuvre, et ce léger tressaillement des hanches qui, selon l'expression de l'Écriture, *doit perdre les enfants des hommes.*

Antonia, comme presque toutes les femmes dont la

beauté est tout à fait hors ligne, avait pour tout ce qui
regardait cette beauté un sentiment exquis de l'art; aussi
n'avait-elle jamais voulu adopter les modes mesquines et
ridicules de son beau temps. — Par exemple, à l'époque
des robes à tailles froncées et des manches à gigot, Antonia portait des corsages justes, adhérents à son buste,
et des manches plates et collantes. — Nul ne songeait
à s'étonner de cette bizarrerie, car Antonia était si belle,
qu'elle imposait ses goûts et ses caprices, même à ceux
qui ne la connaissaient que pour l'avoir vue passer dans
la rue, ou contemplée dans sa loge au spectacle:

C'est que, sur ce corps digne du ciseau de Praxitèle,
Antonia portait une tête qu'eussent copiée avec amour les
pinceaux de Léonard de Vinci et du Titien.

. Son front pur, large et blanc était encadré entre deux
épais et brillants bandeaux de cheveux d'un noir d'ébène
magnifique. — Ses yeux, noirs aussi, étaient grands,
vifs, moqueurs, spirituels, quelquefois scintillants d'un
feu qui rayonnait comme un éclair, le moment d'après
voilés d'un fluide vaporeux qui vous jetait dans un trouble étrange. — Sa bouche était petite, vermeille, railleuse; la saillie des lèvres trahissait un penchant décidé
à tous les genres de sensualité; — le menton un peu
avancé était terminé par une fossette de l'expression la
plus libertine. — Ce ravissant ensemble, recevait un cachet d'originalité et de mignardise, de deux petits signes
brun-foncé, placés comme deux *mouches assassines*, l'un
à gauche au-dessus de la lèvre supérieure, l'autre à droite
un peu au-dessous de l'œil.

Telle que nous venons de la peindre, on comprend facilement qu'Antonia fut la reine des courtisanes de son
temps. — Elle menait une existence prodigieusement élégante, avait un hôtel, des chevaux, de nombreux domestiques. On citait le luxe plein de goût de ses équipages

à Longchamps, et il était établi partout qu'elle ne pouvait pas dépenser moins de deux cent mille francs par année. — Une foule d'hommes riches et distingués étaient à ses genoux : les uns, qui n'avaient que cela à lui offrir, lui prodiguaient leur or; les autres faisaient des bons mots pour elle, comme les parasites du feu prince de Talleyrand; ceux-ci la comblaient de présents; ceux-là, plus vils esclaves que les autres, calomniaient ses rivales, ou cherchaient querelle aux amants renvoyés qui s'obstinaient à ne pas vouloir emporter leur bonnet de nuit de la maison. Tous n'étaient point complètement heureux, car Antonia n'ayant ni entraînement, ni générosité, on ne pouvait obtenir ses faveurs qu'en les payant un prix énorme.

Au moment où se passaient les évènements que nous racontons, le jeune marquis de*** était le favori du jour, *l'esclave régnant*, comme disaient les flatteurs d'Antonia.

Georges n'avait pu voir sans une émotion profonde la beauté miraculeuse d'Antonia, assise en face de lui à table, et il avait souvent attaché sur elle des regards passionnés, pendant le dîner qui tirait à sa fin. — Il avait été prodigieusement gai, ce dîner, où les vins les plus exquis avaient coulé à flots! Aussi, lorsqu'on sortit de table, les joues de ces dames étaient-elles plus colorées, leurs yeux plus brillants qu'à l'ordinaire, et tous les esprits entraient dans cet état de joyeuse exaltation qui fait voir le présent en beau et l'avenir plus charmant encore.

Si le jeune marquis de*** était trois ou quatre fois plus riche que Georges d'Entragues, c'était là son seul avantage. — La fortune l'avait favorisé, mais non pas la nature : il avait une apparence chétive et un esprit des plus bornés.

Nous savons donc que Georges le primait de plus d'une façon, puisqu'il était beau, hardi et spirituel.

Antonia ne se souciait guère de l'esprit et de la beauté quand il étaient seuls, mais elle en faisait le plus grand cas lorsque ceux qui les possédaient jouissaient d'une certaine aisance, et qu'elle pouvait espérer les rendre assez amoureux d'elle pour les amener à se ruiner à son service. — Dans ce cas ses sens engourdis s'éveillaient promptement, et il lui prenait des caprices qui avaient toute la violence d'une passion indomptable. — Puis, lorsque le beau et spirituel vainqueur n'était plus qu'un pauvre diable, Antonia se guérissait comme par enchantement de son amour, et le pauvre diable était mis à la porte sans cérémonie.

Pendant le dîner il avait été facile à Antonia d'acquérir quelques renseignements très-suffisants sur la position de fortune du jeune comte d'Entragues.

Il avait de vingt à vingt-cinq mille livres de rente ; — on pouvait donc sans trop se compromettre, admirer sa beauté, rêver les prodiges de sa force et répondre à ses œillades brûlantes : — Antonia ne s'en fit pas faute ; elle y joignit même la petite licence de permettre à son soulier de satin noir d'engager, par-dessous la table, une conversation fort éloquente avec la botte vernie de Georges.

Tout ce manége ostensible et souterrain ne put se faire d'une façon si mystérieuse, que le marquis ne s'en aperçût. — Il n'était pas jaloux d'Antonia, mais il fut, et non sans raison, blessé de voir l'entente plus que cordiale de sa maîtresse et de son ami, commencer devant lui, et à un dîner qu'il devait payer de son argent : — il faut, du reste, convenir que ce procédé n'avait rien de bien délicat.

Homme de trop bonne compagnie, d'ailleurs, pour témoigner une susceptibilité de mauvais goût, il se con-

tenta de lever la séance, et, en emmenant Antonia, il
pria Georges de vouloir bien l'attendre chez lui le lendemain vers dix heures.

A ce rendez-vous, il dit franchement et amicalement à
Georges qu'il avait trouvé quelque chose de blessant dans
sa conduite de la veille, et qu'il le priait de s'abstenir de
toute entreprise sur le cœur ou sur la personne d'Antonia,
jusqu'à ce qu'il eût jugé à propos de lui laisser le champ
libre en se retirant.

Georges qui n'était plus sous l'influence quelque peu éro-
tique des fumées du vin de Champagne, lui promit tout
ce qu'il voulut, avec l'intention parfaitement arrêtée, sans
aucune arrière-pensée, de tenir religieusement cette promesse, faite à un ami avec lequel il ne voulait pas se
brouiller.

Mais, dans la journée, il reçut un billet d'Antonia qui
le priait de passer chez elle. — Georges ne crut pas pouvoir se dispenser d'obéir à cet ordre. Il alla donc chez la
courtisane, qu'il trouva dans un délicieux boudoir tendu
en damas de soie cerise, et assombri par des stores en
gros de Naples de même couleur, et par d'épais rideaux
qui ne laissaient arriver jusqu'au divan sur lequel Antonia était étendue, dans un costume léger et dans une
pose pittoresque, qu'un jour doux et rosé de l'effet le plus
voluptueux.

Georges comprit qu'il lui serait difficile d'être fidèle
à ses engagements en présence d'aussi évidentes provo-
cations; cependant, au risque de passer pour un niais et
de jouer un rôle ridicule, il confessa à Antonia la position dans laquelle il se trouvait vis-à-vis de son amant
en titre.

Comme il connaissait peu les femmes, ou comme il les
devinait bien! A l'instant même le caprice d'Antonia devint une passion furieuse, car elle avait rencontré un

obstacle à briser. — Compromettre un homme en l'obligeant à manquer à un engagement d'honneur, c'était, après le plaisir de le ruiner, la plus grande de toutes ses jouissances. — Antonia se jura à elle-même qu'elle la savourerait, et elle se tint parole.

Le soir même, le jeune marquis de*** trouva la porte de sa maîtresse fermée, et l'impudente courtisane ne se donna pas même la peine de lui faire cacher la cause de leur rupture.

Le lendemain, le marquis envoya deux de ses amis à Georges, pour lui demander raison de son manque de foi à son égard.

La rencontre eut lieu dans le bois de Vincennes. — Georges très-habile tireur perça de part en part le marquis qui tomba blessé grièvement : on le rapporta chez lui mourant.

Comme il était l'unique héritier d'un des plus beaux noms de France, ce duel fit grand bruit, et on parla même de poursuivre l'adversaire heureux; mais d'une part la législation *épicière et couarde* de M. Dupin n'était pas encore en vigueur à cette époque, et de l'autre, le marquis avant d'expirer avait déclaré que M. d'Entragues n'était pas l'agresseur, et qu'il s'était loyalement conduit sur le terrain. — Georges ne fut pas inquiété.

On doit aimer beaucoup, ou haïr violemment la femme pour laquelle on vient de verser le sang d'un ami. Aussi à partir de ce moment, Georges s'éprit-il pour Antonia de la plus folle de toutes les passions insensées ! Il ne fut plus seulement son amant, il devint aussi son esclave.

Mais la courtisane qui s'était donnée par caprice, et dont les caprices ne duraient jamais bien longtemps, rentra peu à peu dans les habitudes commerciales de son caractère. — Elle insinua donc un beau jour à Georges qu'elle faisait un marché de dupe en lui laissant pour rien ce qu'elle pourrait vendre à d'autres bien cher, et qu'en conséquence il était temps qu'il se retirât, afin de céder la place, *au plus offrant et dernier enchérisseur*.

Ce n'était pas là le compte de Georges, dont l'amour était prodigieusement jaloux, comme tous les amours exclusifs et passionnés; — aussi, voulant acheter le corps puisque le cœur n'était plus à lui, il se mit sur le pied d'entreteneur, auprès de cette femme qui aurait été de force à dévorer le budget de la révolution de juillet.

La part de l'héritage paternel, appartenant au jeune comte fut promptement hypothéquée jusqu'à concurrence de toute sa valeur; et Antonia, qui trouvait Georges peu riche, ne fit qu'une bouchée de ces premières prodigalités, afin d'en avoir plus tôt fini avec lui, et de passer à un autre plus favorisé par la fortune, et moins gênant par le caractère.

Georges n'ayant plus rien à lui, et ne pouvant se décider à rompre avec la créature qui l'avait fasciné, eut l'idée de spéculer sur la mort probable de sa sœur. — Il alla trouver un juif qui, mis au courant des événements antérieurs et jouant le tout pour le tout, lui avança sur la portion de biens appartenant à l'*absente* une somme fort minime eu égard à la valeur des biens, moyennant, bien entendu, un acte en bonne et due forme, concédant à l'usurier, petit-fils d'Abraham, la complète propriété des biens en question à l'époque où la loi enverrait le comte en possession définitive.

Ceci prolongea de quelques jours l'agonie de la liaison de Georges et d'Antonia; mais à mesure que les billets de banque et les pièces d'or disparaissaient, la courtisane devenait de plus en plus froide, et un beau soir, elle ferma sa porte à Georges comme elle l'avait fermée à son prédécesseur, avec cette différence que le pauvre d'Entragues ne possédait pour toute fortune liquide que deux ou trois cents louis.

Et le malheureux aimait Antonia plus que jamais : — sa folie était devenue un délire furieux.

— Ah! femme adorée et maudite! — s'écria-t-il dans un de ses paroxismes de rage, — il faut de l'or pour te ravoir! Eh bien! j'en aurai, des monceaux, des torrents, et tu me reprendras quand tu me sauras redevenu riche!

Mais pour avoir il ne suffit pas de dire : *J'aurai.* — Georges eut un instant la pensée de voler, mais il reconnut l'impossibilité de pratiquer le vol sur une échelle assez vaste pour atteindre le but unique qu'il se proposait.
— Alors il se souvint d'avoir été quelquefois dans une maison où se réunissaient des gens du monde, des chevaliers d'industrie, des femmes galantes, et où l'on jouait fort gros jeu. — Il y retourna, et s'assit à une table d'écarté, convaincu que la fortune allait lui sourire puisque l'amour le traitait si mal.

Son adversaire était un homme de quarante-cinq à cinquante ans, portant un ruban rouge à la boutonnière, et ayant un extérieur assez respectable : — il se faisait appeler le comte de Fly.

Ce personnage jouait avec un singulier bonheur. — En peu d'instants il eut gagné tout l'or de Georges, qui se leva machinalement ne possédant plus que les habits qu'il avait sur lui, — encore les devait-il à son tailleur.

Étourdi par le malheur complet qui venait de l'accabler, Georges resta debout derrière l'homme qui l'avait dépouillé, et dont la chance heureuse paraissait devoir continuer avec un nouvel adversaire.

Il le regarda d'abord jouer sans trop savoir ce qu'il faisait ; mais peu a peu il s'intéressa à ce spectacle, et bientôt son attention fut tout à fait captivée : — il venait de remarqué quelque chose d'extraordinaire dans la manière dont le comte de Fy maniait ses cartes.

Il examina avec plus de soin, et il acquit la certitude que son antagoniste trichait, et que par conséquent l'argent qu'il avait perdu lui avait été volé.

Humilié et furieux tout à la fois d'avoir été pris pour dupe, et si facilement exploité, Georges avança la main pour saisir les cartes et les jeter à la figure de l'escroc.

M. de Fly aperçut ce mouvement et prévit cette intention ; — alors, contenant Georges par un regard fixe, empreint d'une résolution et d'une force singulières, il lui dit avec un sourire :

— Je serai à vos ordres dans un moment, monsieur.

Effectivement, au bout de quelques minutes, M. de Fly se leva, ramassa gravement l'argent qu'il venait de gagner, prit son chapeau et dit à Georges en le saluant :

— Quand vous voudrez, monsieur.

Tous deux sortirent. — A peine arrivés dans la rue, le comte de Fly dit à d'Entragues :

— Vous avez une explication à me demander, monsieur, et moi j'en ai une à vous donner. — Voulez-vous que nous allions chez vous, ou voulez-vous venir chez moi ?

— Allons chez vous, — répondit laconiquement Georges, qui ne comprenait rien à la tournure que prenait cette scène.

— Je demeure tout près d'ici, rue Neuve-Saint-Augustin : allons.

La maison d'où sortaient les deux personnages était située rue Richelieu.

A peine arrivés dans un appartement meublé avec une élégante simplicité, le comte de Fly présenta un siége à

Georges, puis tirant de sa poche, de l'or et des billets de banque pour une somme de huit mille francs à peu près, il en fit deux parts, garda l'une devant lui, et poussa l'autre devant Georges en lui disant avec le plus grand sang-froid.

— Ceci vous appartient, monsieur.

— Que voulez-vous dire ? — demanda Georges stupéfait.

— Que ce sont les bénéfices de la soirée, que vous êtes mon associé, et que je partage avec vous.

Georges comprit qu'on achetait son silence parce que cet homme avait lu dans son âme avec une infernale perspicacité. — Pour la dernière fois le sang du gentilhomme bouillonna dans ses veines et la rougeur lui monta au front ! — Ce bon mouvement ne dura qu'une seconde : la vue de l'or l'étouffa. — Deux heures auparavant, d'Entragues s'était dit qu'il s'enrichirait n'importe comment, n'importe à quel prix, et le malheureux entrevoyait là un moyen de fortune. — C'en était fait ! l'honneur était mort, le pacte infernal était signé ! — Georges prit l'argent que lui tendait le comte de Fly.

— J'accepte, — dit-il à ce dernier avec une sombre résolution. — Mais je veux devenir réellement votre associé. — Je veux comme vous, pouvoir être utile à la communauté et partager vos risques afin d'avoir le droit de partager vos bénéfices.

— Alors, monsieur, — dit le comte de Fly, sans manifester le moindre étonnement, — alors nous serons bientôt riches. — J'ai en vue depuis long-temps une entreprise magnifique, gigantesque, pour laquelle j'avais besoin du concours d'un homme comme vous, portant un beau nom comme le vôtre, et posé dans le monde comme vous l'êtes. — Moi j'ai été obligé de me faire ce que je suis, et mon titre est douteux comme ma noblesse... mais tout ira bien maintenant puisque vous consentez à me venir en aide, — Je vais d'abord vous initier aux premiers principes de notre art, ensuite nous nous mettrons à l'œuvre. — D'ici là, veuillez regarder ma bourse comme la vôtre, et y puiser sans le moindre scrupule. — Notre association prendra date sérieusement à compter d'aujourd'hui.

Un mois après, Georges d'Entragues, muni de nombreuses lettres de recommandation, partait en poste pour Marseille, en compagnie du faux comte de Fly.

III

Le club des Phocéens.

Qu'est devenu ce temps heureux où l'on aurait pu commencer un chapitre de roman en s'écriant en prose plus ou moins poétique :

« *Salut, blanche reine de la Méditerranée ! — salut, Marseille, patrie de Méry ! — salut, vieille et noble cité, fière de ta ceinture d'algues marines et de ton horizon de vagues azurées ! Fière aussi de tes quais où la brise du soir jette les âcres parfums des flots, mêlés aux douces senteurs des orangers en fleurs ! — Dors en paix, ville des Phocéens ! le château d'If veille sur toi — le château d'If, dont l'antique donjon vit sortir de son flanc, comme la Minerve de la fable, le comte de Monte-Cristo tout armé.* »

Hélas ! elle est passée cette belle époque de littérature ossianique ! (*bonus dormitat Homerus*) — Monsieur de Baour Lormian sommeille dans son fauteuil académique ! — Les vers blancs de MM *** et de Mesdames *** ne martellent plus impitoyablement l'oreille des jolies lectrices, des coups redoublés de leurs étranges inversions, emprisonnées dans des hémistiches sans rimes ni... Nous n'achevons pas... Ces messieurs et ces dames pourraient nous prendre pour des envieux, ce qui serait fort humiliant pour nous.

Et cependant, il faut convenir que ce système était bien commode. — La phrase redondante remplaçait la pensée; — on mélangeait à doses égales, dans un certain nombre de périodes sonores, les ruines d'un vieux castel, les rayons brillants ou voilés de plusieurs clairs de lune. des nuages sombres ou lumineux; — on ajoutait une blanche femme, un amour pur, un enfant mystérieux, un tyran farouche, un chevalier courtois; — on jetait sur le tout des cotes de mailles, des gantelets de fer, par-ci par-là quelques poignards; — on éclairait l'action avec des torches, et le style avec des points d'exclamation, et l'on finissait par avoir un roman en deux volumes in-8°. — Cela formait-il un ouvrage? — Nous ne déciderons pas la question; mais enfin Eugène Renduel ou Dumont éditaient l'œuvre nouvelle avec une couverture beurre frais, une vignette de Tony Johannot, et les femmes nerveuses et peu lettrées la lisaient, un flacon de sels dans une main et un mouchoir trempé de larmes dans l'autre.

Peut-être aujourd'hui ne faisons-nous pas mieux; mais enfin nous faisons autrement... et faire autrement, n'est-ce pas déjà quelque chose?

Terminons donc ici cette digression, et rejoignons M. d'Entragues et le comte de Fly qui viennent de descendre de leur chaise de poste dans la cour de l'*hôtel des Étrangers*, sur la Canebière, le plus beau quartier de Marseille, comme on sait.

Avant de reprendre sérieusement le cours de notre récit, nous croyons devoir prévenir nos lecteurs que les faits que nous allons raconter sont de la plus rigoureuse exactitude. — Rien de ce que contiendra le chapitre qu'on va lire ne nous appartient en propre : — le fond, la forme, la donnée, les détails, tout nous a été transmis;

— si on en doutait, nous pourrions citer cent témoignages à l'appui de la déclaration que nous faisons ici.

Il s'agit donc de quelque chose de bien extraordinaire, de bien impossible, comme qui dirait d'une de ces invraisemblances choquantes que le public n'accepte que de la part de certains auteurs? — Donnez-vous la peine de lire quelques pages, et vous verrez.

Le cercle des Phocéens, toutes les personnes qui ont habité Marseille, ou qui ont eu des relations avec des Marseillais le savent, est composé de l'aristocratie de la ville, et presque tous ses habitués possèdent de grandes fortunes, acquises dans le commerce des huiles, des savons, des parfumeries et autres objets de première nécessité.

A l'époque où se passaient les faits que nous allons raconter — (nous ne savons d'ailleurs s'il en est de même aujourd'hui), — le démon du jeu s'était emparé avec une fureur inouïe de tous ces honnêtes négociants marseillais, qui, chaque jour, hasardaient sur une carte des sommes plus que suffisantes pour fréter un joli trois-mâts en partance pour Rio-Janeiro, le cap de Bonne-Espérance ou les États-Unis.

Comme, du reste, on doit comprendre la singulière importance d'une perte ou d'un gain déloyal dans des conditions semblables, on ne s'étonnera pas d'apprendre que les plus scrupuleuses précautions avaient été prises pour rendre impossible, au cercle des Phocéens, la plus petite tentative d'une *flibusterie* quelconque. — On ne se défiait de personne précisément, mais on se mettait en garde contre l'inconnu, ce drôle qui nous joue de si mauvais tours à l'aide de ses nombreux déguisements.

Ainsi une enquête minutieuse, blessante même pour celui qui en était l'objet, était faite par une commission de quatre membres, nommée à la pluralité des suffrages et renouvelée à chaque trimestre, sur le compte de toute personne qui se présentait pour être admise à faire partie de la société. — Cette personne quelle qu'elle fût, devait en outre avoir pour parrains ou répondants deux membres influents du club qui se portaient en quelque sorte caution solidaire de ses actes.

De plus, et cette dernière précaution toute matérielle était pour la friponnerie un obstacle insurmontable, le caissier du cercle achetait lui-même chez un marchand attitré la provision de cartes de l'établissement. — Cette provision était renfermée par lui dans un coffre-fort à secret, dont les clefs ne le quittaient jamais.

Sous aucun prétexte les mêmes cartes ne servaient deux fois ; — on les renouvelait après chaque partie : c'était plus cher, mais c'était plus sûr.

Et cependant ce fut sur cet ensemble de circonstances défavorables, parfaitement connues de lui, que le comte de Fly basa le plan de la plus gigantesque escroquerie que le génie du vol en grand ait jamais conçue. — Nous verrons bientôt par quel chemin tortueux il devait arriver à son but.

Dès le lendemain de son arrivée, Georges d'Entragues s'était empressé d'aller remettre à leurs adresses les lettres de recommandation dont il s'était muni avant de quitter Paris. — Ces lettres, écrites par des personnages éminents aux principaux habitants de Marseille, ouvrirent au jeune et brillant comte non-seulement les portes de tous les salons, mais encore celles du célèbre club des Phocéens où nous le retrouverons bientôt.

Le comte de Fly, de son côté, n'avait pas non plus perdu son temps. — Le jour même où Georges faisait ses visites dans le quartier aristocratique de la ville, son compagnon louait, sous un nom supposé, une petite chambre garnie et une espèce de magasin au quatrième étage d'une vieille maison de la rue *des Matelots;* et tous les soirs, quittant l'élégant logement qu'il occupait avec le comte d'Entragues *à l'hôtel des Étrangers,* il allait passer une heure ou deux dans ce bouge, où il recevait quelques brocanteurs et marchands de vieux habits, qui toujours arrivaient portant des paquets assez volumineux, et ressortaient les mains vides.

Voici l'explication de cette particularité mystérieuse qui peut-être intrigue nos lecteurs.

M. de Fly, parmi beaucoup d'autres petits talents de société dont l'énumération serait fastidieuse en ce moment, possédait à fond l'art indispensable à tous les escrocs qui se respectent, de se grimer à faire envie aux plus célèbres, sous ce rapport, de nos acteurs de Paris.— Aussi, à certaine heure du jour, quelqu'un qui, par un motif de curiosité quelconque, eût surveillé la maison de la rue des Matelots, n'aurait pas été médiocrement surpris d'en voir sortir, au lieu de l'homme à cheveux gris, à la figure pâle et à la tournure élégante et svelte qui y était entré peu de moments auparavant, un gros gaillard à la face rubiconde, aux immenses favoris noirs, au ventre proéminent, ayant dans ses vêtements et dans ses allures toutes les apparences d'un de ces capitaines pacotilleurs, dont Marseille fourmille à certaines époques, et qui exercent dans toutes les contrées du globe le commerce des verroteries, de la quincaillerie commune, des modes surannées, des armes à feu hors de service, des jouets d'enfant disloqués, et mille autres objets enfin, sans forme et sans utilité réelle, dont ils trouvent le placement de l'autre côté de la ligne, à dix mille pour cent de bénéfice.

C'est qu'en effet, c'était bien un de ces pacotilleurs au long cours dont M. de Fly avait voulu reproduire le type exact, et il y était parvenu avec un rare bonheur, comme on a pu le voir.

Rien n'y manquait vraiment, — ni le chapeau à forme basse et à larges bords, — ni la cravate de foulard aux couleurs voyantes, — ni les anneaux d'or aux oreilles, — ni les ancres d'argent à la chemise de toile bleue, — ni la redingote ou *vareuse*, façon d'officier de marine, avec d'autres ancres brodées au collet, — ni le pantalon flottant, — ni le brûle-gueule court, — ni la canne de bambou, — ni la chaîne d'or, — ni les bagues de faux brillants à tous les doigts... — Bref la métamorphose était complète, et le personnage de la plus miraculeuse vérité.

Une fois connu pour ce qu'il voulait paraître, M. de Fly se rendit successivement chez tous les marchands de tabac qui vendaient aussi, avec privilége de la régie, des cartes aux braves Marseillais. — Chez chacun d'eux il se donna comme un capitaine au long cours devant mettre à la voile le lendemain, et recevant à l'instant même une demande considérable de cartes pour l'Australie, ce qui le mettait dans la fàcheuse nécessité d'en acquérir là plus grande quantité possible, n'importe à quel prix. — Les marchands ne se firent pas faute de profiter de l'incroyable naïveté avec laquelle l'excellent capitaine racontait ses petites affaires au premier venu, et ils lui vendirent leur marchandise à vingt pour cent au-dessus du prix légal. M. de Fly paya comptant sans discuter, puis il fit porter les ballots de cartes dans son logement de la rue des Matelots.

Sa dernière visite fut pour le fournisseur attitré du club des Phocéens. — Celui-ci fit quelques difficultés pour se dessaisir de toute sa provision, craignant de se trouver pris au dépourvu si le caissier du cercle s'adressait à lui avant qu'il ait eu le temps de regarnir ses rayons; — mais séduit par l'appât du gain très-élevé que lui offrait le capitaine, et réfléchissant qu'il lui serait facile en cas de besoin de trouver à l'instant même d'autres cartes chez ses confrères, il se décida à livrer ses précieux paquets, qui furent aussi immédiatement transportés rue des Matelots.

Le soir même le comte de Fly ne vint pas seul à son obscur logement : — il était accompagné de Georges d'Entragues, et ni l'un ni l'autre ne sortit de la maison cette nuit-là.

Le lendemain matin, le caissier du club se présenta pour acheter des cartes chez l'homme qui lui en vendait ordinairement. — Celui-ci, pris au dépourvu, expédia sur-le-champ un de ses commis chez un confrère du voisinage. — Au bout d'une heure seulement, le commis revint consterné : — il ne s'était pas borné à aller chez le voisin, il avait parcouru toutes les boutiques de la ville, et cependant il ne rapportait pas un seul sixain. — Partout la raffle du pacotilleur avait été complète. — Marseille, l'opulente Marseille manquait de cartes ! ! ! — Le cercle des Phocéens fut obligé de tourner ses pouces pour se distraire. — On agita s'il ne conviendrait pas d'écrire sur la porte principale de l'établissement : — *Fermé pour cause de calamité publique.*

Qu'on juge maintenant de la surprise et de la joie du boutiquier compromis, quand, dans la soirée du même jour, il vit entrer dans son magasin une espèce de domestique étranger, suivi d'un commissionnaire qui portait un énorme ballot sur ses épaules. Le domestique expliqua longuement, minutieusement, avec toutes sortes de circonstances, dans un baragouin moitié anglais, moitié français, mais cependant fort intelligible, que son maître le capitaine au long cours, accablé de mauvaises affaires par suite de nombreuses faillites, avait dû prendre la fuite pour se soustraire à ses créanciers, et qu'il ne lui avait laissé, à lui son serviteur fidèle depuis bien des années, qu'une assez forte partie des cartes achetées la veille, en lui disant que c'était pour le payer de ses gages arriérés ; et qu'en conséquence, comme il avait plus besoin d'argent que d'autre chose, il se hâtait de rapporter les cartes au principal vendeur primitif, proposant de les lui laisser à un rabais de vingt-cinq pour cent, pourvu que le paiement fût immédiat.

L'affaire était magnifique, et il n'y avait en définitive aucune raison plausible pour la refuser, aussi le marchand consentit-il avec empressement à la conclure sans retard. — Le domestique, ayant livré sa marchandise et reçu son argent, sortit en maugréant contre ces *mauvaises canailles de maîtres* qui font perdre à de braves gens le prix de leurs sueurs de trois années, — et quelques heures après le club des Phocéens rentra dans la joie : il était de nouveau approvisionné de cartes. — La satisfaction qu'on ressentit de la fin de cette calamité fut si grande qu'on ne songea pas plus à s'informer des causes qui l'avaient produite que de celles qui l'avaient fait cesser tout à coup.

Or, comme nos lecteurs, tous gens d'infiniment d'esprit (nous n'en exceptons pas un), l'ont sans doute déjà deviné, Georges d'Entragues et le comte de Fly avaient passé la nuit à *Biseauter* les cartes en grande partie ; — puis les paquets, dont on avait scrupuleusement respecté les cachets au moyen d'un procédé fort habile, avaient été refermés avec une si merveilleuse adresse, que l'œil de Lynx de la régie elle-même n'aurait pu soupçonner leur frauduleuse ouverture.

Le tour était fait ; — il ne s'agissait plus que d'en retirer le profit, ce ne devait pas être à beaucoup près aussi difficile.

Le comte de Fly se frotta les mains, et ne reparut plus dans sa petite chambre de la rue des Matelots, où il abandonna avec un ventre postiche, un costume complet de capitaine au long cours et une livrée de domestique. —

Il voulait qu'on pût croire qu'il s'était déguisé pour s'enfuir. — Il y avait en outre dans la cheminée un énorme amas de cendres produites par les cartes brûlées, mais on devait trouver tout simple qu'un négociant qui avait fait de mauvaises affaires ait voulu anéantir ses papiers avant de s'éloigner : — ces choses là se voient tous les jours.

Le reste regardait désormais et uniquement le jeune et beau comte d'Entragues.

Admis, comme on sait, dans le cercle des Phocéens, Georges, depuis cette admission, avait fait preuve d'un tact et d'une habileté qui ne s'étaient pas démentis un seul instant. — Sa conduite au jeu était surtout d'une convenance remarquable, et lui avait fait des amis sincères et de chauds partisans. — Modéré et calme dans le gain, digne et serein dans la perte, il était toujours au niveau de la position que lui faisait le hasard. — Nous ajouterons qu'il lui était plus habituel de perdre que de gagner, ce qui le mettait à même de répondre aux personnes qui lui adressaient des compliments de condoléance sur sa veine fâcheuse :

— La chance tournera peut-être, et puis d'ailleurs je joue pour m'amuser et non pas pour gagner.

Et chacun admirait ce désintéressement bien rare même à Marseille.

Et les pères de famille, rentrant chez eux après avoir empoché les napoléons du généreux et élégant gentilhomme, chantaient bien haut les louanges du jeune comte ; — et les mères, in *petto*, le désiraient pour gendre ; — et les femmes de trente ans tournaient vers lui leurs grandes prunelles noires quand elles le rencontraient dans le monde ou à la promenade ; — et les jeunes filles en rêvaient le soir, en contemplant du haut de leurs balcons la lune et son cortége d'étoiles se mirant dans les flots bleus de la belle et poétique Méditerranée.

Georges, lui, pensait toujours et plus que jamais à Antonia; et c'était elle, rien qu'elle qu'il revoyait sans cesse dans un mirage féerique, quand l'or ruisselait sur les tables de jeu.

Nous avons dit que Georges perdait habituellement, et que les bons Marseillais se *gaudissaient* des excellentes affaires qu'ils faisaient avec le candide Parisien.

Mais un jour tout changea! — Un éclair de joie rapide et inaperçu brilla dans l'œil en apparence pensif du jeune homme, lorsqu'après avoir rompu l'enveloppe fragile d'un paquet de cartes neuves, il les prit pour les mêler.

C'est que Georges venait d'apercevoir dans une vision pleine de volupté, la porte entr'ouverte de la chambre à coucher d'Antonia.

Il avait senti sous ses doigts frémissants de bonheur le premier jeu de cartes biseautées!

Comme on le devine bien, la chance tourna aussitôt : — Georges gagna. — Les joueurs, ses adversaires, qui savaient combien ses veines de bonheur étaient courtes, s'entêtèrent à vouloir rattraper leur argent; — mais la chance resta fidèle à Georges, qui, ce soir-là, sortit du club des Phocéens emportant une somme ronde et très-satisfaisante de trente mille francs.

Le lendemain, au commencement de la soirée, le jeune comte perdit cinq cents louis. — Il exprima le désir de quitter la place, mais ses adversaires de la veille, croyant ressaisir au vol la fortune capricieuse, lui proposèrent de jouer quitte ou double tout l'argent perdu dans la soirée précédente.

Georges accepta cette revanche avec une noblesse qui fit l'admiration de la galerie. — *Ce désintéressement* reçut sa récompense, car trente autres mille francs se joignirent au gain dont nous avons déjà parlé.

Il serait fastidieux pour nous et peu divertissant pour

nos lecteurs de suivre jour par jour, heure par heure, les caprices apparents de la fortune, qui finissait toujours, après des alternatives émouvantes, par favoriser singulièrement le jeune comte d'Entragues.

Il nous suffira de dire qu'un beau matin, et au bout de trois semaines à peu près, Georges et le comte de Fly, inventoriaient avec ravissement de l'argent et des valeurs, représentant le chiffre magnifique de cent quatre-vingt mille francs : — le tout était étalé avec amour sur une des tables de leur appartement *à l'hôtel des Étrangers.*

— Partageons! — disait le jeune homme avec une vivacité fébrile. — Partageons et partons pour Paris... On ne soupçonne rien encore, mais on commence à redouter mon bonheur, et on ne s'engage plus que timidement contre moi.

— Mon jeune ami, — répondit de Fly, — complétons au moins la somme ronde de deux cents mille francs.

Georges ce soir-là gagna dix mille écus.

— Partons maintenant, — dit-il; — nous devons, ce me semble, nous trouver satisfaits.

— D'accord; mais retournez encore une fois au cercle, et faites vos adieux à tous ces imbéciles en perdant généreusement les dix mille francs qui excèdent le chiffre que nous nous étions fixé. — Vous êtes trop homme du monde, trop gentilhomme pour avoir l'air de faire *Charlemagne* aux dépends de tous ces bons épiciers de Marseille.

Georges céda une dernière fois, et perdit galamment les dix mille francs, ce qui fut trouvé du meilleur goût par tout le monde.

A son retour à l'hôtel, à une heure assez avancée de la nuit, il trouva l'appartement vide. — M. de Fly s'était embarqué sur un bateau à vapeur en destination pour Malte. — Il avait laissé pour Georges un billet dans lequel il lui faisait ses adieux, — plus une somme de cent

louis : — juste de quoi payer les dépenses faites à l'hôtel
et regagner Paris.

Que faire? — retourner jouer? — cela n'était pas possible : Georges avait fait ses adieux à tout le monde, et
annoncé son très-prochain départ; — se mettre colère?
contre qui? le mystificateur était hors de toute atteinte.
Georges était dupé... il prit son parti en brave, se promit
de ne pas oublier cette leçon, et, après avoir réglé avec
son hôte, il monta modestement dans le coupé de la dili-
gence Lafitte et Caillard, car son digne acolyte avait pris
la précaution de vendre la chaise de poste, sans doute
pour en épargner l'embarras à Georges.

Nous retrouverons un jour le très-habile comte de Fly,
mais sous un autre nom et dans une position bien diffé-
rente.

IV

La chanoinesse.

Georges d'Entragues, après les résultats plus que négatifs de son voyage à Marseille, s'était retrouvé sur le pavé
de Paris, dans une situation identiquement semblable à
celle qu'il avait quittée pour entrer en campagne avec le
comte de Fly contre le club des Phocéens, c'est-à-dire
sans argent; — grâce à ses folles prodigalités pour Antonia, sans aucune espèce de crédit, et, de plus, toujours
dévoré par cette infernale passion qui l'avait déjà transformé en escroc, en attendant qu'elle eût fait de lui un
de ces criminels intrépides que la perspective probable de
l'échafaud n'intimide pas, quand ils ont seulement un
vague espoir d'arriver à leur but.

Finissons-en tout de suite avec la courtisane, en apprenant à nos lecteurs que, malgré des efforts inouïs et
une lutte désespérée contre la volonté de fer d'Antonia,

Georges ne put jamais parvenir à se faire admettre de nouveau chez elle. — Pendant quelques années elle continua sa vie de folles intrigues et de fabuleuses dépenses, puis un jour une maladie terrible l'atteignit, et en peu de mois détruisit cette beauté souveraine à laquelle elle devait la vogue extraordinaire dont elle avait joui si longtemps. — Les amants se retirèrent peu à peu et sans beaucoup de ménagements : — ce corps sans âme, même avant d'être détruit, n'était plus pour les plus passionnés qu'un cadavre... — Antonia ne pouvant se faire à l'idée de renoncer à un luxe devenu pour elle la plus impérieuse des nécessités, dissipa avec une imprévoyance qui avait quelque chose de providentiel les sommes considérables qu'elle avait extorquées à ses amants pendant sa splendeur. — Les capitaux épuisés, on dut bientôt en venir à se défaire de l'hôtel ; puis à vendre le mobilier, les chevaux, les voitures, et enfin les bijoux et les cachemires : — bref, un matin à son réveil Antonia se trouva face à face avec la misère, la misère hideuse, sans espérance, sans dignité, sans consolation aucune ! — Il fallait vivre cependant, humble et dernière nécessité qu'acceptent ou subissent également la lâcheté et le courage, la résignation et le désespoir, le vice et la vertu. — La moderne Aspasie n'avait de perspective que l'hôpital, quand la dernière lueur mourante de son étoile éclipsée lui fit rencontrer un directeur de théâtre auquel elle avait accordé jadis une heure d'ivresse dans un jour de caprice. — Cet homme, par pitié plus que par reconnaissance, la reçut comme ouvreuse de loges dans le très-petit établissement dramatique qu'il dirigeait. — Telle fut la fin d'une femme qui avait dépensé des millions après avoir vu à ses pieds l'élite de l'aristocratie européenne.

Que devenait Georges, cependant? — eh ! que vouliez-vous qu'il devint? — Alfred de Musset l'a dit dans un de ces charmants poëmes, qui seraient immortels, si la grâce l'était :

> « Oh! malheur à celui qui laisse la débauche
> » Planter son clou profond sous sa mamelle gauche!
>
> . . . .
>
> » La mer y passerait sans laver la souillure,
> » Car l'abîme est immense, et la tache est au fond! »

Georges avait goûté des fruits empoisonnés du vice! il avait commis des actions coupables pour en arriver à satisfaire une passion honteuse; rien ne pouvait donc le relever. — Poussé en avant par d'autres passions du même genre, il ne songeait qu'à se procurer de l'or, afin de ne pas trouver d'obstacles à ses désirs. — Tout en ayant su garder aux yeux du monde les apparences d'une position inattaquable, et les bénéfices d'une réputation sans tache, il ne vivait en réalité que des produits plus que suspects du jeu, et nous savons déjà comment il avait acquis le talent de contraindre le sort à lui devenir favorable.

Dans les premiers mois de l'année 1843, le hasard lui avait fait rencontrer un certain nombre de chevaliers d'industrie, habiles comme lui, et, comme lui, reçus à peu près partout, grâce à leurs noms et à leurs positions apparentes.

Georges était un de ces esprits fermes, qu'une tentative malheureuse ne décourage pas d'une idée, quand ils ont mûrement réfléchi sur sa fécondité. — Ainsi, sa communauté avec le comte de Fly lui ayant fait entrevoir les avantages de l'association, il avait toujours rêvé, depuis, la fondation d'une espèce de franc-maçonnerie de joueurs, dont les membres, unis par les liens d'une solidarité puissante, travailleraient isolément dans l'intérêt de tous. — Il fit part de cette conception aux aigrefins dont nous venons de parler, et sa pensée ayant été comprise, l'ordre des *Chevaliers du Lansquenet* prit naissance.

Cette tentative lui avait donné nécessairement une grande influence sur ses collègues. Nous savons comment il en avait profité pour se faire investir de l'autorité absolue d'un dictateur.

Nous l'avons laissé partant pour la Normandie, et nous le rejoignons sur la grande route dans son *confortable* coupé anglais, attelé, comme nous l'avons dit, de quatre chevaux.

Son impatience d'arriver est extrême. — A chaque instant il baisse la glace, avance la tête, encourage ou gourmande les postillons; les menace de les payer au prix du tarif, ou leur promet cent sous de guides.

Enfin, après un temps très-court, si l'on compare le petit nombre d'heures qui se sont écoulées à la longueur du trajet parcouru, Georges toucha au terme de son voyage.

A deux lieues à peu près de Grandville, ses postillons quittèrent la grande route pour entrer dans un petit chemin de traverse assez mal entretenu et encaissé entre de hautes berges, couronnées à leur sommet de vigoureux buissons de genêts et de genêvriers. — Pendant trois quarts d'heure environ, les chevaux ralentirent leur allure, puis enfin ils s'arrêtèrent, essoufflés, blancs d'écume, jetant par leurs naseaux dilatés une vapeur épaisse, devant la grille d'un blanc et gracieux castel, coquettement posé au milieu d'une cour dessinée à l'anglaise.

L'un des postillons mit pied à terre et tira le cordon d'une grosse cloche suspendue à l'un des pilastres de la grille.

Un vieux domestique à tête chauve, en culottes courtes et en habit noir, vint s'informer poliment du nom du visiteur.

Georges ayant répondu d'une manière satisfaisante, la grille fut ouverte avec empressement; — la voiture tourna dans une allée circulaire, et s'arrêta de nouveau devant un perron de trois marches, qui, dans la belle saison, devait être tout à la fois égayé et embaumé par le charmant aspect et les enivrantes senteurs des jasmins et des chèvrefeuilles.

Georges sauta légèrement hors de son coupé, traversa d'un pas rapide un joli vestibule et une élégante salle à manger, puis il pénétra dans un salon où son entrée fut un véritable coup de théâtre.

Mais avant de raconter cette scène, disons quelques mots de ce salon : — d'une part il en vaut bien la peine, et de l'autre nous pensons que la description d'un lieu est, en certaines circonstances, la révélation du caractère de la personne qui l'habite.

Figurez-vous une pièce ovale, dont le plafond peint à fresque par un des meilleurs élèves de Boucher, représente des sujets mythologiques traités avec un sentiment plein de grâces et de mignardise... — Les boiseries sont d'un blanc que le temps a rendu jaunâtre, et encadrées par un filet d'or jadis bruni, maintenant rouge et un peu écaillé, qui court le long des moulures des panneaux, et autour des volutes et des chapiteaux de la corniche. — Au milieu de chacun de ces panneaux, et formant médaillons, pendent dans de riches cadres un peu ternis, de beaux portraits de famille, dus aux pinceaux de Mignard ou de Largillière, et quelques vaporeux pastels de Latour.

Figurez-vous encore sur une cheminée de marbre blanc à la tablette sculptée, une pendule en porcelaine de vieux Saxe, représentant l'amour aveuglé par son bandeau, cherchant à entraîner d'une main le temps qui marche à sa suite, et à retenir de l'autre les heures qui courent devant lui, et dont les vêtements légers, très-légers même, se déchirent entre ses doigts rosés ; — aux fenêtres, des rideaux de lampas aux couleurs jadis éclatantes, maintenant un peu passées; — sur le parquet un tapis d'Aubusson, et tout autour de l'appartement des meubles recouverts en tapisserie des Gobelins, affectant les formes contournées du siècle de Louis XV; — puis un petit *bonheur de jour* en bois de rose, faisant face à une *chiffonnière* ventrue, en marqueterie aux ornements de cuivre doré, — et beaucoup d'autres choses dont l'énumération serait trop longue, mais qui achevaient de faire de cette pièce le spécimen le plus complet de ce *style* qu'on a baptisé du nom très-significatif de *Pompadour*.

Et, pour terminer ce tableau, figurez-vous enfin, au coin de la cheminée, — dans une large, basse et profonde bergère en étoffe de soie rayée, orange et noire, — une toute petite femme, verte encore quoique fort âgée, entortillée dans une ample douillette de satin feuille morte, embéguinée dans des flots de dentelles blanches qui se confondent avec les boucles neigeuses de sa chevelure, et qui encadrent un visage spirituel et fin, dont chaque ride est une grâce, et où brillent deux yeux noirs, vifs encore, et pétillants d'une malice douce et d'une bonne humeur piquante.

De ses mains fluettes, et dont la beauté dut être remarquable autrefois, cette gracieuse petite vieille, malgré le tremblement de ses doigts, tricotte avec des aiguilles d'argent une mitaine en soie violette.

Sur ses genoux repose et rêve en grognant un épouvantable petit chien.

Le dernier descendant de la dynastie détrônée des *carlins !*

Telle est la comtesse de Boisjol, grand'-tante de Georges d'Entragues, et ancienne chanoinesse du chapitre noble de Remiremont.

Madame de Boisjol quittait rarement la bergère dans laquelle nous venons de la voir confortablement installée.

— Voici la raison de cette habitude sédentaire : — une des épaules de la chanoinesse était beaucoup plus élevée que l'autre, et cette protubérance se continuant quelque peu par derrière, formait ce que les gens mal élevés nomment *une bosse*, mais que nous, hommes de bonne compagnie, nous appellerons tout simplement une *fantaisie* de la nature.

Cette *fantaisie* avait eu une influence immense et décisive sur la destinée de la comtesse de Boisjol. — Dans sa jeunesse, disait-on, elle avait été fort éprise d'un beau gentilhomme, qui n'eût pas manqué de lui rendre amour pour amour (style du temps), car la figure de la jeune Amynthe était aussi séduisante que son esprit était charmant, si la malencontreuse épaule gauche ne se fût élevée comme un obstacle insurmontable entre les rêves de la jeune fille et leur réalisation. — Après cette première et fâcheuse épreuve, Amynthe avait, quoiqu'à contre cœur, renoncé pour toujours à l'amour, et pour ne plus entendre retentir à son oreille la qualification mal sonnante de *mademoiselle* qui lui agaçait les nerfs, elle était entrée dans le chapitre noble des Dames de Remiremont, ce qui l'avait faite *comtesse* en lui permettant de prendre aussi le titre de *madame*.

De son unique amour, de sa seule douleur et de sa dignité passée, madame de Boisjol n'avait conservé que trois choses; mais nous devons ajouter qu'elle y tenait beaucoup.

La première, était une tabatière d'or, sur laquelle on voyait une délicieuse et fine miniature, représentant un beau jeune homme en costume de guidon des mousquetaires noirs. — Nous nous permettrons de supposer que c'était le portrait du gentilhomme tant et si vainement aimé.

La seconde, était sa croix de chanoinesse, laquelle reposait toujours sur sa poitrine, suspendue à un ruban de soie moiré bleu et argent.

Enfin, la troisième était l'habitude enracinée, l'habitude passée à l'état de manie, et tolérée par toutes ses connaissances quel que fût leur rang, de ne se lever que le moins possible de son siége, afin de ne pas montrer sans une absolue nécessité la malheureuse protubérance, cause première de bien longs et de bien amers regrets.

Madame de Boisjol était du reste la douceur et la bonté même. — Vieille et depuis longtemps infirme, elle avait conservé un caractère d'une égalité inaltérable; — ne jouissant que d'une médiocre fortune, elle ne connaissait pas de plus grand bonheur que de répandre des bienfaits autour d'elle; et comme elle possédait le génie de la charité, elle faisait un bien énorme avec des moyens fort bornés.

Spirituelle comme toutes les vieilles femmes qui ont beaucoup vu, beaucoup souffert et beaucoup observé, elle avait de la malice sans méchanceté, et du trait sans médisance. — Sa mémoire était un recueil vivant des souvenirs et des anecdotes d'un autre âge. — Racontant bien, elle se plaisait à raconter sans jamais tomber dans le radotage; et, comme elle savait écouter avec grâce et finesse, son silence était aimable comme sa bonté et spirituel comme sa parole.

Madame de Boisjol ne faisait jamais de visites, mais elle en recevait beaucoup.

Toutes ses affections étaient d'ailleurs concentrées sur son neveu Georges d'Entragues. — Elle le croyait bien un peu mauvais sujet, ce qui ne lui déplaisait pas précisément, mais elle ne doutait pas qu'il ne fût franc et loyal, et, comme elle disait, gentilhomme jusqu'au bout des ongles, expression, à coup sûr, qui n'était pas inspirée par un pressentiment. — Au surplus, elle n'avait pas vu Georges depuis longtemps.

Quand celui-ci entra dans le salon, le carlin se mit à aboyer avec fureur, car il ne pouvait souffrir qu'on l'éveillât en sursaut.

Madame de Boisjol prononça quelques paroles qui avaient évidemment pour but d'apaiser son hargneux favori, puis elle leva la tête en inclinant le front pour regarder par-dessus ses lunettes le nouvel arrivant, et, n'en croyant pas ses yeux, elle oublia toutes ses habituees, s'élança de sa bergère, et dans ce brusque mouvement jeta loin d'elle ses mitaines, ses aiguilles à tricotter et son carlin qui recommença à grogner de plus belle.

— Est-ce possible! — s'écria la chanoinesse. Georges !

— Lui-même, ma bonne tante.

— Georges! mon neveu! ici! chez moi!

— Et bien heureux, je vous jure, de vous voir, — interrompit le jeune homme en se baissant pour embrasser la chanoinesse qui lui sauta au cou avec une vivacité toute juvénile.

Madame de Boisjol regagna sa bergère, reprit son carlin sur ses genoux, et ayant indiqué de la main à Georges un fauteuil de l'autre côté de la cheminée, elle le contempla un moment en silence avec un orgueil rayonnant, puis elle lui dit :

— Ah çà, mon beau neveu, je soupçonne fort que vous avez quelque confession à me faire ; que vous venez vous mettre en pénitence chez votre vieille tante ; que vous fuyez peut-être quelques créanciers trop pressants? De mon temps, c'était déjà comme cela.

— Eh bien! vous vous trompez tout à fait, ma chère tante. Je n'ai pas de dettes, et je vous jure que je suis le jeune homme le plus sage, le plus rangé...

— Je voudrais de tout mon cœur vous croire, mon enfant, — reprit la comtesse avec l'accent d'une profonde sensibilité; — mais convenez qu'il n'est pas naturel de quitter Paris au mois de décembre, à votre âge, pour venir en poste au bout du monde, c'est-à-dire au fond de la Normandie, sans autre motif...

— Que de voir ma bonne, mon excellente tante! la seule parente, la seule amie qui me reste! Ne trouvez-vous donc pas ce motif bien suffisant? je vous affirme pourtant que je n'en ai pas d'autre.

— Tant mieux! mille fois tant mieux! Vous me rajeunissez de dix ans, mon ami! — dit la chanoinesse en serrant avec une vive effusion la main de Georges, qui avait poussé son fauteuil auprès de la bergère, malgré les protestations du carlin.

— Mais j'y songe! — reprit-elle avec un fin sourire, après un silence de quelques secondes, — n'y aurait-il pas quelque chagrin d'amour sous roche? — On est ou l'on se croit trahi; on se promet, dans un accès de misanthropie, de renoncer au monde, et l'on vient dans la solitude confiner ses *amères douleurs*... — hein, j'ai deviné juste, n'est-ce pas? c'était encore comme cela de mon temps.

— Vous vous trompez. toujours, ma bonne tante. Non-seulement je n'ai pas de chagrin d'amour, mais je ne suis amoureux de personne.

— Vous n'êtes amoureux de personne, Georges! Savez-vous que c'est fort inquiétant, mon ami? — s'écria la chanoinesse. — Au surplus, ajouta-t-elle en abaissant un regard mélancolique sur la tabatière à portrait, vous avez peut-être raison.

Il y eut quelques secondes de silence, pendant lesquelles le carlin se rendormit, ce qui ne l'empêcha pas de toujours grogner sourdement.

— Ah! mon Dieu! — reprit la petite femme en retrouvant subitement sa vivacité, — et moi qui ne pense pas que vous devez avoir faim, que vous devez avoir froid,

que vous avez peut-être besoin de dormir ! — Je suis en
vérité plus étourdie que lorsque j'avais quinze ans.

Et, sans tenir aucun compte des réponses négatives de
Georges, la chanoinesse siffla deux fois à l'aide d'un petit
sifflet d'argent pendu à son cou.

Le valet de chambre à culottes courtes parut bientôt à
la porte du salon.

— Picard, — dit vivement madame de Boisjol, —
mettez du bois et un fagot sur le feu ; — faites préparer
et chauffer la chambre rouge pour le comte d'Entragues,
mon neveu ; — puis, en passant, priez Henriette de lui
apporter immédiatement un consommé et un verre de
mon plus vieux bordeaux.

Tous ces ordres furent successivement mais sans retard
exécutés, et le reste de la journée s'écoula sans offrir aucun incident qui mérite la peine d'être raconté. — Georges
fut d'une amabilité charmante pour la comtesse, et comme
personne ne possédait à un plus haut degré que lui le don
de plaire quand il le voulait bien, il parvint même à ama-
douer le carlin, ce à quoi n'avait jamais pu parvenir le
curé du village, qui lui apportait des gimblettes depuis
vingt-cinq ans.

Le lendemain, pendant le déjeuner, madame de Boisjol
dit à Georges :

— Savez-vous, mon cher neveu, que je pense souvent,
mais fort souvent à vous ?

— Je n'en ai jamais douté, ma bonne tante.

— Et que je me suis reprise d'une belle **passion** cette
nuit pour une idée que je caresse depuis fort longtemps ?

— Une idée, ma tante ?

— Relative à vous, mon neveu.

— Vous êtes vraiment d'une bonté !...

— Une idée excellente et des plus sensées.

— Vous n'en pouvez pas avoir d'autres.

— Vous êtes un flatteur... Mais, enfin, je suis sûre qu'elle vous sourira.

— Voyons cette idée, chère tante.

— Vous avez trente-deux ans?

— Un peu passés.

— Vous êtes devenu raisonnable, à ce que vous m'avez dit hier?

— Rien n'est plus exact.

— Vous n'avez aucun amour dans le cœur?

— Pas le moindre petit amour, ma bonne tante.

— Il est plus que probable que votre pauvre sœur n'existe plus?

— Hélas! nous devons le craindre!

— Par conséquent, tous les biens de votre père vous appartiendront.

Madame de Boisjol ignorait que ces biens étaient hypothéqués pour une somme au moins égale à leur valeur.

— D'un autre côté, — continua-t-elle, — ce que je possède, et qui malheureusement n'est pas bien considérable, doit vous revenir un jour.

Georges s'inclina d'un air pénétré, sans prononcer une parole.

— Quelle conclusion, mon beau neveu, pensez-vous que je prétende tirer de tout cela?

— En vérité, ma bonne tante, je n'en sais absolument rien.

— C'est pourtant bien simple... Je veux... Comment, vous ne devinez pas?

— En aucune façon.

— Pour un garçon d'esprit, vraiment, vous m'étonnez! — s'écria la chanoinesse, parodiant, sans s'en douter, le fameux vers de Ruy-Blas, qu'elle n'avait sans doute jamais lu.

— Je veux, — reprit-elle... — je veux... vous marier.

— Me marier? — dit Georges stupéfait.

— Certainement, et même le plus tôt possible; mais non pas avec une de vos femmes de Paris, espèces de poupées à ressort qui ne savent que courir le monde, et coqueter au grand profit de messieurs les célibataires, mais au grand préjudice de leurs pauvres maris. — Je veux vous donner pour compagne une bonne et jolie fille de notre belle Normandie : — une honnête enfant, pure comme les anges, avec un cœur tout neuf. — Vous la façonnerez à votre guise, et en ferez tout ce que vous voudrez.

— Mais, en vérité, ma chère tante...

— Il n'y a pas de mais qui tienne; je le veux, et cela sera ! — Et, tenez, j'ai dix partis à vous proposer au lieu d'un. — Nous avons d'abord mademoiselle Laure de Kernac, une grande et charmante brune de dix-huit ans... mais non... elle est un peu coquette. — Nous avons ensuite mademoiselle d'Escables, une jolie blonde... mais je la crois un peu trop petite pour vous... il faut de la proportion en toutes choses. — Puis mademoiselle Berthe de Chavigny; malheureusement on la dit peu spirituelle, c'est un inconvénient, il faut pouvoir causer quelquefois avec sa femme.

— Il me semble, ma chère tante, qu'après m'avoir interdit le *mais* tout à l'heure, vous en abusez singulièrement, — interrompit Georges en riant.

— C'est vrai, — répondit madame de Boisjol en riant à son tour; — c'est que je réserve mes perles pour la fin. — Je suis loin d'être au bout de mes litanies.

— Continuez, chère tante. Vous y mettez une verve !

— Dont vous ne vous moquerez pas toujours, monsieur le mauvais plaisant. Cependant, je ne vous ferai pas languir davantage... — Nous avons donc encore, et pour celle-là il n'y aura pas de *mais*, mademoiselle Esther de

6.

Choisy, une ravissante enfant de dix-neuf ans, blanche et rose, avec des cheveux châtains magnifiques, de grands yeux bleus fendus en amendes... une fille unique qui aura un jour la terre de Choisy, à trois lieues d'ici, terre qui rapporte quarante mille livres de rente.

— Quarante mille livres de rente! — se dit Georges en lui-même, pendant que la chanoisse continuait son énumération... — Si ce n'était pas impossible! — Enfin il faudra voir.

— Au surplus, mon cher Georges, — reprit madame de Boisjol, — vous n'êtes pas obligé de vous décider tout de suite; réfléchissez, et vous reconnaîtrez que mon idée est bonne... — Puisque vous devez vous marier tôt ou tard, il me semble qu'il vaut mieux que ce soit tôt.

— Nous reviendrons sur ce sujet, ma bonne tante... je ne dis pas non; ma confiance en vous est sans bornes... Enfin nous verrons.

La conversation fut un moment interrompue. — Ce fut Georges qui, le premier, rompit le silence, en disant :

— Votre dernière lettre, ma chère tante, me parlait, je crois, d'un jeune homme?...

— Ah! oui, le vicomte de Nodêsmes.

— Est-il parti?

— Je ne crois pas; il ne m'a pas encore fait ses adieux, et il était convenu entre nous qu'il viendrait prendre mes commissions avant son départ.

En ce moment on sonna vigoureusement à la grille du château; — Madame de Boisjol se haussa dans sa bergère, et dit :

— Quel singulier hasard! nous parlions de lui, et justement le voilà.

On ouvrit la grille, et une voiture vint s'arrêter devant le perron.

Georges s'approcha d'une fenêtre qui se trouvait pour ainsi dire de plain-pied avec la cour.

La voiture était une calèche de forme grotesque, depuis longtemps passée de mode ; elle était attelée de deux vigoureux chevaux noirs, manquant tout à fait de race et de distinction.

Ce jeune homme, si j'en juge par son équipage, — pensa Georges, — sera difficile à former... mais, si je me le mets bien dans la tête, j'en viendrai à bout. C'est une singulière idée pour un fils unique, d'avoir une semblable voiture !...

Georges fut interrompu dans ses réflexions par le vieux valet de chambre, qui, entr'ouvrant la porte du salon, dit avec la gravité d'un huissier d'ambassade :

— Monsieur le vicomte de Nodêsmes.

Un fils de famille en province.

Avant de commencer ce chapitre, qui doit mettre en scène un des principaux personnages de cette longue histoire, nous nous croyons dans l'absolue nécessité de suspendre un moment notre récit pour causer de bonne amitié, s'ils veulent bien le permettre, avec nos lecteurs : — ces sortes de choses-là ne se refusent pas.

Jusqu'à présent, leur dirons-nous, nous n'avons guère fait qu'esquisser des portraits et raconter des biographies. — Les amateurs passionnés de drame, les chercheurs infatigables d'émotions, n'ont sans doute pas trouvé leur compte à cette façon de procéder, et plus d'un peut-être, aura déjà quitté le volume avec dépit, fort désappointé de n'être pas tombé, en l'ouvrant au hasard, sur un assassinat ou sur un viol, commis avec des circonstances terribles, mais toujours atténuantes.

Nous regrettons infiniment que Monsieur *** ou Madame *** n'aient pas trouvé du premier coup, dans notre livre, ce qu'ils y cherchaient ; — mais nous prendrons la liberté de leur faire observer, avec tous les égards qui

sont dus à des esprits aussi distingués, et surtout aussi
impatients, que les explications préliminaires, les portraits, les biographies, les descriptions de lieux, les in-
ventaires de mobilier même, sont indispensables dans un
roman de longue haleine, dont la première partie n'est,
pour ainsi dire, que l'introduction, ou, si l'on aime mieux,
la préface. — Walter-Scott, ce peintre immortel, et Balzac, ce profond observateur de nos turpitudes, ont toujours procédé ainsi, et nous pensons que l'exemple de
ces deux hommes éminents doit être bon à suivre. — Et
d'ailleurs, au théâtre, le premier acte d'un drame est-il
autre chose que la préparation à tout ce qui va se dérouler dans les actes suivants jusqu'à la catastrophe fi-
nale?

Une femme d'infiniment d'esprit nous disait un jour,
en nous parlant d'une de ses amies qui ne savait pas faire
languir ses adorateurs : — « Tous ses romans n'ont qu'un
chapitre. »

Évidemment cette femme ne savait pas préparer ses dénoûments : — nous pensons consciencieusement que c'est
un tort grave.

Un livre, comme nous l'entendons, un livre surtout qui
est destiné à mettre au jour une des plus hideuses plaies
de notre époque, peut et doit être, si le courage et le talent
ne manquent point à l'auteur :

> « Une ample comédie en cent actes divers... »

Au surplus que nos lecteurs se rassurent; nous arrive-
rons bientôt, nous l'espérons du moins, aux événements
dramatiques, aux péripéties, aux scènes émouvantes. —
Jusque-là nous les prions de prendre patience, et s'ils ne
peuvent y parvenir, nous leur indiquerons un moyen que
nous employons quelquefois quand nous lisons les romans
de Messieurs ***. ou de Mesdames ***, et qui consiste tout

bonnement à sauter à pieds joints par-dessus la page, le chapitre, ou même le volume qui ennuie. — Il en résulte que les dénoûments ne semblent pas toujours suffisamment expliqués, mais qu'importe ? — On a toujours la ressource de se dire comme ce bonhomme qui ne se retrouvait pas dans la fin d'un ouvrage de Florian, dont il avait passé le commencement : — « Je vois ce que c'est, Numa épouse Pompilius.

Une très-jolie femme que nous pourrions au besoin nommer et qui occupe dans le plus grand monde une haute position, trouvait que *Notre-Dame de Paris*, ce brillant fleuron de la couronne de Victor Hugo, était un livre immoral et subversif parce qu'elle n'en avait jamais lu que cette phrase, la dernière : *Phœbus, lui aussi, fit une fin tragique... il se maria.*

Pardon encore une fois! pardon pour le passé, indulgence pour l'avenir : — nous allons tâcher de marcher désormais sans nous arrêter en chemin.

Le vieux valet de chambre de madame de Boisjol, venait, nous l'avons dit, d'annoncer le vicomte de Nodêsmes.

Le jeune homme en entrant salua respectueusement la chanoinesse, et fit à Georges une inclination de tête digne et polie.

La chanoinesse prit sa main, et lui dit en désignant Georges :

— Mon cher voisin, permettez que je vous présente mon neveu, le comte Georges d'Entragues.

Le vicomte de Nodêsmes s'inclina de nouveau, et témoigna en termes gracieux et choisis, le plaisir qu'il éprouvait à faire, sous les auspices de madame de Boisjol, la connaissance de M. d'Entragues.

Jules de Nodêsmes était à vingt ans ce qu'on appelle un joli garçon. — Sa taille était moyenne et bien prise : —

son visage frais et plein, mais ne manquant pas de distinction, annonçait à la fois le repos de l'âme et la vigueur du corps. — Il avait des cheveux blonds naturelle-
ment bouclés, — des yeux bleu-clair au regard doux, un
peu incertain, — un pied parfaitement aristocratique, et
des mains trop petites en vérité pour des mains d'homme.

Somme toute, l'ensemble des traits et du corps était
assez remarquable, mais manquait complétement d'élégance ; non point certes de l'élégance des formes, mais de
celle de l'enveloppe. — Ainsi les mains étaient mal gan-
tées ; le pied aristocratique, défiguré par des chaussures
fabriquées dans une ville de province de dixième ordre ;
la finesse et la cambrure de la taille disparaissaient sous
des habits qu'on aurait crus coupés sur le patron d'un
étui de contre-basse : — Bref, on retrouvait bien dans le
costume du jeune vicomte de Nodêsmes l'heureux possesseur de la vieille calèche et des lourds chevaux cotentins
arrêtés au bas du perron.

Et pourtant, en dépit de la disgrâce inévitable qui résultait d'un costume arriéré de forme et de couleur ; en
dépit aussi de l'embarras qui accompagne toujours chez
un jeune homme l'absence complète d'habitude du monde,
il y avait dans le vicomte de Nodêsmes cette distinction
innée de langage et de manières, qui se décèle malgré
tout chez le gentilhomme de bonne race.

— Tout ce que nous venons de dire un peu longuement, avait été vu et apprécié par Georges en un seul
coup d'œil.

— Monsieur le comte, — lui dit Jules de Nodêsmes, —
sans vous avoir jamais vu, j'avais cependant le plaisir
de vous connaître depuis longtemps. — Madame la comtesse, votre tante, veut bien me recevoir chez elle, et souvent elle me parle de vous. — Je sais que vous êtes fixé
à Paris, et comme j'y vais moi-même dans quelques jours,

je venais prier madame de Boisjol de me charger de ses
commissions pour vous, ce qui eût été une lettre d'introduction excellente.

— Vous auriez été le bien venu, Monsieur le vicomte,
— répondit Georges en tendant affectueusement la main
à Jules; — et, toutes les fois que vous voudrez bien,
pendant votre séjour à Paris, vous souvenir de moi, j'en
serai extrêmement heureux. — Quand comptez-vous quitter ce pays?

— Dans une semaine à peu près : puis-je espérer, Monsieur, que d'ici là, vous me ferez la grâce de venir me
visiter à Nodêsmes. — Nodêsmes, vous le savez peut-être,
n'est qu'à deux petites lieues de Cussac.

Cussac était le nom de la terre et de l'habitation de
madame de Boisjol.

L'offre du jeune vicomte cadrait trop bien avec les
plans secrets de Georges, pour qu'il ne se hâtât pas de
l'accepter, et la façon toute gracieuse avec laquelle il
le fit, charma madame de Boisjol, qui rêvait depuis
quelques mois la liaison de son jeune voisin avec son
cher neveu.

La visite en se prolongeant donna lieu à plusieurs autres échanges de paroles aimables entre les deux gentilshommes; — puis M. de Nodêsmes prit congé de la chanoinesse et de son neveu, remonta dans le grotesque véhi-
cule qui l'avait amené, et reprit le chemin de son château.

— Comment le trouvez-vous? — demanda la chanoinesse à Georges lorsqu'il rentra dans le salon après
avoir accompagné courtoisement Jules jusqu'à sa voiture.

— Pas mal. je vous assure, pour un provincial, ma
chère tante. — Il est encore un peu gauche, mais Paris
le formera : il fait des miracles dans ce genre.

— Hélas! hélas! — reprit la chanoinesse avec un mignon soupir, — pourvu que votre Babylone ne le déforme pas!

— Pourquoi médire de cette pauvre ville? Paris change le fer en or.

— Quelquefois, peut-être; mais le plus souvent il métamorphose l'or en plomb.

Ces paroles que madame de Boisjol prononça sans y attacher d'importance, firent que Georges détourna la conversation sur un autre sujet.

Deux jours après, Georges, voulant faire au vicomte la visite qu'il lui avait promise, envoya chercher des chevaux de poste, car la chanoinesse, qui ne sortait jamais de chez elle, n'avait aucun de ces moyens de locomotion que la vie de la campagne rend si nécessaires cependant. — Georges partit sur les onze heures du matin, et midi sonnait quand il atteignit l'avenue au bout de laquelle on apercevait le château de Nodêsmes.

C'était une de ces vastes et nobles habitations, comme nos aïeux savaient les construire, et comme on ne pourrait, même avec beaucoup d'argent, en élever une, aujourd'hui que nos habitudes mesquines, notre incertitude du lendemain, l'instabilité des pouvoirs qui nous régissent ont mis à la mode ces villas italiennes, fragiles demeures qui tiennent plus de la tente que de la maison, et dont le peu de solidité semble une allégorie sur la destinée incertaine de ceux qu'elles abritent. — Nodêsmes était un château dans la véritable acception du mot, avec ses deux grandes ailes en avant, son immense façade en retraite, ses hautes tourelles servant de cages d'escalier, ses larges balcons, et ses majestueux perrons à doubles montées, aboutissant à des portes-fenêtres gigantesques.

Comme quelques-unes des scènes importantes de cet ouvrage doivent avoir Nodêsmes pour théâtre, nous nous voyons encore obligés d'entrer ici dans quelques détails sur l'apparence extérieure et les alentours de l'habitation.

Le château avait été bâti par le cinquième aïeul du vicomte, sous le règne de sa majesté très-chrétienne Louis treizième du nom. — Il était tout en briques, à l'exception des angles et des encadrements de chaque ouverture qui étaient en pierres de taille vermiculée, dont la blancheur ressortait d'une manière élégante sur le rouge brun de la masse principale.

Tout autour de ce noble bâtiment et de ses vastes communs, s'étendait une immense pelouse parsemée çà et là de groupes d'arbres séculaires, vieux témoins des faits et gestes de plusieurs générations de Nodèsmes. — Une allée circulaire, largement tracée sur ce tapis de verdure, amenait les voitures devant le principal vestibule du château, et s'agençait à une longue avenue ornée de quatre rangées d'ormes magnifiques : — cette avenue aboutissait à la grande route.

Le parc était d'une étendue considérable, clos de murs, excessivement giboyeux, et égayé de distance en distance par de belles métairies, qu'habitaient des familles nombreuses et aisées, et où l'on entendait à toutes les heures du jour les hennissements des cavales, les beuglements des génisses, les chants du coq et autres bruits champêtres, dont l'ensemble forme parfois une harmonie qui ne manque ni de charme ni de grandeur.

Un vaste étang d'eau vive, situé à un quart de lieue du château, voyait s'élever en liberté, au milieu de ses glayeuls luisants et de ses roseaux flexibles, de nombreuses colonies de cygnes au duvet immaculé et éclatant, et recevait à chaque fin d'automne des bandes considérables d'oiseaux aquatiques qui arrivaient des pays lointains sur les nuées chargées de frimats.

C'est dans cette magnifique propriété que le vicomte de

Nodêsmes avait passé toute son enfance et les premières années de sa jeunesse. — Son père, gentilhomme austère, dont l'intelligence étroite et l'esprit opiniâtre étaient restés fermés à toutes les idées nouvelles, n'avait jamais voulu acheter pour son fils les avantages de l'éducation publique au prix des dangers qu'elle offrait selon lui. — A son avis, et nous ne savons trop si nous devons le blâmer, tout collège, quelle que fut sa bonne renommée, était une école de corruption où la jeunesse ne pouvait développer ses facultés qu'en perdant ses mœurs. — Il avait donc confié l'éducation de son unique héritier à un gouverneur, et nous sommes forcés de convenir que les résultats de cette détermination l'avaient complétement justifiée.

Si nous n'avons pris parti ni pour ni contre le système suivi par M. de Nodêsmes, ce n'est pas que nous soyons indifférents à cette grave question de l'éducation publique ou privée; mais, d'une part, nous avons promis de ne plus suspendre la marche de notre action, et, de l'autre, nous nous proposons de publier plus tard une œuvre philosophique dans laquelle, — sans prendre la responsabilité d'une décision suprême, — nous mettrons, par des faits et des preuves irrécusables, nos lecteurs à même de remonter aux causes qui ont amené la démoralisation non-seulement de la jeunesse, mais encore de l'enfance d'aujourd'hui.

Pour le moment, nous nous bornerons à insister sur ce fait, que le plan adopté par M. de Nodêsmes avait eu pour magnifique résultat de conserver à son fils, jusqu'au delà de l'adolescence, cette parfaite pureté de corps et de pensée qui est presque un phénomène au temps où nous vivons.

Jules avait acquis en outre cette tournure d'esprit sérieuse et ces principes fortement arrêtés, qui, s'ils n'empêchent pas tout à fait un jeune homme de commettre des fautes, ont du moins presque toujours la puissance de le faire reculer quand il se trouve en présence d'un acte déshonorant.

Ajoutons que la nature avait admirablement disposé le jeune vicomte à recevoir toutes les bonnes impressions qu'on voudrait lui donner. — Calme, réfléchi, presque grave, il n'avait ni l'instinct ni la curiosité des choses défendues, et il venait d'atteindre sa vingtième année sans avoir eu à subir jusque-là ces désirs vagues, ces aspirations impérieuses vers l'inconnu, et ces songes corrupteurs qui révèlent le vice au milieu de l'innocence du sommeil.

Comme presque tous les hommes dont l'âme est chaste et les sens engourdis, Jules de Nodèsmes avait du penchant à cette mélancolie rêveuse qui fait les poëtes incompris, et il lui arrivait quelquefois de commettre des strophes dans le goût de celles-ci par exemple :

> Quel souffle harmonieux a passé dans mon âme
>   En me parlant tout bas ?
> Et d'où vient que souvent une céleste flamme
>   Illumine mes pas,
>
> D'où vient, lorsque tout bruit se tait dans la nature,
>   A l'approche du soir,
> Qu'une forme invisible avec un doux murmure
>   Près de moi vient s'asseoir ?
>
> Cette forme divine, est-ce une fée, un ange,
>   Un sylphe vaporeux ?
> Un papillon disant la blancheur sans mélange
>   D'un beau lys amoureux ?
>
> Ou le lutin qui chante à toute jeune fille
>   De merveilleux accords,
> Et qu'on entend parfois, — lorsque la lune brille, —
>   Comme le son des cors.
>
> Est-ce.....

Mais nous pensons en avoir dit assez sur la poésie du vicomte de Nodêsmes : — si nos lecteurs étaient d'un avis différent, nous nous permettrions de leur indiquer un certain nombre de recueils soi-disant poétiques qui renferment une multitude de pages incolores, de vers assez harmonieux, mais sans pensée aucune, de phrases incompréhensibles, tous signés de noms appartenant à des personnages réels, représentant les chefs de l'école dont Jules faisait partie.

Cette poésie creuse et sonore ne manquait pas d'une certaine analogie avec le caractère de son auteur. — Comme ses vers, Jules était indécis et flottant, sans contours fixes dans le caractère, sans vigueur dans la pensée. — La faiblesse était son principal, peut-être son unique défaut, et cette faiblesse, bien qu'elle fût, ainsi que nous l'avons dit plus haut, étayée par des principes solides, devait, une fois ces principes ébranlés, offrir une large prise à de hardis exploiteurs.

Georges, en traversant le parc de Nodêsmes, admira les profondes perspectives, les vastes horizons, coupés çà et là par d'immenses jets de lumière et d'ombre de l'aspect le plus pittoresque. — Le soleil, fort brillant ce jour-là, dardait au travers des vieilles futaies dépouillées par l'hiver, des rayons d'une pureté infinie, qui éclairaient de la manière la plus poétique de blanches statues dispersées de distance en distance parmi les troncs noirs des groupes d'arbres isolés. — Malgré la saison, l'atmosphère était assez douce, et la brise avait une certaine senteur printannière qui avait mis en joie tous les animaux formant la nombreuse et paisible population du parc. — Les oiseaux chantaient, perchés sur les plus hautes branches des buissons ; — les cygnes du grand étang faisaient mille évolutions gracieuses sur les ondes doucement agitées ; — enfin on voyait à chaque instant bondir un chevreuil ou un daim, qui après avoir fait quelques sauts en avant comme pour fuir, revenait tranquillement sur ses pas, et regardait passer d'un œil tranquille le beau jeune homme qui allait visiter le châtelain de Nodèsmes.

Après avoir mis pied à terre devant la principale entrée du château, M. d'Entragues traversa de vastes antichambres et de longues et imposantes galeries ornées de trophées d'armes, d'emblèmes héraldiques, de dépouilles de chasses et de portraits de famille; et de même qu'il avait rêvé, en parcourant les allées du parc, de les voir sillonnées en tous sens par des cavalcades nombreuses de chasseurs en habits rouges, et de piqueurs aux trompes retentissantes, il rêva, quand il se vit dans les salles immenses et dans les corridors à perte de vue, des troupes fringantes et tapageuses de viveurs élégants, et de jeunes et belles filles, ivres de plaisir.

— Et si Dieu me prête vie, — se dit Georges à luimême, — ces deux rêves s'accompliront plus tôt qu'on ne pense......

Le jeune vicomte reçut son hôte avec une bonhomie affectueuse et digne dont d'Entragues fut charmé autant qu'il pouvait l'être. — Jules, quand on lui annonça la visite de Georges, était dans sa bibliothèque, magnifique pièce qu'il avait métamorphosée en cabinet de travail. — Là, encore, on pouvait remarquer au milieu d'une grande et sérieuse richesse, une absence complète de ce que l'on appelle aujourd'hui le *confort*. — Ainsi les rayons de la bibliothèque renfermaient des ouvrages rares et précieux, pour des sommes énormes; les tableaux suspendus aux murailles étaient des meilleurs maîtres, et à côté de ces richesses le bois brûlait mal dans une cheminée trop haute et construite sans intelligence; les fenêtres privées de bourrelets, laissaient pénétrer l'air extérieur sans difficulté, et le carreau qu'aucun tapis ne recouvrait, glaçait les pieds au bout de quelques minutes d'inaction.

Georges ne put s'empêcher de faire remarquer quelques-uns de ces inconvénients à M. de Nodêsmes, qui l'avait du reste mis sur la voie en le questionnant.

— Que voulez-vous, Monsieur ? — répondit Jules en souriant. — J'ai vécu jusqu'à présent comme avaient vécu mes pères, me contentant de peu avec la simplicité d'un campagnard... mais si j'en crois ce que j'ai entendu dire de Paris, j'aurai fort à faire pour me défendre de l'amour du changement qui y tourne toutes les cervelles.

— On dirait qu'il y a une intention épigrammatique dans vos paroles, — interrompit Georges; — est-ce que vous jugeriez trop sévèrement mon cher Paris ?

— Vous êtes dans l'erreur, monsieur le comte : — j'ai au contraire pour habitude de ne jamais juger ce que je ne connais pas, et ce serait d'ailleurs bien mal reconnaître votre amabilité pour moi que d'attaquer devant vous ce que vous aimez, et ce que, selon toute apparence, je suis destiné à aimer aussi un jour.

— Il est en effet plus que probable, que quand vous aurez goûté des plaisirs du monde et des joies sans nombre de Paris, votre existence d'autrefois vous semblera un peu monotone et un peu décolorée.

— Je le crois... je l'espère... — répondit Jules avec un soupir.

— Comme vous dites cela tristement !

Le vicomte ne parut pas entendre cette demi-interrogation, mais il reprit après quelques instants de silence :

— J'aurai une faveur à réclamer de vous, monsieur le comte.

— Je suis tout à vos ordres, — repartit vivement Georges, — et j'espère que vous me faites l'honneur de n'en pas douter. — Voyons de quoi s'agit-il ? — j'ai hâte de savoir comment je pourrai vous être bon à quelque chose.

— Le voici : — je suis allié à plusieurs familles qui occupent une position considérable dans le monde de Paris, et par conséquent les portes de tous les salons me seront ouvertes ; mais je ne voudrais pas affronter les regards malveillants peut-être de la bonne compagnie, avant de bien connaître ses usages et tout ce qu'elle exige de ceux qu'elle admet dans son sein... et j'ai pensé, — continua Nodêsmes, — que vous seriez assez bon pour... pour...

— Le peu que je sais est à votre service, — interrompit Georges ; — mais je ne vois pas en quoi...

— Je désirerais encore, — interrompit à son tour le vicomte, — être initié (bien entendu dans ce qu'elle a d'élégant et de convenable), à cette vie joyeuse de quelques-uns de vos jeunes gens à la mode... — On en médit beaucoup dans nos provinces, mais je suis sûr que c'est à tort.

— Rien ne sera plus facile, — répondit Georges. — Je vous présenterai de bons et excellents amis, un peu viveurs, un peu mauvaises têtes, mais *au demeurant les meilleurs fils du monde*, comme l'a dit un de nos vieux poëtes que vous avez sans doute parmi les livres de cette admirable bibliothèque. — Ainsi, c'est entendu, nous vous initierons, monsieur le vicomte, aux joies de notre Babylone.

— J'accepte! — dit Jules vivement, — j'ai tant besoin de me distraire! tant besoin d'oublier!.. — ajouta-t-il en baissant la voix tout à coup.

— Le singulier garçon! — pensa Georges. — Il parle de mener la joyeuse existence des viveurs de Paris, ce qui est facile à son âge et avec sa fortune, et il en parle comme d'aller à un enterrement... qu'est-ce que cela veut dire? qu'y a-t-il là-dessous? Je le saurai.

— Voulez-vous venir visiter mes écuries, monsieur le comte? — demanda Jules.

— Avec le plus grand plaisir.

Les deux jeunes gens sortirent ensemble et s'acheminèrent vers la partie du parc, éloignée de cinq minutes environ, où se trouvaient les écuries, les remises et le chenil.

Les écuries presque aussi grandes et aussi belles que celles de Chantilly, pouvaient contenir cent vingt chevaux à peu près, mais n'en renfermaient pour le moment que huit : — quatre chevaux de voiture, dont nous avons vu un échantillon à la vieille calèche du vicomte, et quatre chevaux de selle d'assez mince valeur, à l'exception d'une petite jument de race, à l'œil plein de feu, et aux formes remplies de cette distinction aérienne et de cette vigueur un peu grêle qui caractérisent l'espèce limousine.

Georges conseilla quelques améliorations qui rendraient très-facilement les écuries dignes de recevoir les plus beaux chevaux de sang de l'Angleterre.

Le chenil contenait une vingtaine de chiens courants d'assez bonne espèce.

Monsieur de Nodêsmes engagea Georges à revenir le surlendemain pour chasser un chevreuil avec lui dans le parc.— Georges accepta; et comme il témoignait le regret de se trouver momentanément privé de chevaux de selle, le vicomte eut la gracieuseté de mettre à sa disposition la jument limousine qu'il avait paru admirer, non-seulement pour la chasse du surlendemain, mais encore pour tout le temps de son séjour en Normandie, et il donna sur-le-champ à l'un de ses domestiques l'ordre de la conduire le jour même à Cussac.

Bref, les deux jeunes gens se quittèrent les meilleurs amis du monde, et à cette amitié si vite commencée, il ne fallait que bien peu de temps pour devenir une liaison intime.

VI

Pivoine.

La voiture du comte d'Entragues suivait au grand trot l'allée circulaire du parc, quand tout à coup un chant assez bizarre, mais d'une douceur singulière, arriva par fragments interrompus jusqu'aux oreilles de Georges.

Ce chant semblait partir d'un taillis qui bordait le côté droit de l'allée. — Il avait un caractère agreste dont la simplicité était pleine de charme, et l'originalité singulière. — Tantôt la voix montait lentement en accords soutenus et un peu traînants; tantôt elle éclatait comme une fusée capricieuse, éparpillant à l'aventure les gerbes brillantes de ses notes groupées sans art, mais toujours d'une justesse irréprochable et d'une fraîcheur délicieuse.

Georges baissa la glace de devant de son coupé, cria aux postillons d'arrêter et de l'attendre, puis il ouvrit la portière et sauta légèrement sur le sable de l'allée.

Il resta pendant quelques instants dans une immobilité complète, pour bien s'orienter sur la direction d'où venait la voix, et, croyant être sûr de son fait, il s'enfonça dans le taillis, très-épais en cet endroit quoiqu'il fut totalement dépouillé de son feuillage.

Les notes soutenues et les fusées harmonieuses se succédaient toujours, guidant Georges comme un fil d'Ariane invisible dans le labyrinthe des troncs d'arbres et des buissons de genêt épineux et de bruyère.

Enfin, il sembla à Georges que la voix qu'il entendait sans interruption ne partait plus que d'une très-faible distance. — En effet, au bout d'un instant il se trouva sur la lisière opposée du bois, au bord d'une petite source large de quelques pieds seulement et abritée par un vieux saule au tronc noueux et aux rameaux penchés.

Là un spectacle digne des pinceaux de nos meilleurs artistes et de nos plus gracieux peintres de genre, s'offrit aux regards enchantés de Georges, que sa vie aventureuse et excentrique n'avait pas encore glacé jusqu'au point de le rendre insensible à tout ce qui n'était pas la terrible émotion de la perte ou du gain au jeu.

Sur le bord de la petite source et au pied du vieux saule, une jeune fille était assise comme devant un miroir, et chantait. — Elle chantait, et tout en modulant les sons bizarres et mélodieux d'une chanson patoise, que Georges ne comprenait point, mais qui sans doute parlait d'amour, elle tressait une couronne de roseaux d'un vert pâle, et de temps en temps la posant sur sa tête, elle se mirait avec une ravissante et naïve coquetterie dans l'eau limpide de la petite source.

A voir ses traits enfantins, sa taille à peine formée, ses jambes fines et grêles allongées dans la bruyère, sa chevelure légèrement bouclée, cette jeune fille semblait avoir à peine quinze ou seize ans, et pour nous éviter une longue description et un nouveau portrait, disons tout de suite qu'elle était l'idéal de ces délicieuses petites paysannes dont abondent les tableaux de Greuze, et dont en réalité la nature se montre si déplorablement avare.

Pour essayer sa couronne de roseaux, la charmante jeune fille avait quitté son petit bonnet normand, qui se balançait à quelques pas d'elle, accroché à la plus haute branche d'un houx couvert de baies d'un rouge éclatant, et rien n'était joli comme la petite tête fraîche et mutine de l'enfant sous ses épais et magnifiques cheveux noirs, dont le vert pâle des roseaux avivait encore l'éclat bleuâtre et chatoyant.

Elle chantait toujours, mettait sa guirlande, se mirait, se découronnait en faisant une petite moue qui prouvait qu'elle n'était pas encore contente de son ouvrage, — puis elle se penchait en avant, arrachait les roseaux que la brise courbait de son côté, et les ajoutait à ceux qu'elle avait déjà tressés avec une grâce remplie d'originalité.

Caché derrière un tronc d'arbre, immobile, retenant son souffle, Georges contempla pendant quelques instants cette ravissante miniature, avec une admiration, qui pour être muette n'en était pas moins ardente : — nous pourrions même presque répondre qu'en ce moment il oubliait de la façon la plus complète les projets qui l'avaient amené au fond de la Normandie, dans une saison où il ne quittait jamais Paris.

La jeune fille chantait de plus belle, elle arrachait toujours de nouvelles tiges de roseaux, et elle se mirait avec un redoublement de coquetterie dans le cristal de la source, ayant tantôt sa guirlande sur sa tête, et tantôt sur ses genoux.

Georges se figura que la petite friponne se sentait regardée, et dans cette conviction il fit un léger mouvement afin de lui ôter tout prétexte de paraître se croire seule.

Au bruit des feuilles sèches, froissées avec moins de précaution sous le pied de Georges, la gentille enfant cessa

d'abord de chanter comme une fauvette qui se voit surprise, puis elle se leva d'un bond, promena autour d'elle
le regard anxieux d'une biche effarouchée, et laissant
tomber sa couronne, elle s'élança vers une autre partie
de bois située à peu de distance, avec une vitesse qui ne
devait pas laisser un seul instant à d'Entragues la pensée
de la suivre.

Mais comme il savait par de nombreuses expériences,
que les jeunes filles, comme les biches effarouchées, re-
viennent quelquefois sur leurs pas, pour revoir l'objet qui
leur a fait peur, ou se montrer à lui, Georges resta un
moment à la place où la charmante vision s'était offerte à
ses regards, et en attendant mieux, il contemplait la
bruyère foulée par le corps de la jeune fille, son petit
bonnet toujours balancé sur la branche du houx aux baies
rouges, et les débris de roseaux qu'elle avait dispersés en
fuyant.

Puis, comme rien ne bougea dans le taillis voisin, il
reprit la direction qui devait le ramener à sa voiture, et
tout en cheminant il se disait à part lui :

— Il faut que ce pauvre vicomte soit d'une naïveté phénoménale ! — Il désire connaître les joies de Paris, et il a
sur ses terres, à sa disposition sans doute, des trésors pour
lesquels on irait au bout du monde... — Il est capable de
n'avoir jamais remarqué cette petite... — Eh bien ! moi je
jure que je la reverrai ! — Mais j'y pense ! Nodêsmes a peut-
être le goût de faire des rosières... je lui donnerai un coup
de main pour cela... sur mon honneur cette fleur sauvage
a laissé derrière elle un parfum enivrant ! — Je le respi-
rerai de plus près, ou je ne m'appelle pas Georges d'Entragues !

Ces réflexions occupaient si sérieusement l'esprit de
Georges, qu'il fut tout surpris de se trouver près de sa
voiture, dans laquelle il remonta lestement.

Moins d'une heure après il arriva à Cussac, où la petite jument limousine l'avait déjà devancé.

Georges s'empressa de conter à madame de Boisjol l'aimable accueil que lui avait fait le vicomte. — Il vanta son magnifique château, son hospitalité à la fois si simple et si noble, sa bonhomie, et il finit par dire qu'il voulait absolument se lier avec lui, car il le préférait à tous les jeunes gens à la mode de sa connaissance.

La bonne chanoinesse était radieuse d'entendre son neveu parler ainsi. — D'abord Nodèsmes était une de ses faiblesses de vieille fille, puis elle se disait que Georges en montrant tant de sympathie pour un jeune homme si pur pouvait bien ne pas être un trop mauvais sujet lui-même.

— Mon beau neveu, je suis ravie de tout ce que vous m'apprenez là, — dit-elle en tendant affectueusement à Georges sa main blanche et effilée. — C'est une raison de plus pour songer à vous rapprocher de cette province par un mariage.

— Ma chère tante, je n'ai pas besoin d'autre raison pour revenir en Normandie, que le désir de vous voir.

— Mon neveu, vous n'êtes qu'un flatteur... mais à mon âge il ne faut pas trop chicaner sur les choses agréables qu'on vous dit, de peur qu'on ne les rétracte; ainsi j'accepte de bon cœur votre gracieux propos, et j'y veux voir la promesse que désormais vous ne passerez pas des années sans venir m'embrasser... — je suis vieille, Georges, — poursuivit mélancoliquement madame de Boisjol; — on ne doit pas me faire attendre trop longtemps ce que je désire.

— Ma chère tante, — repartit d'Entragues avec une vivacité qui jouait admirablement l'affection, — je vous jure que vous me reverrez dans quelques mois ! je veux absolument admirer Cussac dans sa jolie parure du mois de mai. Cette époque vous convient-elle ?

— Oui, Georges, — répondit la chanoinesse avec émotion ; — et alors comme aujourd'hui vous serez le bienvenu dans ma modeste demeure, mon enfant.

Et en prononçant ce mot « *mon enfant* » l'émotion de madame de Boisjol redoubla, car sa vie tronquée de vieille fille lui apparut avec les tristesses du passé et l'isolement du présent.

Georges qui n'entrevoyait jamais avec son esprit les choses qu'on ne sent qu'avec le cœur, ne remarqua pas le mouvement de sensibilité de la chanoinesse. — Son imagination, en ce moment errait de Jules de Nodèsmes à la petite fille de la fontaine du bois, et il rêvait aux moyens de se soumettre corps et âme ces deux naïves créatures.

Le surlendemain était, comme nous l'avons dit plus haut, l'époque fixée pour la seconde visite de Georges au vicomte. — On se souvient qu'une chasse au chevreuil était arrangée pour ce jour-là.

Monsieur d'Entragues quitta Cussac de bonne heure, et cette fois à cheval. — Arrivé à l'endroit de l'allée circulaire où l'avant-veille le chant de la jeune fille avait attiré son attention, il s'arrêta et se mit à écouter. Mais ce fut vainement : — la brise n'apporta à son oreille désappointée que le cri du roitelet, le sifflement mélancolique du bouvreuil, le croassement des corbeaux traversant les airs et les fanfares joyeuses de deux piqueurs qui sonnaient de la trompe dans la cour d'honneur du château.

Jules de Nodèsmes, plus à son aise, mit dans la réception qu'il fit à Georges encore plus de bonhomie et de grâce que la première fois. — Il l'attendait en haut du principal perron, et le conduisit tout droit à la salle à manger, où un excellent et solide déjeuner fut bientôt servi.

Georges y fit honneur avec un appétit excité par l'influence de l'air vif du matin ; — Jules l'imita en bon compagnon qui ne veut jamais rester en arrière ; puis les deux jeunes gens montèrent à cheval, et conduits par les gardes du vicomte se dirigèrent vers la partie du parc où l'on était particulièrement assuré de rencontrer le gibier qu'on voulait poursuivre.

Bientôt les chiens trouvèrent *la voie* toute fraîche d'un chevreuil. — Ils furent quelque temps à la *démêler* parce que l'animal avait beaucoup rusé avant de se remettre, mais enfin une des célébrités de la meute le fit bondir, et toute la bande qui rallia immédiatement se mit à chasser avec autant d'ardeur que d'ensemble.

Nous ne raconterons pas les différents épisodes d'une chasse nécessairement mesquine et sans intérêt, puisque le pauvre chevreuil emprisonné de tous les côtés par des murs trop hauts pour qu'il pût les franchir, n'avait nulle chance et nul espoir d'échapper à ses persécuteurs, et nous nous arrêterons seulement à l'unique fait qui doit avoir quelque importance dans notre récit.

Précisément au milieu du parc et dans sa partie la plus ombragée et la plus solitaire, bien qu'elle fût centrale, s'élevait une large table en granit, autour de laquelle régnait un banc circulaire en pierre de même nature.

Cet endroit se nommait la *halte du duc*, parce qu'à une époque assez reculée, un certain Robert, *duc de Normandie*, visitant un Nodêsmes, son noble vassal, s'était arrêté et reposé dans ce lieu, depuis lors célèbre dans la contrée, et toujours religieusement respecté par les Nodêsmes, dans toutes les différentes transformations que le parc avait dû nécessairement subir depuis des siècles.

De ce point central partaient huit routes différentes, qui, formant l'étoile, allaient aboutir aux principales localités du parc. — D'autres routes plus étroites croisaient celles-là, et étaient à leur tour coupées par des sentiers et des faux-fuyants plus particulièrement destinés aux piétons, et surtout fréquentés par *le fauve* nombreux qui peuplait le parc.

Georges, qui, depuis assez longtemps déjà, s'était séparé de son compagnon, se trouva, après avoir couru à droite et à gauche, en avant et en arrière pour le rejoindre, se trouva, disons-nous, dans l'endroit que nous venons de décrire. — Frappé de l'aspect sévère et grandiose qu'il offrait, il arrêta son cheval pour mieux l'examiner, et tout en regardant il se mit à écouter, espérant qu'une fanfare jetée au hasard dans l'air lui dirait de quel côté était la chasse.

Au lieu de la fanfare attendue, il lui sembla que le souffle léger du vent apportait jusqu'à son oreille, comme un vague murmure, la chanson de la jeune fille, mais adoucie et en quelque sorte poétisée par la distance.

Au même moment la jument limousine que montait Georges, et qui était aussi la monture favorite et habituelle du vicomte, donna des signes non équivoques d'impatience, signes que son cavalier remarquait pour la première fois en elle depuis le commencement de la chasse.

Creusant la terre du pied, tantôt avec un sabot, tantôt avec l'autre, aspirant fortement des bouffées d'air pour les chasser aussitôt avec bruit hors de ses nazeaux, de quelque côté que Georges la tournât pour essayer de la calmer, elle trouvait toujours le moyen d'incliner sa petite et flexible oreille vers la direction où le vague murmure se faisait entendre.

D'Entragues sentant qu'il n'en serait bientôt plus maître, pensa que ce qu'il y avait de plus sage à faire était de la laisser courir, et il lui rendit la main brusquement.

A peine l'intelligente bête se sentit-elle libre, qu'elle s'élança d'un bon hors du rond-point, jusque dans une des routes dont nous avons parlé; mais elle l'abandonna presque aussitôt pour s'engager dans un étroit sentier qui coupait cette route à angle aigu. — Son allure était vive sans être désordonnée, et soutenue malgré les difficultés du terrain. — Le sentier allait toujours en se rétrécissant, et il arriva un moment où les branches qui l'obstruaient formaient une voûte si épaisse au-dessus de la tête de Georges, qu'il fut obligé de se coucher tout-à-fait sur le cou de sa jument, pour éviter de perdre son chapeau, ou d'avoir la figure déchirée par les broussailles.

Georges, en dépit de ses préoccupations équestres, prêtait toujours l'oreille; — mais ce n'était plus la chasse qu'il cherchait à entendre, c'était la chanson de la jeune fille aux roseaux, dont il avait reconnu les naïves modulations dans l'éloignement.

Tout à coup la petite limousine s'arrêta si brusquement que Georges fut presque désarçonné. — Après s'être remis en selle aussi vite qu'il le put, il leva les yeux pour chercher à deviner la cause de ce nouveau caprice de sa bête, et il vit que le sentier était barré par un autre cheval blanc d'écume et haletant. — Ce cheval, que d'Entragues reconnut aussitôt pour celui que Jules montait au commencement de la chasse, était attaché pas les rennes du filet à une forte branche de coudrier.

Rien n'était moins extraordinaire que cette rencontre, et cependant elle inspira à Georges la pensée qu'il était sur les traces d'un mystère dont il lui serait facile d'achever la découverte.

Obéissant à cette soudaine illumination de sa pensée, il ramena à quelque distance en arrière sa jument devenue plus docile, et ayant mis pied à terre, il l'attacha aussi à un arbre.

Cela fait, il retourna jusqu'à l'endroit où il avait aperçu le cheval de Jules, et il se mit à examiner avec attention tous les alentours du buisson de coudrier auquel l'animal était attaché.

Après avoir bien regardé, Georges crut remarquer une petite place où les branches du taillis étaient couchées dans deux sens différents, comme si elles avaient été écartées par le passage d'une bête fauve : — c'était, en un mot, ce que les chasseurs et les bûcherons appellent *une coulée*.

Georges, toujours sous l'empire de ses soupçons, se glissa dans cet étroit passage, où il se mit à ramper avec toutes les précautions d'un braconnier qui va surprendre une pièce de gibier dans son gîte.

Il n'avait pas franchi l'intervalle d'une vingtaine de pas, qu'il crut entendre à peu de distance le murmure de deux voix qui se parlaient tout bas.

Il s'arrêta alors, et ayant écarté tout doucement les rameaux sombres d'une immense touffe de genêts, il vit distinctement, sur un petit banc rustique, adossé au tronc noueux d'un chêne gigantesque, Jules de Nodêsmes assis à côté d'une jeune fille.

Disons tout de suite que cette jeune fille était la même dont le chant naïf avait si vivement impressionné Georges, qu'elle se nommait Pivoine, et qu'elle était la fille de l'un des anciens domestiques de M. de Nodêsmes le père, devenu maintenant le principal régisseur du vicomte.

— Ah! ah! — se dit Georges en lui-même, — mon jeune homme n'est pas aussi niais que je l'avais cru d'abord, puisqu'il a su dénicher ce joli oiseau. — Par les futures cendres de mon excellente tante de Boisjol, cette petite est un véritable morceau de roi! — Quel dommage qu'elle ne soit pas à Paris! — Elle ferait la plus ravissante lorette... une de ces lorettes à ruiner trente fils de famille dans six mois!... mais je suis curieux de savoir comment ce vertueux garçon conduit sa barque auprès de ses gentilles vassales... écouter dans un bois, ce n'est pas écouter aux portes.

Les deux amoureux, car nous avons, jusqu'à preuve contraire, le droit de supposer qu'ils l'étaient, les deux amoureux, disons-nous, avaient cessé de causer, ou du moins de parler, et s'ils se communiquaient encore leurs pensées, c'était au moyen de ce silence que la passion sait rendre quelquefois si éloquent.

Georges contemplait Pivoine, qui, les yeux baissés, cassait du bout de ses petits doigts les menues branches d'un buisson situé à portée de sa main.

Ce fut elle qui la première rompit le silence en ces termes.

— Vous dites que vous m'aimez, monsieur Jules...

— Je le jure! — interrompit le jeune homme avec une vivacité qui paraissait sincère.

— Dame! c'est possible, — reprit la petite fille, — mais vous n'êtes pas le seul...

— Et qui donc vous aime encore, Pivoine?

— Ma foi! tous les garçons du pays.

— Comment! ils osent...

— Et pourquoi donc qu'ils n'oseraient pas? — Au moins ceux-là, on sait ce qu'ils veulent, et je pourrais en épouser dix sans que personne y trouve à redire.

— Pivoine!!

— Ah! monsieur Jules, si vous m'interrompez toujours, je ne saurai plus ce que je veux vous dire... — Ainsi vous m'aimez, *vous m'adorez*, pour parler comme vous, et puis un beau jour vous venez me conter tout *bonifacement* que vous allez bientôt partir pour Paris... — Quand on aime bien les gens on ne les quitte pas, et puisque vous me quittez, dame, c'est que vous ne m'aimez plus : voilà ma manière de raisonner.

— Mais, Pivoine, ne vous ai-je pas donné cent preuves d'amour?

— Cent preuves d'amour! par exemple! et lesquelles, s'il vous plaît, monsieur Jules?

— D'abord ne vous ai-je pas toujours respectée comme si vous aviez été ma sœur?

— Il l'a respectée! le nigaud! — se dit Georges en réprimant à grand'peine un immense éclat de rire.

— Pour ce qui est de cela, — répondit Pivoine en arrêtant sur Nodêmes un regard fier et mutin, — vous n'avez pas déjà eu un si grand mérite. — On connaît sa place et on s'y tient. — Je sais parfaitement que vous êtes un grand monsieur, et que je ne suis, moi, qu'une pauvre paysanne; aussi je me défiais joliment, et si vous m'aviez demandé quelque chose qui ne soit pas à demander, j'aurais, sans me gêner, su dire : non ! — Ah ! mais on a un bec et des ongles pour s'en servir... Voyez-vous un malheur est bientôt arrivé, et ce qu'on a perdu ne se retrouve pas !

— La petite drôlesse est une fois plus rouée que lui,— se dit Georges qui écoutait avec un redoublement d'attention.

— Je vous aime beaucoup, monsieur Jules, — reprit Pivoine, — oh ! mais beaucoup, beaucoup ! seulement je ne peux pas croire que ça soit d'amour. — Quand vous m'avez dit que vous partiez, ça m'a bien fait de la peine; mais il me semble pourtant que quand un amoureux nous quitte, ça devrait nous chagriner encore davantage.... — Quant à vous, vous vous êtes mis comme ça dans la tête que vous m'aimiez, parce que je suis la plus jolie fille de par ici; mais, si c'était vrai, vous ne vous en iriez pas à Paris, je ne sors pas de là : — c'est ma manière de raisonner, comme je vous disais tout à l'heure.

— Pivoine, un jeune homme, ne peut pas toujours rester dans son château comme un ours dans sa tanière. Il faut qu'il connaisse le monde, les hommes, qu'il voyage...

— Eh bien ! c'est tout ça qui fait, — interrompit Pivoine avec une imperturbable logique, — que vous ne pouvez pas m'aimer ou que vous ne le devez pas.

La réponse de Jules fut longue et embarrassée. — Nous qui connaissons ses sentiments mieux qu'il ne les connaissait lui-même, nous allons analyser en quelques mots les raisons qui le faisaient agir.

Ces raisons étaient fort bonnes, fort respectables, envisagées au point de vue de la morale ; — considérées, comme Georges par exemple devait le faire, elles n'étaient plus que niaises et ridicules.

Jules en se mettant à aimer Pivoine, car il l'aimait véritablement, avait cédé à ce premier entraînement de l'adolescence, qui met au cœur d'un jeune homme une inévitable passion pour la première femme jeune et jolie que le hasard lui fait rencontrer.

Nous ajouterons que si cette première femme n'est pas jolie et qu'elle ne soit plus jeune, la passion instinctive de l'adolescent n'en fait pas moins explosion, et celles qui naissent dans ces conditions là, ne sont pas les plus malheureuses ni les moins instructives. — Louis XIV a été toute sa vie reconnaissant pour la vieille et borgne madame de Beauvais, qui lui avait appris à ne respecter les femmes qu'en public.

Sur cent jeunes gens dans la position de Jules de Nodèsmes, quatre-vingt-dix-neuf eussent fait au bout d'un mois une proie facile de cette petite villageoise si coquette, et, nous ne craignons pas de le dire, si rusée. — Une fois sa vanité mise en jeu par la satisfaction d'être courtisée par un beau monsieur, ils auraient monté sa tête par des paroles passionnées, jeté le trouble dans ses sens par des caresses, chaque jour moins innocentes, éveillé sa cupidité par des présents, et peut-être aussi agi par la terreur, en menaçant de donner à un autre l'emploi qui faisait vivre grassement la famille. — Mais Jules était trop pur, trop véritablement attaché aux principes de morale qu'il avait reçus dans son enfance, pour que la

possibilité ou le désir d'une séduction fut entré dans son
esprit. — Il avait aimé pour aimer, sans réfléchir que cet
amour le conduirait infailliblement à une situation fausse
et ridicule, parce qu'il avait trop d'honnêteté dans le
cœur, pour vouloir posséder Pivoine à titre de maîtresse,
et trop d'orgueil dans la tête pour songer un seul instant
à en faire sa femme légitime et avouée.

D'un autre côté, la petite fille qui s'était trouvée singulièrement flattée dans le premier moment, de recevoir les
hommages du maître de son père, et qui n'aurait pas
manqué de capituler après une très-faible résistance, si
elle avait été vigoureusement attaquée dès le principe,
avait été mise sur ses gardes par le respect même du
jeune homme, et commençait à s'ennuyer 'de filer le parfait amour sans conclusion possible, ni dans le présent ni
dans l'avenir.

Telle était l'impasse dans laquelle s'était jeté assez
étourdiment le vicomte de Nodêsmes, et à cette impasse il
n'avait trouvé qu'une seule issue : le départ.

Mais comme sa conscience timorée lui reprochait même
ce moyen honnête de rupture, il s'était cru obligé de faire
à Pivoine une apologie de sa conduite ; — peut-être en
agissant ainsi, obéissait-il aussi, sans s'en douter, à ce
sentiment d'amour-propre inhérent à la nature humaine,
qui fait qu'alors même qu'on lève un siége, on veut encore avoir l'air de se retirer avec les honneurs de la
guerre.

Nous avons vu comment Pivoine avec son naïf bon sens
de fille de la campagne, et sa malice innée de coquette,
s'était montrée peu disposée à se laisser engluer vertueu-
sement par les filandreuses explications du vicomte.

— O jeune homme de l'âge d'or, — se disait Georges
en piétinant d'impatience derrière sa touffe de genêt,
comme un critique qui assiste à une scène mal faite et mal

jouée, — que ne suis-je à ta place seulementt pour une demi-journée? — Demain cette gentille enfant, vicomtesse de Nodêsmes de la main gauche, partirait avec moi pour Paris, où elle ferait à coup sûr, avant un mois, un merveilleux effet au fond d'une calèche découverte, avec un petit épagneul noir ou marron sur ses genoux.

Et Georges désertant son poste d'observation avec les mêmes précautions qu'il avait prises pour y arriver, remonta sur sa jument, et, parvenu à cinq ou six cents pas de là, il dégagea sa trompe et se mit à sonner plusieurs appels pour indiquer qu'il avait perdu la chasse et qu'il réclamait les moyens de la rejoindre.

Le vicomte de Nodêsmes, qui s'était remis en selle presque en même temps, se dirigea de son côté, et ils furent bientôt réunis.

Georges remarqua que son hôte avait la figure allongée et le regard voilé de tristesse.

— J'ai perdu la chasse, mon cher vicomte, — dit d'Entragues, — et je ne savais plus, ni où ni comment la retrouver.

— Et moi, — répondit Jules en rougissant, — car il n'avait pas l'habitude du mensonge, je l'avais quittée volontairement pour causer d'affaires avec un de mes fermiers qui désire que j'examine ses comptes avant mon départ.

— Les fermiers de ce pays sont-ils honnêtes gens? — demanda Georges.

— Leur réputation, comme celle de tous les Normands en général, n'est pas bonne : ils passent pour cauteleux, processifs, et trop habiles à défendre leurs intérêts aux dépens de ceux de leurs maîtres; mais il y a peut-être un peu d'exagération dans ce jugement, et, pour ce qui me regarde, je n'ai eu jusqu'à présent qu'à me louer de mes relations avec les miens.

— Peut-être, mon cher vicomte, est-ce parce que vous êtes un bon maître que vous avez de bons serviteurs...

— Je tâche, du moins, de faire pour eux tout ce qui peut les attacher à moi.

— Et leurs filles, sont-elles jolies? — reprit Georges, qui n'avait entamé ce sujet de conversation que pour en arriver là.

A cette question, faite à brûle-pourpoint, Jules de Nodêsmes se troubla, rougit et jeta à la dérobée un coup d'œil inquiet sur Georges, pour essayer de voir s'il y avait une intention quelconque dans ses paroles, indiquant qu'il savait quelque chose de la scène qui venait de se passer.

Mais il n'aperçut sur le visage de son compagnon que les lignes calmes et placides de la plus complète insouciance, ce qui lui rendit suffisamment d'aplomb pour lui permettre de répondre d'un ton assez naturel.

— Il y en a, comme partout, de fort laides, de fort insignifiantes, et enfin de très-agréables.

La conversation languit quelques instants, les deux cavaliers cheminant au petit pas l'un à côté de l'autre : ce fut Jules qui reprit la parole le premier.

— Votre intention est-elle de donner encore quelques jours à madame votre tante? demanda-t-il à Georges avec l'accent d'un affectueux intérêt.

— Moins que je ne voudrais, — répondit gracieusement d'Entragues : — j'ai malheureusement des affaires qui m'obligent à partir dans un assez bref délai.

— Et puis-je, sans indiscrétion, vous prier de me dire si c'est à Paris que vous allez? — reprit Nodêsmes.

— En droite ligne, et par le chemin le plus court. — Et vous, mon cher vicomte, quels sont vos projets?

— Moi, je voudrais......., je désire quitter Nodêsmes le

plus tôt possible...., comme qui dirait dans quelques jours aussi.

— Il y aurait alors une chose à faire qui me serait infiniment agréable.

— Laquelle? — si elle ne dépend que de moi, je crois pouvoir vous répondre qu'elle est faite.

— C'est de nous arranger de manière à voyager ensemble.

— Vous me prévenez, — repartit Jules : — c'est justement ce que j'allais vous proposer.

— Il me semble que nous nous entendons de manière à nous donner une opinion bien favorable de nos relations futures. — Quels sont vos moyens de locomotion, mon cher vicomte?

— J'ai la voiture que vous connaissez, et avec laquelle je suis allé chez madame votre tante, puis deux ou trois chars à bancs.

— Rien de tout cela n'est convenable pour voyager en poste; mais j'espère que vous voudrez bien me faire l'honneur de prendre une place dans mon coupé, où je suis seul.

— J'accepte votre offre gracieuse avec le plus grand plaisir, et vous en remercie de tout mon cœur.

— Quelqu'un s'est-il chargé de vous retenir un logement à Paris?

— Personne : je compte m'occuper moi-même de ces détails.

— Alors, mon cher vicomte, je ne souffrirai pas que vous logiez ailleurs que chez moi pendant tout le temps qui vous sera nécessaire pour monter votre maison.... — Ainsi, c'est entendu, vous disposerez de mon appartement comme d'une chose à vous.

— Mais, en vérité, je craindrais d'abuser....

— Allons donc! entre jeunes gens, est-ce qu'on fait de

ces façons-là ? et d'ailleurs, je vous jure que vous ne me gênerez pas le moins du monde.

— Puisqu'il en est ainsi, j'accepte encore. Vous êtes vraiment d'une bonté, d'une grâce....

— Brisons là-dessus, — interrompit Georges. — Vous permettrez aussi, — reprit-il immédiatement, — que je vous aide de mes conseils dans le choix de vos ameublements et de vos équipages.

— Je les réclamerai comme ceux d'un grand maître en fait de goût et d'élégance.

— Je ne me pique que du premier, — répliqua Georges négligemment. — L'harmonie dans la simplicité, voilà mon système ; et je ne sais rien ne plus ridicule et de plus sot que ce prétendu luxe de quelques pauvres diables que je connais, qui, n'ayant pas de quoi mettre le pot au feu chez eux, achètent des vases de vieux Sèvres de deux mille écus, pour orner la cheminée du salon d'un appartement à quinze cents francs. Paris fourmille de ces niais, dont la seule occupation est de courir les ventes d'objets de curiosité, et dont l'unique science consiste à décider si tel bleu d'une assiette de Sèvres est meilleur que tel autre.

Pendant cette boutade de Georges, les deux amis avaient rejoint la chasse un peu sans s'en douter, et ils virent passer, à quelques pas d'eux, le pauvre chevreuil exténué et sur *ses fins*. — Georges et Jules, qui faisaient de la vénerie plus en amateurs qu'en savants, eurent pitié des angoisses du malheureux animal, et, pour y mettre un terme, le second autorisa son piqueur à en finir par un coup de carabine, ce qui fut fait immédiatement.

D'Entragues et le vicomte dînèrent ensemble ; puis ils se séparèrent après avoir fixé au samedi suivant (on était au mardi) le jour de leur départ pour Paris. — Ce n'était plus seulement de la bienveillance et un désir réciproque de se plaire qui régnait entre ces jeunes gens, c'était de l'intimité, et, d'un côté du moins, une entière confiance.

Georges, on le voit, avait su conduire son esquif au port avec une adresse et un talent remarquables, qu'avait aidés d'ailleurs un très-rare bonheur. — Prévenu par une lettre de sa tante de la prochaine arrivée à Paris d'un jeune homme riche et candide, il avait fait de ce simple renseignement le point de départ de la plus vaste intrigue. — Rien en apparence n'était plus naturel que d'attendre tranquillement ce jeune homme et de se lier avec lui dès les premiers jours de son installation à Paris ; mais cette marche était moins sûre et moins prompte, et Georges savait ce proverbe, l'un des plus vrais de ceux qui reçoivent dans la vie une application fréquente : *Rien ne sert de courir, il faut partir à temps.*

En effet, Jules de Nodêsmes pouvait tomber en d'autres mains, se trouver enlacé dans d'autres filets, avant que Georges eût eu le temps et l'occasion de se rendre maître de lui. — D'Entragues savait qu'il n'y a qu'un moyen sûr de ne jamais être à la merci des circonstances, c'est de les faire naître et de les dominer à mesure qu'elles se produisent sous l'action de la volonté ; — aussi, comme nous l'avons vu, était-il immédiatement parti pour la Normandie, bien sûr de s'emparer ainsi du vicomte par le *droit du premier occupant.*

Le succès avait dépassé ses espérances. — Après quelques jours seulement, Georges se trouvait l'ami presque intime de celui dont il voulait faire sa dupe. — Il s'était impatronisé chez lui, il allait en faire son obligé en l'emmenant dans sa voiture, en le logeant dans son appartement, et en guidant ses premiers pas sur le sol mouvant et difficile de la vie parisienne.

Georges était venu à bout, comme les grands généraux

et les habiles diplomates, de se rendre maître de toutes les positions et d'envelopper l'ennemi dans un réseau de forces supérieures et invincibles. — Désormais, il était sûr de la victoire, le pauvre Nodèsmes allait lui appartenir corps et âme, pieds et poings liés. — Un miracle seul pouvait le lui enlever, et, selon toute apparence, le miracle ne se ferait pas !

VII

Esther.

Tandis que Georges repassait dans son esprit, avec toute la joie du triomphe, les conséquences infaillibles du premier succès qu'il avait obtenu, et qu'il combinait dans son intelligence lumineuse et calme la conduite qu'il lui faudrait tenir lors de son arrivée à Paris avec Jules de Nodêsmes, madame de Boisjol, de son côté, ne laissait point s'engourdir dans le repos son imagination de vieille fille. — Elle aussi avait une grande préoccupation à calmer, une espérance naissante à nourrir, un projet favori à conduire à bonne fin, et, en l'absence de son cher neveu, elle disposait toutes ses petites batteries pour faire réussir son plan, qui était le plus beau et, pour ainsi dire, le seul rêve de sa vieillesse.

Comme *mon oncle Toby*, ce farceur sérieux créé par l'immortel Sterne, nous avons tous notre *dada* plus ou moins chéri, pansé, caressé, que nous enfourchons pour galopper à l'aise, lorsque par hasard nous donnons carrière à *la folle du logis*.

Faisons la revue de quelques *dadas* pour nous amuser en passant, si cela se peut.

Le dada d'un député, c'est de composer, en traversant le pont de la Concorde, pour se rendre à la Chambre, des discours qu'il ne prononcera jamais à la tribune.

Le dada d'un vieillard, c'est d'avoir le temps de bâtir, de planter, et de venir s'asseoir à l'ombre de ses arbres grandis, quand il n'aura plus la force d'aller jusqu'au bois voisin.

Le dada d'une jeune fille, est d'avoir un mari ; — mais quelques-unes de ces demoiselles sont comme les écuyers du cirque olympique qui galopent sur deux chevaux.

Le dada d'une femme légère est d'avoir beaucoup d'aventures afin d'en avoir encore.

Le dada d'une honnête femme est de conduire sa barque de manière à contenter son amant sans mécontenter son mari.

Le dada d'une femme qui a passé la cinquantaine, c'est de se figurer qu'elle peut trouver encore des insolents.

N'oublions pas *le dada* du romancier ; celui-là consiste à se figurer qu'il a déjà eu de très-grands succès, et à espérer qu'il en aura de plus grands encore.

Les rois ont aussi leur *dada*, et le voici : *Je parlerai très-haut de liberté dans mes discours, et je glisserai tout doucement le despotisme dans mes lois.*

Nous pourrions vous en citer bien d'autres encore, puisqu'il est convenu que chacun a le sien et que quelques-uns en ont plusieurs ; mais nous ne voulons pas abuser de la patience de nos lecteurs que nous comptons mettre à d'autres épreuves.

Le dada de la chanoinesse de Boisjol était de se voir grand'tante. — Nous croyons qu'elle eût préféré être grand' mère, comme ces bonnes d'enfants qui font tout ce qu'elles peuvent pour devenir nourrices.

Donc madame de Boisjol n'était nullement disposée à laisser échapper la bonne occasion qui avait mis son cher neveu Georges sous sa main.

Aussi quand le jeune comte lui annonça son très-prochain départ, n'eut-elle rien de plus pressé que de reprendre juste au point où elle l'avait laissée, la conversation dont nous avons rendu compte dans le chapitre quatrième de la première partie de ce livre.

— Eh bien ! mon cher neveu, — dit-elle sans aucune espèce de préambule, — avez-vous réfléchi !

— Réfléchi, ma tante ! à quoi, je vous prie ?

— A certaine idée que j'ai mise sur le tapis, il y a quelques jours, et à laquelle je vous ai engagé à penser sérieusement, comme il convient à un homme de votre âge, car vous n'êtes plus un enfant, Georges.

— Chère tante, ma mémoire me joue un bien vilain tour en ce moment... je ne sais pas du tout ce que vous voulez me dire ou du moins me rappeler.

— Étourdi ! — ce mariage...

— Ah ! ah ! — se dit Georges en lui-même, — la petite aux quarante mille livres de rentes... Voyons venir ma tante.

— Eh bien ! — fit madame de Boisjol.

— Eh bien ! — reprit Georges à haute voix, — certainement j'y ai pensé, beaucoup pensé.

— Et peut-on savoir, mon beau neveu, le résultat de vos longues réflexions ?

— Je ne disconviens pas, ma tante, que je ne sois arrivé à cet âge où il est temps de songer à prendre...

— Cette réponse, mon cher Georges, sent votre origine normande ; mais n'importe, je la tiens pour favorable à mes désirs. Veuillez continuer.

— Puisque j'avoue que le moment est venu de songer

à m'établir, je me hâte d'ajouter que je ne saurais faire mieux que de contracter un mariage sous vos auspices.

— C'est à merveille! — s'écria la chanoinesse en posant son tricot pour frapper ses petites mains l'une contre l'autre.

— D'un autre côté, ma chère tante, — poursuivit d'Entragues, — la jeune personne dont vous m'avez parlé, me semble, d'après ce que vous m'avez dit, réunir et au delà toutes les conditions désirables de beauté, de jeunesse, de caractère et de fortune...

— Après tant de concession, il doit y avoir un *mais*, — interrompit madame de Boisjol avec un doux et fin sourire.

— Il n'y a pas d'autre *mais* que celui-ci, ma chère tante, c'est que tout cela me paraît trop magnifique pour être réalisable, et que je regarde à peu près comme certain qu'on ne voudra pas disposer de ce trésor en faveur d'un profane comme moi.

— Et pourquoi cela, je vous prie?

— Pour deux raisons.

— Lesquelles?

— La première, c'est que je suis loin, bien loin même d'être aussi riche que la jeune personne sur laquelle vous avez jeté les yeux.

— Après?

— Après, c'est que je ne suis rien de plus qu'un gentilhomme assez bien vu dans le monde, ce qui est peu de chose dans un temps où tous les parents qui ont des filles à marier exigent que leurs futurs gendres aient une position due à leur mérite personnel.

— Est-ce tout?

— Je le crois.

— Cherchez encore.

— Je ne trouve rien.

— En ce cas, mon neveu, je vais répondre. — D'abord

si vous n'êtes pas aussi riche que mademoiselle de Choisy, ce qui me semble incontestable, votre fortune est cependant ce qu'on appelle fort honnête, et je trouverais bien difficiles des parents qui ne sauraient pas s'en contenter. — Quant à votre seconde objection, vous plaidez *pour* en croyant plaider *contre*. — Sachez donc, mon cher neveu, que les Choisy, braves et honorables gens du reste, appartiennent à cette toute petite et toute fantastique noblesse de province, qui s'est fabriquée, Dieu sait comment, pendant les dernières années du règne de Louis XVI, s'imaginant que la révolution lui a donné ce qu'elle a enlevé à d'autres. — Les Choisy ont dans leur arbre généalogique un ou deux *présidents à mortier* et quelques capitaines de dragons : avec cela on ne se fait pas même respecter de son épicier, qui se dit qu'il aurait pu lui en arriver autant si son grand-père avait acheté une *savonnette à vilain*. — M. de Choisy sait parfaitement à quoi s'en tenir à cet égard, mais il espère que le public l'a oublié, et il donnerait le plus pur de son sang pour voir un jour ses chétives armoiries de hobereau écartelées avec le vieil écusson des d'Entragues. — Rien n'égale la vanité de ces bourgeois d'hier, mon beau neveu. — Les Choisy ne vous demanderont qu'une chose, ce sera de rendre leur fille heureuse et de ne pas dilapider sa fortune. — Or, sur ces deux points, votre excellent caractère et la manière sage avec laquelle vous avez ménagé l'héritage paternel, malgré les entraînements de la jeunesse, doivent leur sembler des garanties plus que suffisantes.

Nos lecteurs savent combien madame de Boisjol tombait à faux en abordant la question de ce côté.

— Enfin, — continua-t-elle, — je vous réponds de tout : vous n'aurez qu'à vous laisser faire.

— Mais, ma bonne tante, je ne puis pourtant me marier comme un prince du sang, par procuration, et il faut au moins que j'aie vu une fois celle que vous me proposez, avant de prendre une résolution quelconque... je n'aurais qu'à avoir le malheur de lui déplaire.

Madame de Boisjol arrêta sur son neveu un regard où se peignait une tendre admiration, puis elle répondit :

— J'avais prévu ce cas, et voilà ma réplique, mon enfant. — Prenez cette lettre, — continua-t-elle, — en passant à Georges une large enveloppe, scellée d'un cachet à ses armes, et soyez assez bon pour la porter vous-même, aujourd'hui, à mon vieux voisin monsieur de Choisy. — C'est une invitation à venir demain dîner ici avec sa femme et sa fille. — Vous pourrez voir ainsi Esther deux fois de suite, et je suis sûre qu'il ne vous en faudra pas tant pour vous décider.

Il n'y avait rien à opposer à des mesures si bien prises, aussi Georges mit-il la lettre dans sa poche, et ayant fait seller la petite limousine de Nodêsmes qu'il avait gardée, il partit immédiatement pour Choisy.

Comme la chanoinesse le lui avait dit quelques jours auparavant, le château vers lequel il se dirigeait était à trois lieues de Cussac, mais dans les terres, de sorte que le jeune homme se vit bientôt dans la nécessité de demander son chemin.

— Prenez à droite, mon bon Monsieur, — lui répondit le premier paysan auquel il s'adressa ; — traversez par là les champs de monsieur de Choisy : le château n'est qu'à une toute petite lieue.

— Toujours à droite, Monsieur, — cria un second paysan qui labourait à quelque distance. — Vous longerez les bois de monsieur de Choisy, et vous ne serez plus qu'à une demi-lieue.

— Encore un peu plus à droite, dit enfin un troisième paysan. — Sautez le fossé qui coupe les prés de monsieur de Choisy, et de l'autre côté de ce grand moulin à vapeur qui lui appartient aussi, vous verrez le château à deux petites portées de fusil.

Si bien que Georges à force d'entendre répéter les bois de monsieur de Choisy, les terres de monsieur de Choisy, les prés, le moulin et le château de monsieur de Choisy, se prit à identifier dans sa pensée ce digne et *grand* propriétaire avec *le marquis de Carabas*, de fantasque mémoire, et il se demanda s'il n'allait pas voir apparaître à l'angle de quelque haie, ou au tournant de quelque muraille, un chat tout botté, tout éperonné et un fouet de poste à la main.

VIII

Esther (*suite*).

Tout en faisant ces réflexions, en supputant combien toutes ces belles et bonnes terres pouvaient valoir de beaux et bons écus ; comment en les vendant on doublerait le capital, et par conséquent le revenu, et quelle confortable existence procureraient à Paris quatre-vingt mille livres de rente, Georges se trouva arrivé dans la cour du château de Choisy, et il mit pied à terre sous une petite tente recouverte de coutil bleu et blanc, ombrageant la porte d'entrée. — Au même instant un domestique se présenta pour prendre son cheval, et un autre domestique se montra dans le vestibule, prêt à introduire le visiteur auprès de son maître.

Monsieur de Choisy était couché plutôt qu'assis dans un immense fauteuil en tapisserie, à dossier de bois sculpté représentant l'écusson du châtelain. — Le même écusson était répété sur plusieurs sièges épars dans le salon.

Monsieur de Choisy était condamné à cette position semi-horizontale, par un ancien rhumatisme aigu dont il avait une rechute depuis deux jours.

Cet excellent gentillâtre avait une figure paterne et insignifiante, de gros yeux à fleur de tête, étonnés et incertains, des traits massifs, des lèvres épatées et des cheveux crépus grisonnants. — Le tout se résumait en une physionomie moutonnière qui fit que Georges, en le voyant, se dit à lui-même, en cette sorte d'argot d'atelier, devenu de mode à Paris dans un certain monde de jeunes gens :

— Voilà une bonne *touche* de beau-père.

D'autres eussent dit : — Voilà une bonne *boule*.

Quelques-uns : — une bonne *balle*.

D'autres enfin seraient descendus jusqu'au mot *binette*, emprunté au vocabulaire de bas étage des *Funambules* et du petit *Lazari*.

Car il est bon de faire savoir à nos lecteurs, ce que du reste nous leur démontrerons plus tard par des faits, que les élégants du boulevard des Italiens, *les lions,* comme disent encore les *dames* de la province qui veulent se donner des allures parisiennes, regardent comme une chose de très-bon goût d'aller de temps en temps, légèrement ou lourdement avinés, étaler leurs lorgnons inutiles, leurs gants paille et leurs airs de régence manqués dans les avant-scènes à un franc cinquante centimes des bouges dramatiques que nous venons de nommer.

M. Eugène Sue, les *Mémoires de Martin*, et l'intéressante *Basquine* ont importé ces belles manières dans nos mœurs aristocratiques.

Grâces soient rendues à *Basquine* et à M. Eugène Sue !

Madame de Choisy occupait l'angle de la cheminée opposé à celui où son mari sommeillait sur la *Gazette de France*.

Une petite table placée entre eux supportait la *Quotidienne,* l'*Écho Français, La France* et d'autres feuilles monarchiques, preuves irrécusables des opinions légitimistes des maîtres du château.

Madame de Choisy était une toute petite femme, brune, grassouillette, fraîche encore, sans grande distinction, mais au total de physionomie gracieuse et de manières assez avenantes.

L'arrivée de Georges, *du comte Georges d'Entragues*, fut considérée par les deux époux comme un heureux événement, et c'en était un en effet, car une distraction est chose précieuse pour les gens soumis au régime quelquefois abrutissant du tête-à-tête conjugal trop prolongé.

M. de Choisy après avoir lu la lettre de madame de Boisjol, dit à d'Entragues qu'il se rendrait sans aucun doute à la gracieuse invitation de *sa chère voisine*, si son rhumatisme lui accordait une demi-journée de trêve.

Puis il entama l'histoire peu abrégée de ce rhumatisme, gagné par lui non pas sur les champs de bataille et dans les froides nuits du bivouac, mais bien dans les marais, à la chasse aux canards sauvages.

De son rhumatisme à ses exploits de chasseur, il n'y avait qu'un pas, et M. de Choisy le fit sans hésiter. — Georges dut donc écouter encore les bulletins vraiment Napoléoniens de tous les hauts faits *cynégétiques* de son intarissable interlocuteur.

Aussi commençait-il à trouver M. de Choisy un beau-père moins désirable qu'il ne l'avait cru d'abord.

Et cependant le malheureux n'était pas au bout!

M. de Choisy *jouissait* de ce travers d'esprit, trop peu rare, hélas! qui consiste à sauter perpétuellement d'un sujet de conversation à un autre, et qui est une des mille variétés funestes de la sottise combinée avec la nullité

A la chasse succéda l'agriculture. — Georges fut mis au courant des améliorations sans nombre introduites

dans le pays par la volonté tenace et intelligente du maître de céans : — Amélioration des engrais, amélioration
des races *bovines, ovines* et *chevalines*, voire même amélioration des melons, au moyen d'une couche de nouvelle
invention, et sous des cloches, que Georges aurait sou-
haité de bon cœur voir s'adapter à la tête de leur inven-
teur.

Puis vint la politique, qui ne pouvait guère manquer
d'arriver. — En moins d'un quart d'heure M. de Choisy
discuta la composition du ministère, les projets de loi du
jour, l'omnipotence de la Chambre des députés, et l'*anni-
hilation*, ce fut son mot, de la pairie, qui ne se recrutait
plus que de *bourgeois*.

De là M. de Choisy passa à une dissertation approfon-
die sur la corruption de la jeunesse du siècle et les vices
de l'éducation universitaire.

La littérature, les sciences, les arts furent aussi passés en revue, et fort maltraités, comme on peut se l'imaginer.

Madame de Choisy écoutait son mari avec beaucoup
de déférence, et même avec une certaine admiration : —
Son bon sens lui avait appris qu'il n'y a qu'un moyen de
gouverner les sots, c'est d'avoir l'air de les approuver
toujours. — Mesdames, nous vous recommandons cette
recette avec une entière confiance; nous en usons souvent, et elle n'a jamais manqué de nous réussir.

— A propos, monsieur le comte, — dit tout à coup
M. de Choisy, qui venait d'établir un parallèle entre la
médecine *homéopatique* et la médecine *allopatique*, — je
crois que nous sommes alliés.

Cette fois la transition était heureuse.

— C'est un honneur dont je ne m'étais pas douté jusqu'à présent, — répondit Georges, qui commençait à mau-
dire la chanoinesse de l'avoir envoyé dans ce *guêpier*.

— Nous devons être alliés, nous le sommes certainement, reprit le châtelain.

— Je suis heureux de l'apprendre.

— Dites-moi, monsieur le comte, vous rappelez-vous le
nom de votre trisaïeule en ligne maternelle?

— Je dois vous avouer que ce nom ne s'offre pas à ma
mémoire en ce moment.

— Eh bien! votre trisaïeule était une Kécaradec, dont
la bisaïeule était une Dieulafoy.

— Cela est en vérité fort possible.

— Cela est positif, croyez-moi : je connais sur le bout
de mes doigts tout mon nobiliaire de Normandie... — Or,
le grand père de mon trisaïeul avait précisément épousé
une Dieulafoy..., donc...; au reste, je vais vous le prouver par mon arbre généalogique.

Georges se hâta de dire à M. de Choisy que, s'en rap-
portant complétement à lui, cette vérification devenait
tout à fait inutile; — mais le vieux hobereau s'était butté
à cette idée, et rien n'aurait pu lui faire lâcher prise...,
qu'une autre idée venant à la traverse de celle-là, ce qui
n'eût pas lieu.

— Esther! Esther! — cria-t-il deux fois : — voyez un
peu si cette petite viendra!

En ce moment la porte du salon s'ouvrit, et Esther parut sur le seuil.

C'était bien, comme l'avait dit madame de Boisjol, une
ravissante enfant, blanche et rose, avec des cheveux châtains et de grands yeux bleus, au regard affectueux et
limpide.

Mais elle surpassait le portrait que la chanoinesse avait
pu en faire de tout ce que la réalité vivante et pourtant
idéale a d'avantages sur la froide parole.

La blancheur du camélia de sa peau effaçait celle de sa
robe de cachemire; — ses cheveux châtains, divisés sur

les tempes en deux grosses nattes, encadraient le haut de ses joues, prenaient le contour de sa petite oreille rosée comme l'intérieur d'un coquillage, et rejoignaient derrière la tête une couronne d'une opulence admirable; — son œil d'azur avait de la profondeur dans son expression sereine et joyeuse; — ses formes, légèrement développées, se trahissaient avec une grâce pudique sous son corsage de jeune fille.

A la voir entre son père et sa mère, il était impossible de se figurer que cette ravissante créature fût leur fille.

Georges fut tellement supris, tellement ébloui de cette apparition inattendue d'Esther, qu'il oublia presque de se lever et de saluer quand elle s'avança dans le salon.

M. de Choisy lui dit d'aller chercher l'arbre généalogique *dans la salle de ses archives.*

Tandis qu'elle sortait Georges la suivit des yeux autant qu'il le put, et quand elle rentra apportant l'immense parchemin, sur lequel se déroulaient les ancêtres et les alliés des Choisy, il ne prêta qu'une très-médiocre attention aux explications sans fin de son hôte, se contentant de répondre machinalement :

— Rien n'est plus certain.

Ou bien : — Ceci est évident.

Ou encore : — Cela me paraît clair comme le jour.

Formules que nous recommandons aux gens qui veulent se concilier l'estime et l'affection des ennuyeux, en se dispensant, bien entendu, de les écouter.

C'est que très-réellement Georges était fort occupé à épier tous les mouvements d'Esther, alors assise auprès de sa mère, et qui, de son côté, détournait de temps en temps ses grands yeux de son métier à tapisserie, pour adresser à Georges un rapide et furtif regard.

Ce qui fit que lorsque M. de Choisy eut terminé une longue période en disant :

— D'après tout cela, ne vous semble-t-il pas, mon cher comte, que nous sommes alliés et même d'assez près ?

Georges répondit en serrant affectueusement la main de M. de Choisy :

— Je n'en doutais point, mon cher cousin, du moment où vous le disiez; mais maintenant cela me paraît tout à fait et complétement irrévocable.

Georges eut alors quelques minutes de trêve, son hôte se reposant sur les lauriers qu'il venait de cueillir, et le jeune homme put causer un instant avec madame de Choisy et Esther.

Esther parla peu, mais le peu de paroles qu'elle prononça furent spirituelles et bien dites.

Madame de Choisy proposa de visiter la serre de sa fille. — Il va sans dire que Georges accepta avec empressement.

Cette serre contenait entre autres diverses espèces de camélias, et plusieurs bruyères rares couvertes de fleurs.

Au moment de sortir, Esther cueillit un camélia couleur de chair et le glissa machinalement entre ses lèvres.

Georges reconduisit ces dames au salon pour faire ses adieux à M. de Choisy, et après quelques minutes de conversation, il prit congé de *ses aimables cousines,* après leur avoir fait promettre qu'elles viendraient le lendemain à Cussac.

En quittant le château, Georges se mit à en étudier les abords afin d'en mieux conserver le souvenir.

Tandis qu'il côtoyait le mur du parc, au petit pas de son cheval, il remarqua qu'à l'angle de ce mur se trouvait un pavillon terminé par un toit en terrasse, d'où la vue devait plonger aux alentours jusqu'à une assez grande distance.

Tout à coup une forme blanche se dessina sur le sommet de cette terrasse.

— Si c'est Esther, — se dit Georges, — il faut qu'elle soit venue bien vite... Serait-ce pour moi ?

Du reste, cette dernière supposition n'étonna nullement sa fatuité parisienne.

C'était bien Esther, en effet.

Au moment où Georges passait au pied du mur et levait la tête pour la saluer, elle laissa tomber le camélia qu'elle tenait à la main.

Était-ce par hasard ?

Puis elle se pencha sur la balustrade de la terrasse, en poussant un de ces petits cris harmonieux, douces angoisses de la coquetterie, que la bonne nature a mis dans le gosier de presque toutes les femmes, pour des circonstances semblables.

Georges sauta à bas de son cheval et ramassa le camélia, — mais comme il lui était impossible de le rendre, il le passa galamment à sa boutonnière.

Quand il releva la tête, Esther avait disparu.

— Peste ! — se dit Georges en remontant sur sa jument, — comme elles y vont, ces petites provinciales ! — on pourrait ne pas se marier dans ce pays, et y passer encore très-bien son temps... — Si jamais je me range, je reviendrai m'y établir... il me semble qu'il y règne un *âge d'or* qu'on pourrait assez facilement *écheveler*. — Cependant le mieux serait d'épouser cette petite coquette, au risque de... plus tard...

Et, tout en parlant ainsi, Georges ne put s'empêcher de jeter sur les terres, les prés et les bois de M. de Choisy un regard satisfait de propriétaire.

Mais entre le radieux mirage que Georges vit un instant se dérouler devant lui, entre ce mirage, disons-nous, et la réalité, il y avait un abîme.

Car depuis longtemps Georges, nous le savons, ne possédait plus rien, et bientôt le secret des hypothèques dont

était grevée la terre qui portait son nom, ne serait plus
un secret pour personne : — devait-il donc encore espérer que M. de Choisy consentît jamais à donner sa fille à
d'Entragues le joueur, le libertin perdu de dettes?

Existait-il un moyen quelconque de rentrer en possession de cette terre, d'éteindre ces hypothèques, ou de
faire une dupe de plus?

Georges ne le savait pas encore : — il n'avait à cet
égard que quelques espérances et de vagues projets.

Nos lecteurs ne nous croiraient pas, et ils auraient parfaitement raison, si nous leur disions que le comte d'Entragues éprouvait pour Esther de Choisy un commencement de passion, ou rien qui ressemblât à son amour
pour Antonia. — Son âme était trop profondément blasée
pour éprouver un sentiment vif et honnête; mais la vue
de cette délicieuse enfant, et surtout son auréole de propriétés magnifiques avaient fait battre un peu plus vivement qu'à l'ordinaire le cœur du très-illustre chef des
chevaliers du lansquenet, et, après avoir mûrement réfléchi à ce qu'il devait faire, il se détermina à jouer la
partie, en dépit de toutes les chances qu'il avait de la
perdre, seulement il se réserva de rester seul juge de l'op-
portunité du moment où il serait plus convenable de l'engager positivement.

La bonne chanoinesse apprit avec une joie immense les
heureux résultats de la visite faite par son neveu, et elle
se disposa à recevoir de son mieux ses voisins, le jour
suivant.

Effectivement, les douleurs rhumatismales de M. de
Choisy ayant un peu diminué d'intensité pendant la nuit,
toute la famille arriva à Cussac le lendemain, à l'heure
convenue, et fut, comme on s'en doute bien, admirablement reçue par madame de Boisjol.

Cette journée, au surplus, n'offrit aucune particularité

qui soit digne d'être rapportée, si ce n'est que Georges portait à la boutonnière de son habit un camélia un peu flétri, et que la vue de cette fleur fit successivement pâlir et rougir Esther.

Au reste, quand on se sépara, M. d'Entragues et M. de Choisy s'appelaient *mon cousin* à qui mieux mieux, et les deux jeunes gens avaient plus d'une fois échangé des regards presque tendres.

Ce petit manége n'avait point échappé à madame de Boisjol, qui, en sa qualité de vieille fille, avait une pénétration incroyable pour ces sortes de choses. — Aussi, dès que les Choisy furent partis, pressa-t-elle son neveu de lui accorder sur-le-champ les pouvoirs nécessaires pour entrer immédiatement en négociation, et traiter diplomatiquement la grande affaire du mariage.

Non-seulement Georges n'y voulut pas consentir, mais encore il supplia la chanoinesse de se dispenser pour le moment de toute ouverture, même indirecte, vis-à-vis de la famille de Choisy.

On comprend que jusqu'à nouvel ordre, M. d'Entragues redoutait par-dessus toute chose une enquête sur sa fortune et sa conduite, enquête dont les résultats ne pouvaient manquer de lui être défavorables.

La bonne chanoinesse, quoiqu'à contre cœur, promit de s'abstenir pour le moment.

Georges, de son côté, lui jura qu'il ne tarderait pas à la relever de sa promesse.

C'est qu'un nouveau projet venait de germer dans son esprit. — Il s'était rappelé son aventure avec M. de Fly, et il se demandait pourquoi il ne se servirait pas de ses associés les *chevaliers du lansquenet*, comme d'autant de *Ratons* pour lui tirer les marrons du feu, et pourquoi il ne jouerait pas avec eux le rôle de *Bertrand* qu'avait joué jadis avec lui son collaborateur de Marseille.

Cette question une fois posée ne s'était pas résolue d'une façon négative.

Ce projet devait-il recevoir une réalisation quelconque et prochaine? — C'est ce que l'avenir nous apprendra.

§.

Cependant le samedi du départ était arrivé. — Les chevaux de poste attelés au coupé attendaient devant le perron. — Georges, après avoir promis à sa tante de la revoir bientôt, lui dit adieu, et partit pour Nodèsmes où le vicomte l'attendait.

Une heure après les deux jeunes gens se mettaient en route pour Paris.

Au moment où la voiture parvint aux deux tiers de l'avenue à peu près, la voix pure et fraîche de Pivoine résonna dans le taillis, jetant à la brise un lambeau de sa chanson suave et naïve.

— Plus vite! plus vite! — cria Jules aux postillons par la portière. — Plus vite encore! — dix francs de guides!

Les chevaux lancés à toutes jambes eurent bientôt gagné la grande route.

L'agneau était dans la gueule du loup!

IX

Place Ventadour.

Georges d'Entragues était un de ces hommes avisés et persévérants, pour lesquels il n'y a pas de mesures insignifiantes quand on peut les rattacher de quelque manière que ce soit à l'ensemble d'un projet important. — Aussi, dès que l'époque de son départ pour Paris avec Jules de Nodêsmes avait été définitivement arrêtée, s'était-il empressé de prévenir, par une lettre fort détaillée, son valet de chambre, du jour et presque du moment de son arrivée. — Grâce à cette précaution, lorsque les deux amis descendirent dans l'hôtel de la rue Saint-Lazare, ils trouvèrent l'appartement sous les armes, c'est-à-dire du feu partout, des bougies allumées (c'était le soir un peu tard), et moins d'une heure après, le café Anglais envoyait un excellent souper commandé à l'avance.

Le vicomte de Nodêsmes n'avait encore rien vu de Paris, et Paris cependant l'étonnait déjà.

Il l'étonnait par son immensité, par l'éclat magique de son gaz, par la splendide magnificence de ses magasins innombrables, et par la foule animée et nombreuse qui encombrait ses rues, ses places, ses boulevards, aperçus au passage et pour ainsi dire à la volée.

Puis ce petit appartement de proportions si élégantes et d'une distribution si commode dans son exiguïté ; ces mille recherches de confort et de luxe dont il ne soupçonnait même pas l'existence, paraissaient à Jules autant de merveilles, comparées à la triste et sévère ordonnance des vastes pièces du château de Nodêsmes.

Puis enfin ce souper exquis, servi comme par enchantement dans une salle à manger bien chaude, admirablement éclairée par deux candélabres portant chacun huit bougies ; — ces mets, d'une haute saveur, résumant toutes les recherches gastronomiques de nos cabarets en renom, savourés lentement ; — les diverses espèces de vins, groupées avec art et servies à propos, suprême science des maîtres en gourmandise ; — la jouissance raffinée de goûter ces autres jouissances, non pas assis sur des chaises de bois ou de canne, mais plongé dans de profondes et moelleuses ganaches, — tout cela avait jeté le vicomte dans une sorte d'extase morale et physique qu'il ne se souvenait pas d'avoir jamais éprouvée. — Et, quand le souper fini, Georges proposa à son ami de le conduire dans l'appartement qui lui était destiné, et l'engagea à se coucher, le sentimental et vertueux Jules avait déjà fait de si grands progrès dans le *sybaritisme moderne*, qu'il ne donna pas le plus fugitif souvenir à la gentille Pivoine, à partir du moment où il se glissa entre deux draps de fine baptiste jusqu'à celui où il s'endormit profondément.

C'était le trois décembre que le comte Georges d'Entragues avait quitté Paris, et il y rentrait triomphant le vingt-huit : ainsi son absence n'avait pas duré tout à fait un mois.

Le lendemain, après le déjeûner, c'est-à-dire vers les

onze heures et demie, Georges, qui avait fait prévenir dès le matin son chapelier, son tailleur, son bottier, tous ses fournisseurs enfin, remit entre les mains de ces grands artistes le vicomte Jules de Nodèsmes, auquel ses costumes de province ne permettaient pas d'affronter audacieusement l'asphalte du boulevard ; — ce nouveau devoir d'hospitalité rempli, Georges alluma un cigare, et sortit pour aller s'informer de ce qui s'était passé, place Ventadour, pendant son absence.

On doit se rappeler que, la veille de son départ pour la Normandie, il avait installé là Mazagran, la fringante *lorette*, sous le pseudonyme tout à fait de fantaisie, de *madame veuve Lambertini, née Adèle de Flavy*.

Mazagran occupait le troisième étage de l'une des maisons formant, avec la maison voisine, l'angle rentrant d'un des coins de la place. — Un motif de discrétion qui sera sans doute apprécié de nos lecteurs, nous détermine à taire le numéro de cette maison : à l'heure qu'il est, Mazagran, qui a repris son vrai nom, est toujours et plus que jamais à la mode dans les bals masqués et non masqués, où l'on peut la voir toute l'année, polkant, valsant, *cancannant, mazourkant, et froteskant* sans trêve et sans relâche, avec une verve sans cesse croissante, et une vigueur qui fait l'admiration des plus infatigables.

Georges, au moment de franchir le seuil de la maison habitée par madame veuve Lambertini, leva par hasard les yeux, et vit quelque chose qui l'étonna singulièrement.

C'était pourtant bien simple en apparence, puisqu'il ne s'agissait que d'un petit papier voltigeant et tournoyant dans l'air.

Mais ce petit papier, au lieu de flotter à l'aventure comme une feuille errante que le plus faible souffle de brise fait dévier de sa route, tournait tout doucement sur lui-même, et avançait avec lenteur, mais en ligne directe quoiqu'inclinée, vers l'une des fenêtres du troisième étage, qu'occupait Mazagran.

Cette feuille voyageuse avait précisément le mouvement de rotation de ces petits animaux de papier que les enfants enfilent dans la corde de leur *cerf-volant*, et qui vont insensiblement rejoindre le *cerf-volant* planant dans les airs.

Seulement il n'y avait ni enfant sur la place, ni *cerf-volant* se détachant sur l'azur du ciel, et la feuille de papier descendait au lieu de monter.

Georges n'aurait pas attaché une grande importance à cette espèce de phénomène, s'il n'eût aussitôt fait naître un vague soupçon dans son esprit. — Il pensa alors que ce qu'il avait de mieux à faire pour s'éclairer, était de monter chez Mazagran, et ayant demandé au portier si madame Lambertini était chez elle, il s'élança dans l'escalier sans attendre la réponse du cerbère stupéfait.

Ici nous croyons convenable et utile d'instruire nos lecteurs de ce qu'avait été l'existence de la soi-disant veuve pendant le séjour de Georges en Normandie.

Conformément aux promesses faites par d'Entragues à la jeune femme, son ancien loyer, ses vieilles dettes avaient été payées, et elle avait reçu deux mille francs d'avance pour le premier mois; — le tout avait été accompagné de l'injonction expresse de rompre impitoyablement avec ses amis de cœur ou autres, de se compromettre le moins possible par des œillades inconsidérées, et de ne recevoir sous aucun prétexte qui que ce soit chez elle.

Après quelques jours de jouissance assez douce de sa nouvelle situation, Mazagran s'était trouvée d'abord toute désorientée, et, disons-le tout de suite, peu de temps après, ennuyée. — Si pour la majorité des femmes entretenues, *la dette* est un cauchemar, la force de l'habitude en fait un besoin pour quelques-unes d'entre elles. — D'abord les petits scènes que viennent vous faire les *Anglais*, (ceci est encore un mot de l'argot adopté par la jeunesse parisienne), fouettent le sang, donnent des couleurs et facilitent la digestion. — Ensuite, on remporte quelquefois sur d'intraitables créanciers, des victoires bien flatteuses pour l'amour-propre. — Quelle est la lorette qui ne soit heureuse et fière de s'être fait livrer, sans bourse délier, un nouveau chapeau, par une modiste furieuse, venue, sa facture à la main, réclamer cent cinquante ou cent soixante francs dus depuis six mois passés? — quelle est celle qui ne se vante pendant des années d'un semblable triomphe, et qui ne comprenne *les victoires et conquêtes des Français*, et le *soleil d'Austerlitz?*

Puis enfin, la dette est le meilleur et le plus efficace de tous les prétextes d'*impositions extraordinaires* à l'endroit des *Ernests* et des *Arthurs*, passés, présents et futurs.

Quel amour d'homme aurait en effet le cœur tellement ossifié qu'il ne payât à l'instant même la note menaçante qu'une belle éplorée a laissée par hasard sur sa cheminée après l'avoir arrosée de larmes amères?

Règle générale, quand vous faites partie de l'intimité d'une de *ces dames*, ayez la prudence et la discrétion de ne jamais jeter un regard sur les papiers errants. — Plus ils sont mis en évidence, et plus vous devez vous en défier... — Si vous lisez, vous êtes perdu, *enfoncé*, comme disent les fils ou les neveux de certains pairs de France.

Bref, les dettes de Mazagran étaient parties, et Mazagran ne pouvait se consoler de leur départ... qu'en en faisant de nouvelles.

On comprend que les marchands de nouveautés, les tailleuses, les modistes et les parfumeurs furent mis à prompte réquisition. — Le nouveau nom de Mazagran qu'elle avait fait graver sur des cartes porcelaine, avec un écusson couronné dans un des coins (*un éventail sur un fond d'or*), son délicieux appartement et son petit coupé, établissaient son crédit sur des bases magnifiques; ce qui joint à quelques légers *à-compte* (la lorette aime les *à-compte*), lui permit de monter sa garde-robe d'une façon vraiment remarquable.

Mais après avoir savouré les ivresses sans nombre que procurent à une jolie femme douze robes de gros de Naples, de satin et de velours, pendues méthodiquement dans une vaste armoire par ordre de nuances, comme les couleurs de l'arc-en-ciel; — après avoir promené aux Champs-Élysées, tous les jours de deux à quatre heures, des capotes neuves et des vrais crêpe-de-Chine apportés par la dernière ambassade; — après avoir étonné les femmes de la bonne compagnie par l'abandon de ses poses au fond de son petit coupé, et fasciné les piétons et les cavaliers par le jeu chatoyant de sa prunelle; — après avoir enfin fait successivement l'acquisition de trois chiens : un king-charles, un griffon et un petit caniche blanc, frisé et moutonné, au cou duquel elle mit incontinent une rosette de ruban rose...

Après tout cela, disons-nous, Mazagran s'ennuya profondément. — Elle s'ennuya de n'avoir personne par qui elle pût se faire mener triomphalement aux avant-scènes du Palais-Royal ou des Folies-Dramatiques; — personne dont l'arrivée inattendue fît aboyer en chœur le king-charles, le griffon et le caniche blanc, frisé et moutonné; — personne enfin à qui elle pût montrer ses chemises de fine batiste, garnies de Valenciennes à quinze francs le mètre !!!

Cet abandon fit que l'esprit de Mazagran tourna à la philosophie, et son cœur au sentiment : — elle en vint jusqu'à croire qu'il y a quelquefois plus de bonheur à laisser tomber un peignoir d'indienne qu'à agraffer une robe de velours... — ô tardive sagesse !

Cependant rien n'était plus facile pour Mazagran que de combler le *vide affreux* de sa nouvelle existence. — Mais Georges avait été si clair, si positif.... si les amants arrivaient, le petit coupé, le joli logement, les deux *billets de mille francs* par mois disparassaient aussi vite qu'ils étaient venus.

Or, quoique Mazagran eût mieux aimé être veuve *in partibus*, elle ne voulait pas courir cette chance.

Mais un beau matin il lui vint une idée lumineuse! une de ces idées comme il n'en germe que dans les têtes féminines bien organisées.

Elle se dit, que si Georges lui avait défendu de faire des visites, il n'avait nullement parlé de l'empêcher d'en rendre ; — et tout aussitôt Mazagran se mit à rêver au moyen d'aller chercher au dehors le bonheur qui lui était interdit à domicile.

Et tandis que son esprit chevauchait à la poursuite de ce moyen, le hasard le lui envoyait tout prêt à mettre en œuvre.

Nous avons déjà dit que la maison où demeurait Mazagran formait la face d'un des angles rentrants de la place Ventadour.

Le jour même où le hasard venait au secours de Mazagran, madame veuve Lambertini, née Adèle Flavy, se disposait à monter dans son petit coupé, qui stationnait depuis une demi-heure devant la porte de sa maison.

Nous ferons remarquer en passant que la plus grande jouissance de celles de *ces dames* qui ont une voiture, n'est pas de s'en servir, mais de la faire attendre.

Mazagran allait poser son brodequin de satin bleu saphir sur le marchepied de son coupé; elle avait déjà relevé sa robe un peu plus haut que la cheville, quand ses yeux errants aperçurent à quelques pas de là un jeune homme qui paraissait la contempler avec enthousiasme.

Elle s'empressa alors, comme une femme bien élevée, de baisser, non pas sa robe, mais son voile ; puis elle monta dans sa voiture, et avant de tourner le coin de la rue Neuve-Saint-Augustin, elle mit la tête à la portière.

Elle eut tout juste le temps de voir le jeune homme en question entrer dans la maison qui faisait l'angle avec la sienne.

Mais il lui fut impossible de se former une idée de sa figure ; il lui sembla seulement qu'il avait une tournure assez convenable. — Une lorette qui exerce consciencieusement la profession de veuve pendant quinze jours ne doit pas être très-difficile.

Ce jour-là, Mazagran abrégea sa promenade d'une grande heure, et dès qu'elle fut rentrée chez elle, quoique le froid fut assez piquant, elle s'établit à la fenêtre d'un air tout à fait désintéressé.

Elle n'était pas depuis cinq minutes à ce poste d'observation, qu'elle vit précisément son jeune homme du matin, fumant un cigare à une des fenêtres du cinquième étage de la maison voisine, et la contemplant avec une longue vue.

Alors commença la série de toutes les gracieuses mignardises des jolies femmes qui savent qu'on les regarde et qui veulent qu'on les admire. — Quand Mazagran put supposer que ce dernier résultat était obtenu, grâce à son petit manége, elle rentra chez elle et ferma sa fenêtre, en ayant bien soin de ne pas joindre hermétiquement les rideaux.

— Puisqu'on me lorgne, — pensa-t-elle, — je puis bien lorgner aussi.

Et ayant pris une jumelle de spectacle, elle la braqua

vis-à-vis l'ouverture qu'elle avait laissée entre les rideaux.

L'examen fut assez satisfaisant... pour une veuve.

Le voisin, qui avait quitté sa longue vue au moment où la fenêtre de Mazagran s'était fermée, pouvait avoir de vingt-six à vingt-huit ans. — Sa taille était moyenne et un peu épaisse. Il avait des cheveux d'un blond trop ardent, taillés en brosse ; des moustaches retroussées, et une large royale de la même couleur que ses cheveux. — Du reste, sa figure joufflue exprimait une jovialité et une bonhomie assez spirituelles. — Le ton général de son visage fortement coloré, était encore réchauffé par une vareuse de flanelle rouge, dans laquelle il s'enveloppait aussi fièrement que si c'eût été un manteau castillan de la plus riche étoffe.

Comme Mazagran, pour le quart-d'heure, ne tenait pas énormément à la distinction, le voisin robuste et bien bâti lui parut fort agréable.

Une demi-heure après on sonna à la porte, et Fifine, cette agaçante petite soubrette que nous connaissons déjà, entra dans la chambre de sa maîtresse.

— Madame, — lui dit-elle, — il y a là un commissionnaire qui apporte une lettre.

— De quelle part ? — demanda Mazagran, d'un ton tout à fait digne.

— Dame ! je n'en sais rien.

— Faites entrer ce Savoyard ou cet Auvergnat, — riposta vivement la lorette.

Le commissionnaire parut, et remit à la jeune femme avec des façons mystérieuses assez gauches, une enveloppe élégante d'où s'exhalait un heureux mélange des parfums du patchouly et du tabac.

— Qui vous a chargé de me remettre cela, Savoyard ? — demanda Mazagran en prenant le pli... — Tiens, il n'y a pas d'adresse ! ajouta-t-elle en voyant qu'en effet l'enveloppe était aussi nette d'un côté que de l'autre.

— Madame, c'est un monsieur habillé de rouge, un bel homme, qui m'a pris sous le péristyle du thâtre Italien, et qui m'a dit comme ça : — Tu vas porter cette lettre tout de suite chez une dame qui demeure dans la maison en face, au troisième, ces fenêtres là. Il y aura cent sous pour toi si tu rapportes une réponse.

— C'est bien ! allez, Savoyard.

— Et la réponse, Madame.

— C'est juste ! — Joséphine, — dit Mazagran à sa femme de chambre ; — menez cet Auvergnat à la cuisine et faites-lui boire un verre de vin.

Mazagran restée seule, déchira l'enveloppe et lut la lettre suivante :

« Madame ou Mademoiselle, car je ne sais pas si vous êtes demoiselle ou si vous êtes dame ; mais je ne crois pas l'un et je ne crains pas l'autre. — Je vous ai vue il y a deux heures à peu près pour la première fois.... il est vrai que j'aurais pu vous rencontrer beauconp plus tôt... enfin, vaut mieux tard que jamais. — Je me suis dit en vous regardant monter en voiture : — *Cette dame a une jambe bien faite, donc elle doit avoir le cœur sensible.* — Ceci est plus logique qu'on ne pense : mais la loyauté qui forme la base de mon caractère, m'oblige à confesser que cette pensée philosophique est volée par moi *à la rue de la Lune,* une très-drôle de pièce, dans laquelle Ravel est bien amusant, et que nous irons voir ensemble quand vous voudrez. — Vous me plaisez beaucoup ; pourquoi donc ne vous plairais-je pas énormément ? ceci n'est pas moins logique que ce qui précède. — Vous me connaissez, car, lorsque vous vous êtes mise à la fenêtre, vous m'avez vu, bien que vous ne m'ayez pas regardé. Mais les **femmes** voient avec le haut de leur tête, avec le bout de

leur pied, avec n'importe quoi. — Que pensez-vous de
votre serviteur? — J'ai à vous offrir un cœur qui, s'il
n'est pas tout neuf, n'a servi que juste ce qu'il faut pour
prouver qu'il est de bonne qualité et susceptible d'amélioration. — Tel qu'il est, si vous le voulez, je vous l'a-
dresserai franc de port. — Puis-je espérer? — dites oui
ou non. — Que ce ne soit pas non, car cette désolante
rigueur ne m'empêcherait pas d'espérer tout de même.

J'attends votre réponse avec impatience, mais avec confiance, et je suis pour longtemps,

« Tout à vous de cœur,

« CLOVIS. »

P. S. « Je possède quelques talents d'agrément qui
m'ont toujours fait bien venir dans le monde. — Je serai
trop heureux de les mettre à vos ordres. »

Mazagran ne put s'empêcher de sourire plus d'une fois
en lisant cette burlesque et cavalière épître, puis, se mettant immédiatement à son secrétaire. elle écrivit la lettre
suivante, ornée d'une orthographe de fantaisie, que nous
nous abstenons de reproduire, M Paul de Kock ayant un
peu abusé de ce moyen comique :

« Monsieur Clovis, vous êtes un polisson! — on n'écrit
pas ainsi à une femme qu'on ne connaît pas, et j'ai dû,
par respect pour moi-même, brûler, *sans l'ouvrir*, votre
impertinente lettre, ce qui fait que je ne vous la renvoie
pas, attendu qu'elle est réduite en cendres. — Vous me
proposez d'aller au Palais-Royal, voir avec vous *la rue de
la Lune* : cette proposition est inconvenante, et je l'accep-
terais si le rang élevé que je tiens dans la société ne m'imposait la réserve. — Quant à votre cœur, peu m'importe
qu'il soit neuf ou non, je n'en ai que faire, et je vous dé-
fends de m'écrire désormais. — Si, malgré ces ordres ab-

solus, vous m'adressez de nouvelles lettres, arrangez-vous pour qu'elles ne puissent me compromettre vis-à-vis de mon portier.

« Enfin, monsieur Clovis, je ne vous connais pas, je ne veux pas vous connaître, et je suis votre servante,

« Veuve LAMBERTINI. »

Le commissionnaire partit avec cette lettre, et revint au bout de dix minutes, apportant une nouvelle épitre de Clovis ainsi conçue :

« Femme adorée et ingénieuse, vous faites le bonheur de ma vie ! — J'ai compris, ô mon idole, les mystérieuses réticences de ce mot charmant, divin : *polisson !* — Soyez sûre que je ne vous mettrai jamais dans le cas de le regretter.

« Quant au moyen de nous écrire d'une façon clandestine et peu compromettante, je crois l'avoir trouvé ; il est original et expéditif. — Demain matin, entre neuf heures cinq minutes et neuf heures un quart, je jetterai chez vous une balle de plomb à laquelle sera attaché un fil de fer. — Si la fenêtre est ouverte, la balle entrera chez vous ; — si la fenêtre est fermée, elle cassera le carreau et entrera également. — Il y a donc un véritable avantage pour vous à laisser la fenêtre ouverte. — Assujettissez le fil de fer à quelque chose, et attendez. — *La suite vous apprendra le reste.*

« *P. S.* Puis-je aller chez vous ce soir ? »

Mazagran ne répondit que ceci :

« Je laisserai peut-être la fenêtre ouverte. Quant à venir chez moi, ne vous en avisez pas.

Et pour plus de sûreté, Mazagran envoya Joséphine chez le portier, avec l'ordre de ne laisser monter qui que ce soit ; et c'est à bon droit que la lorette se défiait de l'impétueux Clovis, car ce même jour à huit heures du soir, il ne manqua pas de se présenter, mais il fut éconduit.

Le lendemain matin, au moment convenu, la balle de plomb annoncée apportait le fil de fer en question, que Mazagran fixa à l'appui recouvert de velours qui formait une espèce de balcon devant la fenêtre, et peu d'instants après la jeune femme voyait une nouvelle lettre arriver jusqu'à elle par ce chemin de fer aérien.

Voici ce nouvel échantillon du style de Clovis :

« Cher amour, vous m'avez fait consigner à votre porte hier, mais comme je professe le pardon des injures, je ne vous garde point rancune, et vous attends ce soir à l'heure que vous voudrez.

« *P. S.* Mon mobilier de garçon est modeste ; — pourtant si le bon accueil vaut la richesse, il y aura compensation.

« CLOVIS. »

Ceci se passait deux jours avant le retour de Georges à Paris. — Nous ignorons encore si Mazagran était allée visiter le mobilier de garçon de M. Clovis, mais au moins nous pouvons donner une cause toute naturelle à ce billet voltigeur qui avait si vivement intrigué l'esprit soupçonneux du comte d'Entragues.

X

Diplomatie.

Georges, comme nous l'avons dit dans le courant du précédent chapitre, monta rapidement l'escalier de madame veuve Lambertini, ouvrit la porte de l'appartement au moyen d'une double clef dont il s'était réservé secrètement la possession le jour de l'installation de la jeune femme, traversa l'antichambre sans rencontrer Joséphine, et tomba à l'improviste dans le salon, où la lorette, en robe de chambre et en pantouffles, était debout devant la fenêtre ouverte, attendant sa correspondance aérienne.

En voyant entrer M. d'Entragues, à qui elle supposait le droit d'être jaloux, Mazagran poussa un petit cri, et voulut en toute hâte fermer la fenêtre.

Georges, que cette précipitation maladroite acheva d'éclairer sur la nature du mystère dont il avait vu les premiers indices dans la rue, Georges, disons-nous, ne laissa point à la jeune femme le temps de mener sa petite manœuvre à fin ; — il l'écarta donc de l'embrasure de la croisée, doucement, mais avec autorité, et il vit alors que le petit papier n'était plus qu'à quelques pouces de la balustrade. — M. d'Entragues avança la main pour le prendre, en s'efforçant de réprimer une envie de rire intérieure qui menaçait de faire explosion sur ses lèvres.

Mais Mazagran se jeta au-devant de lui, et se posant dans une attitude tragique d'un effet quelque peu grotesque, dit d'une voix de mélodrame :

— Jamais ! plutôt la mort !

— Allons, ma fille, pas de bêtises, — répondit Georges en s'avançant d'un pas vers la fenêtre.

— Je ne veux pas que vous voyez ceci, et vous ne le verrez pas ! — déclama la jeune femme en conservant sa première pose de Rachel manquée.

— Il faut que je le voie et je le verrai. — Répondit Georges avec un calme imperturbable.

— Ne me montez pas la tête ! je ferais un malheur, voyez-vous, et un grand !

— Faites-en deux et laissez-moi passer !

— Mais enfin, Monsieur, de quel droit ?..

— « Du droit qu'un esprit vaste etferme en ses desseins
» A sur l'esprit grossier des vulgaires humains, »

répliqua le jeune homme en riant.

Ce rire, qui était un trait d'habileté de la part de Georges, dissipa les alarmes de Mazagran à l'endroit de la sombre et jalouse fureur qu'elle supposait devoir couver au fond du cœur de M. d'Entragues, aussi répondit-elle, à demi-souriante elle-même :

— Oh ! d'abord ne me parlez pas en vers ! vous savez bien que je ne peux pas les souffrir, et que je ne vais jamais au Théâtre-Français à cause de cela.

— Puisqu'il en est ainsi, ma chère enfant, je vous dis en bonne prose qu'il est tout à fait essentiel que je prenne

connaissance de ce billet qui vous arrive par les airs.....
l'invention est fort jolie du reste.

— Et je vous réponds, Monsieur, — fit Mazagran, excitée
de nouveau par la persistance de d'Entragues, — que je
suis ici chez moi, et que je n'ai pas d'ordres à recevoir de
vous.

— Puisque vous le prenez sur ce ton, Madame, je m'en
vais, et vous ne tarderez pas à vous apercevoir de tout ce
qui sera parti d'ici avec moi...

L'allusion plus que transparente contenue dans ces deux
mots, fit un effet magique sur Mazagran, qui laissa aussitôt passer Georges en lui disant .

— Eh bien! lisez donc, tyran! monstre d'homme! puisqu'il faut toujours en passer comme un agneau partout ce
que vous voulez !!..

Georges prit le papier voltigeant et l'ouvrit.

Il ne contenait que cette ligne empruntée à Gavarni par
l'amoureux, sans doute dans un moment de paresse d'imagination :

« Mon ange adoré, dis-moi ton petit nom ?

« CLOVIS. »

Comme on le voit il y avait progrès : — le *tu* avait remplacé le *vous*.

Nous ferons remarquer en passant qu'il arrive assez
fréquemment que cette nuance du *tu* et du *vous* ne signifie
absolument rien. — Le premier est quelquefois employé
par des amoureux qui n'ont pas encore baisé la main de
leur belle, tandis que d'autres qui ne la leur baisent plus
depuis longtemps se servent toujours du second.

Maintenant revenons à Georges.

— Ma fille, — dit-il avec une tranquillité désespérante
pour l'amour-propre de Mazagran, — vous allez m'apprendre qui est ce M. Clovis, qui vous a écrit cette lettre,

m'avouer franchement tout ce qui s'est passé entre vous et lui.

— Oh! pour cela, non! — s'écria Mazagran : — ce sont mes affaires, ce qui veut dire qu'elles ne vous regardent pas.

— Fort bien! en ce cas, adieu, ma fille; vous pouvez vous préparer à déménager avant le terme.

Et Georges, reprenant son chapeau, fit quelques pas vers la porte.

Mazagran, consternée de cette démonstration menaçante, l'arrêta par le bras, et lui dit avec une fureur concentrée :

— Restez, monstre que vous êtes! — Tenez-vous un peu tranquille, donnez-moi le temps, et je vous avouerai, puisqu'il le faut absolument, toute la vérité.

— Laquelle? — demanda Georges.

— Est-ce qu'il y en a deux ?

— Sans doute : Figaro l'a dit depuis longtemps.

— Eh bien! la plus vraie.

— Avec la vérité la plus vraie d'une femme, il y a encore de quoi faire deux très-jolis mensonges.

— Mauvaise langue!

— J'écoute.

— Ce jeune homme...

— Ah! c'est un jeune homme?

— Sans doute et un charmant garçon qui m'adore! mais là ce qui s'appelle adorer!

— J'en suis parfaitement convaincu.

— Qui me recherche pour les motifs les plus honorables, et avec lequel je n'ai eu que des relations vertueuses.

Georges se mordit de nouveau les lèvres pour comprimer une seconde fois son sourire intérieur, et il jeta un regard narquois sur le billet familier qu'il tenait encore à la main.

— Vous ne me croyez peut-être pas ? — reprit Mazagran,

qui comprit parfaitement, comme cela devait être, la cause de l'expression railleuse que venait de prendre la physionomie habituellement impassible de Georges.

— Je vous crois, je vous crois, ma fille... — dit-il du ton d'un juge plus indulgent que convaincu. — Depuis quand connaissez-vous ce jeune homme ?

Mazagran eut l'air de chercher dans sa tête ; — puis elle se mit à compter sur ses doigts, et elle répondit :

— Depuis cinq jours.

— Un siècle ! — dit Georges.

— Je crois même qu'il n'y en a que quatre, — ajouta Mazagran qui pensa qu'en ne paraissant pas très-sûre de sa mémoire, Georges supposerait que l'affaire ne l'avait pas beaucoup intéressée.

Mais les femmes, quand elles s'ennuient, font tant de choses très-drôles dont elles ne se soucient pas du tout.

— Est-il venu ici ! — reprit Georges.

— Fi donc !

— Recueillez bien vos souvenirs.

— Jamais !

— Bien sûr ?

— Ma parole d'honneur !

— J'aimerais mieux un autre serment, n'importe lequel ; tous excepté celui-là.

— Vous êtes incrédule ?

— Comme saint Thomas...

— D'Acquin ?

— *Adèle*, ma fille, abstenons-nous de jeux de mots, et allons droit au fait : il s'agit de choses sérieuses, très-sérieuses, même !...

— Eh bien! voyons vos choses sérieuses : vous savez que je ne les aime guère.

— Aimez-vous ce jeune homme ?

— Ah bah ! — fit Mazagran en accompagnant cette exclamation assez significative d'une petite moue parfaitement dédaigneuse.

— C'est déjà passé? — fort bien. — Il aurait pourtant mieux valu que cela ne commençât point, et, franchement, ce n'est pas là ce que vous m'aviez promis. — J'avais cru avoir affaire à une honnête fille.

— Ah! ça, dites donc, Georges, est-ce que vous êtes devenu procureur du roi .ou espion de police? — interrompit la jeune femme qui commençait à s'impatienter de cette conversation inquisitoriale. — Si vous étiez jaloux, je ne dis pas; mais vous êtes calme comme mon bonnet de nuit quand il n'est plus sur ma tête, et toutes ces manières ne me vont pas du tout! Et tenez, pendant que je suis sur ce chapitre-là, il faut que je vous *débagoule* tout ce que j'ai sur le cœur. — Vous m'avez payé mes dettes, vous m'avez loué un appartement, donné une voiture au mois, mis de l'argent dans ma bourse, qui, par parenthèse, commence à être un peu vide... tout ça, c'est très-bien... j'ai l'air d'être votre maîtresse, mais en réalité je ne vous suis de rien du tout. — Si je ne vous connaissais depuis longtemps pour un garçon rangé, je croirais qu'il vous est arrivé un malheur, et que vous voulez afficher une femme pour dissimuler la chose. — Pourquoi m'avez-vous fait changer de nom? — Est-ce que vous voudriez par hasard, jouer au naturel *la Fausse maîtresse*, un roman de Balzac que j'ai lu dans les temps, et où l'on voit un Monsieur qui fait semblant d'entretenir une danseuse pour cacher qu'il aime une autre femme!... — Ah! c'est que ça ne m'irait pas, voyez-vous! — je suis trop jeune et trop jolie pour servir de paravent à personne! — ensuite vous croyez donc qu'à mon âge je vais m'amuser à vivre comme une religieuse? — je n'ai pas été élevée à ça, je vous en avertis, et...

— Calmez-vous, ma chère, — interrompit Georges : —

il est de très-mauvais goût de crier si fort, et vous savez que je tiens beaucoup à ce que vous passiez pour une femme de bonne compagnie.

— C'est que j'aurais joliment vite fait, — reprit Mazagran, — d'envoyer à tous les diables, le logement, la voiture et les billets de banque, et de m'en retourner d'où je viens, rue Neuve-Saint-Georges; — là du moins j'étais ma maîtresse, et celle de qui bon me semblait! — Je me révolte à la fin!

— Mazagran!...

— Enfin, voyons, expliquez-vous sans détour et un peu plus vite que ça : que prétendez-vous faire de moi? je ne veux plus marcher comme un aveugle. ainsi...

— Que penseriez-vous d'un jeune homme de vingt à vingt-deux ans? — interrompit de nouveau Georges, — répondant ainsi par une question à une demande un peu pressante d'explication.

— Un jeune homme! — fit Mazagran dont les idées prirent aussitôt une autre direction.

— Oui, un jeune homme, très-joli garçon et excessivement distingué; je parle sérieusement.

— Ah!

— Un vicomte...

— Oh! des vicomtes, ne m'en parlez pas! *j'en ai plein le dos!* — il n'y a que de ça à Mabille et aux avant-scènes des Délassements-Comiques... — tous les petits commis en nouveautés, tous les auneurs de mousseline-laine, sont vicomtes le soir quand on a fermé la boutique... — ce titre-là est très-mal porté; et moi qui vous parle j'ai été *flouée*, déjà une douzaine de fois à peu près par des faux vicomtes : — je ne m'y frotterai plus qu'à bonnes enseignes, j'y suis bien décidée.

— Aussi, ma fille, est-ce d'un véritable vicomte que je vous parle.

— C'est différent... mais quant à vos nobles de contre-
bande, c'est comme les appas en crinoline, bons seulement à regarder passer.

— Mon jeune homme, mon vicomte a quatre-vingt
mille livres de rente, — reprit Georges avec le plus grand
sang-froid, sachant très-bien que ces mots seraient d'un
effet magique, même prononcés avec indifférence.

— Peste! ça lui fait une jolie aisance, à ce vicomte-là...;
— mais, après tout, qu'est-ce que vous voulez que toutes
ces *calembredaînes* me fassent?

— Elles vous font qu'avant huit jours ce garçon sera
passionnément amoureux de vous; mais ce qui s'appelle
amoureux à en perdre la raison; et alors vous comprenez
qu'il vous sera facile d'en faire tout ce que vous voudrez.

— Vous croyez, mon petit Georges? Voyons, ne me
faites pas *de blagues!*

— Je suis sûr de ce que je vous dis.

— Expliquez-moi un peu tout ça, car j'ai la tête toute
je ne sais comment.

— Mais c'est clair comme bonjour : il sera amoureux
de vous, vous deviendrez sa maîtresse, sa maîtresse recon-
nue, avouée; vous partagerez sa fortune; vous jouirez de
son hôtel, de ses chevaux, de son château même...

— Dites-donc, Georges, — interrompit Mazagran en regardant le jeune homme dans le blanc des yeux, — savez-vous que vous faites là un drôle de métier?

Georges ne put s'empêcher de rougir à cette brusque
mais très-juste interpellation; cependant, comme sa présence d'esprit ne l'abandonnait jamais, il répondit sans
manifester aucun trouble extérieur :

— Ce que je vous propose, ma chère, tient à des combinaisons politiques de la plus haute importance : — je
vous les expliquerai si vous me jurez de garder le secret.

— Tiens! je serais dans le gouvernement! moi! ça serait un peu drôle! — Racontez-moi ça pour voir.

— C'est assez long, très-compliqué... j'aurai besoin de
toute votre attention : — cependant, puisque vous le voulez, je commence.

— Et moi je suis tout oreilles.

— Il faut vous dire que depuis la réunion du *parlement,*
à la suite d'élections qui n'ont pas été satisfaisantes, malgré le zèle des agents subalternes de l'administration, la
chambre des députés se trouve divisée en une multitude
de partis qui rendent excessivement difficiles les votes
pour lesquels une majorité est indispensable. — Nous
avons d'abord le parti libéral; — le parti des ministres
tombés, que je ne vous cite que pour mémoire; — le parti
des ministres présents qui se soutient; — celui des ministres futurs qui se prépare; — l'opposition; — la pha-
lange légitimiste; — le parti Lamartine, brillante unité,
que tout le monde écoute et que personne ne suit... —
nous avons encore...

— Ah! çà, — interrompit Mazagran, à la grande satisfaction de Georges qui ne savait plus comment sortir de
son explication, — tout ça m'ennuie à la mort, et je n'y
comprends absolument rien du tout.

D'Entragues avait compté là-dessus.

— Mais il faut que vous soyez éclairée sur la situation,
— reprit-il.

— Je le suis suffisamment.

— Songez qu'ayant la connaissance des secrets d'état
que je viens de vous laisser entrevoir, vous ne serez plus
libre de refuser ce qu'on vous demandera.

— Vous savez que je ne refuse guère.

— C'est que monsieur le préfet de police, pair de France,
vous ferait disparaître en un clin d'œil.

— J'accepte tout! — s'écria Mazagran. — Tout! le connu et l'inconnu! Je ne veux pas disparaître.

— Est-ce votre dernier mot?

— *A mort!* — les yeux fermés; — maintenant que faut-il que je fasse?

— D'abord ne plus voir ce monsieur... Clovis, — répondit Georges en relisant la signature du billet qu'il avait toujours gardé à la main.

— Mais s'il me poursuit, cet homme?

— Soyez tranquille : j'y mettrai bon ordre.

— Vous irez le voir?

— Oui.

— Mais vous me jurez qu'il n'y aura pas d'effusion de sang? — je n'aime pas les batailles.

— Vous êtes folle, ma chère! — repartit d'Entragues en riant bruyamment, mais sans gaîté, comme c'était son habitude.

— Maintenant dites-moi quand je verrai ce beau vicomte, mon petit Georges.

— Quand il en sera temps : — au surplus, vous serez prévenue d'avance, ainsi vous n'avez pas de surprise à redouter. — Adieu pour aujourd'hui, ma fille. — Soyez sage, et pour vous encourager à l'être, ce qui est toujours un peu laborieux, dites-vous bien que votre fortune est entre vos mains... — A propos, avez-vous besoin d'argent?

— Cette question! toujours!

— Voilà cinq cents francs.

Et Georges, après avoir mis un billet de banque entre les mains de la jeune femme, s'orienta par la position du fil de fer accusateur, et sortit pour aller chez M. Clovis, qui ne se doutait guère en ce moment que son billet était tombé dans des mains ennemies.

— Monsieur Clovis? — demanda Georges au portier de la maison voisine.

— Il est chez lui.

— A quel étage?

— L'escalier à droite, au *cintième*, la porte à gauche, une patte de lièvre pelée au cordon de la sonnette, — répondit le portier avec volubilité, mais d'un ton plus gracieux que ne l'ont ordinairement ses pareils.

Cette obligeance encouragea M. d'Entragues à prendre quelques informations.

— Quel homme est-ce que ce monsieur Clovis? — demanda-t-il avec bonhomie.

— Ah! monsieur, la crème des bons enfants! un garçon bien aimable! toujours le mot pour rire, et très-fort sur une musique nouvelle qu'on a inventée exprès pour lui... et avec ça farceur! oh! mais farceur! — il en vient quelques-unes... chez lui... et tenez, depuis deux jours, une jolie petite dame... oh! mais jolie! jolie! — ça me fait l'effet d'être une voisine.

Georges en savait assez; — il donna cent sous au portier et monta. — Arrivé au cinquième étage, il reconnut facilement la porte à la patte de lièvre endommagée, désignée par le concierge; et il sonna.

Clovis vint ouvrir en personne, par la raison fort simple qu'il était lui-même tout son domestique.

Il était vêtu de son invariable vareuse couleur sang de bœuf, et il introduisit Georges dans un appartement qui offrait le pêle-mêle le plus extravagant, et le fouillis le plus curieux de choses incohérentes qui se puissent rassembler dans un logis de garçon. — Sur un vieux divan taché et disloqué, on voyait une foule de vêtements plus ou moins intimes, en assez mauvais état; par terre des livres et des bottes; sur la cheminée, des flambeaux sans bobêche, une bouteille de vin de Bordeaux à moitié vide, et, au lieu de pendule, un pâté profondément entamé; tout autour des murs, des fleurets en sautoir à côté d'ins-

truments de musique de toutes les espèces, les uns à.vents,
les autres à cordes.

Georges en entrant comprit facilement que Mazagran en
eût assez.

— Que veut Monsieur? — demanda d'une voix de basse-
taille Clovis, en avançant une chaise qu'il débarrassa à la
hâte des objets qui l'encombraient.

— C'est à monsieur Clovis que j'ai l'honneur de parler?
— fit à son tour d'Entragues.

— Parlant à sa personne, comme disent ces gueux
d'huissiers!

— Fort bien, Monsieur.

— Monsieur vient pour des leçons?

— Nullement.

— Monsieur serait-il un créancier?

Et Clovis recula instinctivement sa chaise.

— Pas davantage.

— Je suppose cependant que Monsieur a un motif quelconque pour s'introduire dans mon huis-clos?

— Je viens vous demander une explication.

— Aurais-je par mégarde coudoyé votre pied dans la
rue ou ailleurs? — dans ce cas je suis à vos ordres, Monsieur. — Ces petits instruments-là, ça me connaît, — dit
Clovis en désignant une paire de fleurets démouchetés, at-
tachés en croix et accrochés à la muraille.

— Il s'agit, du moins je l'espère, d'une explication
toute pacifique, quoique le sujet soit fort délicat.

— Je vous ouïs religieusement.

— Depuis quelques jours, Monsieur, vous entretenez
des relations avec une jeune femme qui demeure dans la
maison voisine.

— Pardon, Monsieur, — repartit Clovis en se levant
avec une dignité comique : — ceci me paraît appartenir

au domaine de la vie privée, et je me demande de quel droit vous vous mêlez...

— Je me mêle de ce qui me regarde, et voici un billet qui ne vous laissera aucun doute à cet égard.

Et d'Entragues tendit à Clovis la lettre interceptée sur le balcon de Mazagran.

— Seriez-vous un frère mécontent, ou quelque cousin légèrement vexé? — demanda Clovis qui paraissait affectionner singulièrement les locutions *arnalesques*, comme on peut en juger par ces échantillons.

— Je suis le mari, Monsieur! — répondit d'Entragues avec un imperturbable sang-froid.

— Le mari de madame veuve Lambertini! — ceci me paraît fort! — vous seriez donc monsieur Veuf Lambertini? — je ne connais guère que le *Veuf du Malabar* qui puisse rivaliser avec celui-là!!!

Et Clovis, qui était debout, se laissa tomber sur son divan en riant aux éclats.

— Je trouve cette plaisanterie de fort mauvais goût, et parfaitement déplacée! — dit Georges avec hauteur.

— Chut! ne nous fâchons pas, et expliquons-nous.

Clovis en prononçant ces mots se mit à examiner d'Entragues avec une profonde attention; — puis après une demi-minute de silence environ, il reprit d'une voix qui trahissait une légère émotion :

— Dites-donc, monsieur le mari de la veuve, tu es un fameux farceur! — viens dans mes bras, Georges! embrassons-nous et que ça finisse!!!

— Monsieur, — fit d'Entragues, blessé au dernier point de bette familiarité étrange, et fort étonné d'entendre prononcer son nom par un inconnu.

— Tu ne me reconnais pas ?

— Je ne vous ai jamais vu !

— Comment tu as oublié Clovis! Clovis Bisbille, ton camarade de Juilly!

— Toi! vous! lui! — murmura Georges au comble de la stupéfaction.

— Eh! mon Dieu, oui, comme tu vois : toujours gai, jovial et bien portant. — Reprends donc ta place, mon pauvre vieux ; et causons comme une paire d'amis.

— Mais comment se fait-il? — je croyais ton père fort riche...

— Il l'était, le cher homme, mais que veux-tu? il a tout fricassé, et ne m'a laissé qu'un physique peu piqué des vers, je dois le dire, et plusieurs talents d'agrément qui *m'en* procurent beaucoup dans la société.

— Et qu'es-tu devenu depuis vingt-ans? — demanda Georges avec distraction.

— Mon existence fut très-aventureuse, très-accidentée. Et Clovis fredonna :

> « J'ai longtemps parcouru le monde...
> « Et l'on m'a vu de toute part... etc., etc.. »

— J'ai commencé, — continua Clovis, — par engloutir ce que mon père n'avait pas dévoré, et je te jure que ce n'était pas lourd ; — puis comme il fallait subvenir à ma frêle existence, je me suis fait maître d'armes.

— Étais-tu fort?

— Comme feu le chevalier de Saint-Georges... mais je fus méconnu comme les grands génies... Grisier tue toutes les concurrences... je mourais de faim.

— Et alors?

— Alors je me fis chanteur de romances dans les salons... mais je ne réussis que médiocrement... — Je voulus devenir homme de lettres, je ne réussis pas du tout. — J'eus l'idée d'entrer au théâtre : Arnal et Ravel avaient pris les deux seules places qui convinssent à la nature de mon talent; le nez de Hyacinthe porta un coup mortel à ma renommée naissante. — Il fallut chercher encore, et pour trouver, essayer un peu de tout... — Bref pour le quart-d'heure je suis professeur de *Mélophone*, un instrument délirant qui a la forme d'un gigot de Présalé, et sur lequel je vais t'exécuter, si tu veux, des variations un peu distinguées sur les airs favoris de *la Favorite*...

— As-tu beaucoup d'élèves?

— J'en ai déjà un qui me mettra en réputation... c'est un des membres les plus distingués du barreau de Paris... une célébrité, mon cher!! — Voyons, dois-je commencer mes variations? voilà l'instrument.

— Merci pour aujourd'hui : je ne puis disposer de mon temps. — J'étais venu, sans savoir qui tu étais, causer avec toi au sujet d'Adèle.

— Ah! elle s'appelle *Adèle!* et moi qui justement lui écrivais pour lui demander de me faire connaître son petit non... Comme ça se trouve bien!

— Tu m'obligeras en cessant toute relation avec elle.

— Du moment que tu m'adresses cette prière à titre d'ami, tu penses bien que je ne te contrarierai pas par un refus; ainsi *n i ni* c'est fini, et si je t'ai fait..... de la peine..... enfin suffit....., tu sais bien ce que je veux dire, le diable m'emporte, c'est sans m'en douter. — N'en parlons donc plus, et redevenons amis comme par le passé. — A propos, où demeures-tu?

— Je pars pour la campagne ce soir, et à mon retour je ne sais trop où je me logerai, — répondit Georges qui se souciait peu d'entretenir des relations intimes et fréquentes avec son ancien camarade; — mais je reviendrai te voir quand j'aurai fait un établissement.

— Voici mon adresse, — reprit le jeune homme en présentant à Georges une carte à jouer sur l'envers de laquelle étaient écrits en grosses lettres ces mots: *Clo-*

vis Bisbille, professeur de mélophone, donne des leçons au mois et au cachet. Recommande-moi à tes connaissances.

— Je n'y manquerai pas.

— Encore une question... Comment as-tu trouvé l'idée du fil de fer ?

— Délicieuse ! Adieu, mon ami.

— Au revoir, mon pauvre vieux ! sans rancune, n'est-ce pas ? — songe que tu m'as promis de revenir me voir.

— Je n'aurai garde de l'oublier.

— Et Georges. tout en descendant les cinq étages de Clovis, se dit en mettant dans son portefeuille la carte qu'il lui avait donnée :

— Il paraît que ce garçon tire admirablement l'épée. — On ne sait pas ce qui peut arriver..... il me deviendra peut-être fort utile !

XI

Le conseil des douze.

Le 30 décembre, à neuf heures du soir, — un mois, jour pour jour, après la scène que nous avons essayé de reproduire dans le premier chapitre du prologue de ce livre, — le petit appartement de la rue de Provence occupé par Mirabelle, offrait des dispositions absolument semblables à celles que nous avons déjà décrites.

Le piano avait été remplacé par le même vaste bureau, qui supportait les mêmes candélabres, la même sonnette d'argent et le même *verrre d'eau* en cristal.

La femme de chambre avait été éloignée de nouveau sous un prétexte plus ou moins adroit, et Mirabelle était seule, attendant que les trois coups maçonniques lui annonçassent l'arrivée des Chevaliers du Lansquenet.

A neuf heures et demie, l'assemblée était à peu de chose près au grand complet, car onze initiés avaient été successivement introduits dans le salon avec les précautions fixées par les règlements de l'*ordre*.

Georges d'Entragues seul manquait : — on l'attendit.
Une demi-heure s'écoula.

La conversation, calme et posée d'abord, était devenue peu à peu assez animée, et elle avait fini par se transformer en une discussion violente.

Dans cet ouragan de clameurs, dans ce flux et reflux de voix humaines, on entendait à chaque seconde revenir le nom de Georges d'Entragues.

— C'est bien votre faute, Messieurs, — disait le comte Abel.

— Vous l'avez voulu! — ajoutait lord William Sloobomby.

— Oui, vous l'avez voulu! — répétait Nasomby, toujours fidèle à son rôle d'écho.

— Dieu sait que ce n'était pas mon opinion, — fit le le comte Antonio Miso.

— Ni la mienne, — ajouta Nasomby.

— Ni la nôtre! ni la nôtre! — s'écrièrent à la fois trois ou quatre autres chevaliers.

— C'était une chose imprudente!

— Folle!

— Insensée!

— Absurde!

— Stupide !

— Que de donner à l'un de nous un pouvoir absolu sur tous les autres.

— Que de l'autoriser à puiser à son gré dans la bourse de la communauté!

— A spolier impudemment le pécule de l'association, — dit Nasomby.

— Aussi voyez ce qui arrive!

— Il est parti avec l'argent!

— Comme un filou!

— Comme un escroc!

— Comme un chevalier d'industrie !

— Qu'il est, — fit Nasomby.

— Nous devions apprendre aujourd'hui des choses surprenantes !

— Incroyables !

— Étourdissantes !

— Obtenir des résultats magnifiques !

— Un conte des mille et une nuits ! cria l'écho.

— Et vous voyez !

— Il ne vient pas !

— Il ne viendra plus.

— Peut-être : — hasarda une voix ; celle du baron Aymeric Croisé de la Croisette, chevalier de plusieurs ordres, commandeur de quelques autres.

— Qui a dit : *Peut-être ?*

— C'est le baron.

— Je le reconnais bien là ! toujours optimiste ! toujours aveugle !

— Sans lui nous ne serions pas où nous en sommes.

— Il nous a entraînés !

— Poussés dans l'abîme en nous inspirant sa fâcheuse sécurité !

— Et il vient nous dire : *Peut-être !!*

— Sans doute, Messieurs, — riposta le baron. — D'où savez-vous que le comte d'Entragues ne viendra pas ?

— Et pourquoi pensez-vous qu'il viendra !

— Je ne pense pas... je ne suppose rien... j'attends : la sagesse et l'équité le veulent ainsi.

— Vous attendrez longtemps !

— Vous attendrez toujours !...

— En ce moment, les trois coups maçonniques, frappés fortement à la porte d'entrée, retentirent au milieu du tumulte.

Tout le monde fit silence à l'instant même.

— Vous voyez bien que vous vous trompiez, Messieurs, — dit alors le baron. — Il viendra... car le voici.

Georges entra.

Il avait le front calme, la bouche souriante, l'attitude d'un homme confiant en la situation qu'il s'est faite. — Il s'approcha d'abord de Mirabelle à qui il adressa quelques paroles d'une galanterie affectueuse, — distribua à droite et à gauche des poignées de main avec une familiarité digne, et dit en s'adossant à la cheminée pour se chauffer les pieds :

— Quel tapage vous faisiez, Messieurs! Aviez-vous donc envie d'attirer la patrouille? — J'ai été obligé, pour me faire entendre, de frapper à deux reprises différentes.

Personne ne répondit à cette phrase cavalière, qui n'a-n'avait pas précisément, à la vérité, le caractère et l'accent d'une question directe.

— J'ai, du reste, des excuses à vous adresser, Messieurs, — reprit Georges : — je suis en retard de près d'une heure... mais croyez bien, mes chers collègues, que si je n'avais été retenu d'une façon tout à fait sérieuse, je ne me serais pas fait attendre. — Maintenant, nous allons, si vous le voulez bien, réparer le temps perdu.

Tous les chevaliers firent un signe non équivoque de silencieuse approbation.

Georges alla s'asseoir au fauteuil de la présidence, comme ses fonctions de dictateur lui en donnaient le droit.

— Vous plairait-il, Messieurs, de nous occuper d'abord du bilan du mois qui va finir.

— Sans contredit, — répondit-on à l'unanimité.

Les comptes furent examinés dans la forme habituelle, et donnèrent un résultat de vingt mille francs, que le comte d'Entragues distribua entre les associés.

— Baron Pérégode, — dit-il, quand le partage fut terminé, — avez-vous eu la bonté de mettre à profit mon observation de la dernière séance sur votre manière de tenir les cartes? Je vous citais, ce me semble, notre ami Sanlucès comme un modèle à suivre en ce genre.

— Oui, mon cher comte; et vous serez, je pense, satisfait de moi désormais.

— Il est à présent de force à me donner des leçons, ajouta obligeamment Sanluces.

— Fort bien! et vous-même, mon cher vicomte, vous êtes-vous fait présenter à lady Wigmorland?

— Par un de ses parents auquel elle porte une affection toute particulière.

— Alors vous devez être en mesure de me présenter à mon tour?

— Quand vous voudrez.

— J'espère, baron de la Croisette, que vous avez bien voulu penser à ne plus montrer votre brochette de croix française et étrangère dans une ignoble citadine?

— Oh! — répondit en riant le prince Krakopoulof. — Il fait maintenant l'admiration des habitués du boulevard des Italiens et des Champs-Élysées, par un coupé bleu doublé d'orange, tout neuf, un valet de pied en livrée marron et or, et deux chevaux gris pommelés qui ont fort bon air.

— Tout ceci est à merveille, Messieurs! Il ne me reste donc plus, après vous avoir témoigné ma complète satisfaction, qu'à vous rendre compte à mon tour de l'emploi de mon temps, et de l'usage que j'ai fait de l'argent que vous m'avez confié, et des pleins pouvoirs dont vous m'avez investi,

Nous ne reproduirons pas ici les explications de Georges, puisqu'elles ne roulèrent que sur des faits bien connus de nos lecteurs. — Disons seulement que dans sa narration il supprima ou modifia beaucoup de choses, s'attachant principalement à bien établir dans l'esprit de

ses auditeurs, la position du vicomte de Nodêsmes vis-à-
de lui-même et vis-à-vis d'eux tous.

— Je ne sais encore, — dit Georges après avoir achevé
le récit des diverses circonstances qui avaient mis Jules
aussi complétement en son pouvoir ; — je ne sais encore
quel rôle assigner à chacun de vous dans le vaste plan
que j'ai conçu et que vous devez comprendre maintenant ;
— mais vous saisissez à merveille, j'en suis sûr, qu'il est
indispensable que je puisse vous avoir tous sous la main
à toutes les heures du jour, pour le cas où le moment
d'agir arriverait à l'improviste ; car, autant que possible,
je ne veux rien livrer au hasard. — Monsieur le baron de
la Croisette aura donc la bonté de se promener tous les
jours de beau temps aux Champs-Élysées, de deux heures
à quatre en compagnie du prince Krakopouloff.—S'il vient
à pleuvoir, le passage des Panoramas remplacera les
Champs-Élysées.

« Lord William Stloobomby et le comte Abel se tien-
dront de trois à cinq heures au rez-de-chaussée du café
Tortoni ;

« Le chevalier d'Astré et le marquis de Borgues, de cinq
à six au café de Paris ;

« Sir John Babibernet et le comte Antonio Miso dine-
ront tous les jours à la Maison-d'Or ;

« Le baron Pérégode au café Anglais ;

« Le vicomte de Sanluces aux Frères-Provençaux, avec
sir Edward Nasomby ;

« Enfin, tous les soirs, messieurs, l'un de vous, à tour
de rôle, restera jusqu'à minuit dans la galerie de l'Horloge au passage de l'Opéra : — il devra, bien entendu, se
conduire de manière à ne point être pris pour ce qu'il
n'est pas : vous savez ce que je veux dire. »

Tous les chevaliers sourirent, et Mirabelle baissa les
yeux d'une façon tout à fait pudique.

— Maintenant, messieurs et chers collègues, maintenant que nous sommes sûrs du succès, permettez-moi de
vous rappeler une phrase que j'avais l'honneur de prononcer devant vous à la séance du 30 novembre dernier :
— *Soutenons-nous les uns les autres ; restons amis, restons
unis; et comptez sur moi, comme moi je compte sur vous, à
présent et toujours !*

Cette péroraison à effet fut accueillie, comme cela devait être, par des acclamations chaleureuses et des bravos
enthousiastes ; puis les chevaliers se séparèrent.

Mais depuis longtemps déjà germait dans l'esprit de
Georges cette résolution bien digne de lui, de faire mentir le vieux et parfaitement absurde proverbe :

Les loups ne se mangent pas entre eux !

XII

L'histoire d'un cigare.

Quatre jours après la dernière séance des Chevaliers du Lansquenet, c'est-à-dire le 3 janvier 1845, un groom vêtu de noir attelait un vigoureux cheval anglais à un cabriolet solide et élégant, dans la cour même de la maison habitée par Georges d'Entragues, et momentânément par le vicomte de Nodêsmes.

Il était deux heures de l'après-midi ; — le temps était d'une beauté extraordinaire pour la saison, et les rayons d'un soleil chaud et vivifiant à la fois, rappelaient la douce température du printemps sans avoir sa tiédeur énervante.

La cour de la maison de la rue Saint-Lazare était fort vaste, parce qu'elle appartenait à trois corps de logis dif-. férents, formant chacun un petit hôtel séparé. — Ces trois demeures, qui avaient été construites autrefois pour les membres d'une même famille, étaient distinctes les unes des autres, et pouvaient cependant communiquer au besoin. — Chacune d'elles avait son escalier particulier, auquel on arrivait par un vestibule ouvrant lui-même sur un petit perron abrité par une tente aux dents de fer-blanc coloriées.

Aussitôt que le groom eut arrangé d'une façon parfaitement régulière toutes les courroies, toutes les boucles et tous les ardillons du harnais, il prit par la bride le bel animal qu'il venait d'atteler, et il le conduisit jusqu'auprès du perron attenant au corps de logis de droite; — là, il l'arrêta, et se tint debout devant lui, les deux bras croisés, dans une attitude nonchalante, et sifflant un air de polka, que le cheval semblait écouter avec plaisir, ce qu'il témoignait en couchant et relevant alternativement ses oreilles, d'une mobilité élégante et spirituelle.

Au bout d'un instant, un homme de soixante-deux à soixante-huit ans (à cette époque de la vie, on ne peut tomber juste que par hasard), sortit de la maison devant laquelle stationnait le cabriolet, et s'arrêta un instant sur le perron pour mettre ses gants.

Cet homme était, comme le groom, vêtu de noir, et il portait en outre un crêpe à son chapeau. — Ses cheveux grisonnants, coupés avec une régularité sévère, ses moustaches rudes, ses favoris courts et taillés carrément, son col haut et inflexible, sa redingote boutonnée droite, et la rosette des grades élevés de la Légion-d'Honneur qui s'épanouissait à sa boutonnière, composait cet ensemble d'une distinction un peu vulgaire, qui forme le type très-connu des officiers supérieurs retraités.

Celui-là avait, en effet, quitté le service depuis peu d'années; — il se nommait le général *baron* Carol : — qui n'est pas un peu baron aujourd'hui?

Le groom, en le voyant paraître sur le haut du perron, avait fait reculer le cabriolet d'un pas, de manière à mettre le marche-pied juste en face de l'escalier. — Le général monta, prit les guides et fouetta le cheval. — Le cabriolet roula rapidement sous la voûte, fila dans la rue Saint-Lazare jusqu'à la rue Blanche, qu'il monta sans ralentir sa course, et disparut dans la direction du boulevard extérieur.

Avant de le suivre plus loin, nous jugeons convenable d'entretenir nos lecteurs, pendant quelques instants, du général baron Carol, qui va prendre place parmi les acteurs de ce long drame.

Le général Carol, malgré son âge, était un homme de mœurs fort légères; il passait pour avoir de nombreuses maîtresses, et, jusqu'à la mort de sa femme, arrivée quelques mois avant l'époque où nous le rencontrons, il avait entretenu des relations presque publiques avec une ravissante courtisane, décorée du pseudonyme poétique de Camélia.

La baronne Carol, moins âgée de quarante ans que son mari, était une jeune et délicieuse femme, qui, selon le monde, dont la clairvoyance est quelquefois en défaut, avait eu assez de raison et de dévouement pour ne jamais donner à son vieil époux un seul sujet de plainte et de chagrin, quoiqu'elle eût pu elle-même lui reprocher de nombreux griefs.

Malgré ses infidélités habituelles, le général Carol était fort amoureux et fort jaloux de sa femme, aussi sa mort inattendue et subite lui porta-t-elle un coup terrible, rendu plus terrible encore par les circonstances singulières qui accompagnèrent cette mort, circonstances dont nous allons instruire nos lecteurs, plus heureux en cela que le public pour lequel elles sont restées un mystère. — Ceci nous fournit encore une occasion de répéter que les faits principaux de notre récit ont pour point de départ une donnée parfaitement vraie.

Nos lecteurs ont sans doute toujours cru que le cigare Havane, demi-Havane, trois quarts Havane (sans calem-

bour), que les *panatellas*, les *impériaux*, les *régalias*, les
les *trabuccos*, les *manille* et autres variétés de l'espèce,
n'avaient d'autres inconvénients que de noircir les dents,
d'infecter l'haleine d'une odeur qui déplaît encore à quelques femmes de bonne compagnie, et de charger le budget des hommes un peu riches, d'une cinquantaine de
louis par an :

Eh bien! nos lecteurs se trompent étrangement, car
dans les faits, de tous points vrais, qui vont suivre, un
cigare est le *deus ex machinâ*, et joue le rôle de la fatalité
des poëtes antiques.

C'était l'un des derniers samedis du carnaval de l'année
précédente. — Dix heures du matin sonnaient à la pendule d'une jolie chambre à coucher de la rue de la Chaussée-d'Antin, où un jeune homme de vingt-quatre à vingt-
cinq ans, à peu près, enveloppé dans une robe de chambre
de cachemire blanc à grandes fleurs, les pieds sur les
chenets et le cigare aux lèvres, rêvait, nonchalamment
étendu dans un large et moelleux fauteuil, un de ces fauteuils
qui sont une des grandes corruptions de notre époque.

Charles Royer (c'était le nom de ce jeune homme),
jouissait d'une vingtaine de mille livres de rentes, avec
lesquelles il s'était fait une existence confortable, tour-
mentée seulement par le souci peu intéressant de chercher
à satisfaire, autant que possible tous ses désirs, depuis ses
fantaisies jusqu'à ses passions.

On sonna doucement à la porte d'entrée.

Au bout de quelques secondes d'attente, qui ne paru-
rent pas très-longues à Charles, parce que les fumeurs
n'ont jamais d'empressement pour rien, son domestique
parut et lui présenta, sur un plateau d'argent, une petite
lettre étroite, allongée, satinée, parfumée... évidemment
une lettre de femme. — Le jeune homme la lut, et la posa
toute ouverte sur la cheminée, comme cela se pratique

chez les peuples civilisés. — Ce billet contenait ces lignes :

« Mon ami, je vous attends aujourd'hui à trois heures.
« Mon mari, parti ce matin pour la campagne, me laisse
« libre pendant deux jours. — Si je ne puis vous recevoir
« plus tôt, c'est qu'une de mes parentes, qui déjeune chez
« moi, ne me quittera pas avant l'heure que je vous in-
« dique. — Rien ne vous empêchera de venir, n'est-ce
« pas ? »

« FANNY. »

Fanny, comme on l'a vu par la première ligne de ce
billet, était la femme de M. Carol.

Charles acheva tranquillement de fumer son cigare,
s'habilla et alla déjeuner au café de Paris, où il trouva
quelques jeunes gens de sa connaissance. — Le repas se
prolongea assez longtemps, de sorte qu'il était plus d'une
heure quand Charles et ses amis sortirent du restaurant,
et se mirent à se promener sur l'asphalte du boulevard.

La flânerie des jeunes gens ne va guère sans fumée : —
c'est un peu comme leur conversation ; — aussi ces messieurs allumèrent-ils des panatellas, à l'aide desquels ils
parvinrent à se procurer la satisfaction de marcher au
milieu d'un nuage de vapeur blanche, comme une loco-
motive.

Quelques promeneuses de tournure plus ou moins élégante, et d'allures plus ou moins suspectes, vinrent à
passer près de Charles et de ses amis : — il n'en fallut
pas davantage pour établir la conversation sur le chapitre
des affaires de cœur.

Deux ou plusieurs hommes réunis ne manqueront point
de s'occuper des femmes d'une façon toute particulière :
— ceci est un fait incontestable ; — nous serions bien
heureux de savoir si quand ces dames sont entre elles

elles nous font aussi l'honneur de consacrer une partie de leur temps à parler de nous.

Les différentes classes de cette charmante moitié du genre humain, qu'on est convenu d'appeler par galanterie le beau sexe, furent donc successivement passées en revue par nos promeneurs.

Dieu nous garde de rendre un compte fidèle de toutes les choses inconvenantes et saugrenues qui furent débitées dans cette circonstance ; car, pour celles de vous, mesdames, qui l'ignorez encore, sachez bien qu'il est impossible d'imprimer ce que les hommes les mieux élevés disent des femmes les plus honnêtes.

Nous ajouterons qu'il se trouve bon nombre de gens qui prétendent que ces *libertés grandes* que la parole prend sur vos personnes ne sont point un mystère pour vous, et qu'elles ne vous sont pas désagréables : — nous aimons à croire que ces gens se trompent.

Revenons à nos fumeurs du boulevard.

L'un préférait les grisettes, dont il soutenait que la *Rigolette* de M. Eugène Sue était le type exact.

L'autre défendait hautement, et avec assez d'habileté, la suprématie des femmes de théâtre.

Un troisième brûlait un encens plus profane sur l'autel des femmes galantes de profession.

Tous, à l'exception de Charles Royer, tombaient d'accord sur ce point, que les femmes honnêtes, les femmes du monde, étaient souverainement ennuyeuses.

— Tu ne dis rien, Charles, — ajouta celui des jeunes gens qui avait le premier avancé l'aphorisme ci-dessus.

— Je me tais, parce que je ne suis pas de votre avis.

— Ce n'est pas une raison pour te taire ; mais, enfin, pourquoi n'es-tu pas de notre avis?

— Je trouve vos raisonnements faux.

— Alors, démontre-nous qu'ils le sont.

— Rien de plus facile.

— Ah ! voyons ça !

— L'amour, selon moi, comme selon vous, j'espère, n'est point une chose exclusivement matérielle ?

— Accordé ! — répondirent les jeunes gens avec une certaine hésitation qui pouvait faire croire qu'ils n'étaient pas très-convaincus de ce qu'ils approuvaient.

— Et l'affection d'une femme est chose précieuse ? — reprit Charles ?

— Sans aucun doute.

— Eh bien ! mes très-chers, je ne vous fais pas l'injure de vous supposer assez naïfs pour croire à l'attachement fidèle et dévoué des fragiles demoiselles dont tout à l'heure vous paraissiez faire tant de cas. — Peut-être pourrait-on trouver quelque étincelle d'amour dans le cœur de la grisette quand elle en est à ses deux ou trois premiers amants ; mais ceci ne vous regarde pas, et appartient de fait comme de droit aux étudiants de troisième année, et mieux encore aux petits cousins, aux apprentis bonnetiers ou aux élèves en pharmacie. — Quant aux actrices et aux lorettes, vous savez aussi bien que moi que tous leurs sentiments, je dirai presque toutes leurs sensations sont usées jusqu'à la corde, avant même qu'elles aient acquis la vogue qui nous les fait rechercher. — La femme du monde, au contraire, conservant souvent son indifférence dans le mariage, trouve pour le premier homme auquel elle s'attache, des trésors de tendresse et d'adorables virginités d'âme et de sensations, au fond d'un cœur qui n'avait jamais battu, et dans des sens que la prudence conjugale n'a pas encore éveillés. — Ni l'intérêt ni la vanité ne l'attachent à son amant, et quand elle dit qu'elle aime, elle dit presque toujours vrai.

— Je conviens de tout cela avec toi, — répondit un des jeunes gens, — mais écoute une objection.

— Voyons? j'y répondrai peut-être.

— J'ai la faiblesse d'éprouver pour ma personne une affection vraiment ridicule. Or, j'ai toujours pensé que la pointe d'un fleuret démoucheté et la balle d'un pistolet Devisme, devaient occasionner dans la machine humaine des désordres extrêmement désagréables. — Ceci est ma conviction, et j'ai des idées fort arrêtées sur cette matière. — Eh bien! quand deux hommes qui savent vivre se rencontrent à la porte d'une comédienne, d'une panthère ou d'un rat, l'un entrant, l'autre sortant, ils se saluent avec une politesse exquise, avec une urbanité vraiment française, et tout est dit. — Une intrigue avec une femme du monde, au contraire, suppose toujours sur l'arrière-plan un mari, des frères, des cousins à tous les degrés, et, par conséquent, un nombre indéfini de rencontres à Vincennes ou au bois de Boulogne.

— A ceci je répondrai, — riposta Charles : — qu'il y a bien longtemps que Mademoiselle de Scudéry, cette vierge féconde, littérairement parlant, a dit à Sa Majesté Louis XIV, à propos du bijoutier Cardillac et d'une requête des amoureux contre les voleurs qui désolaient Paris :

> « Un amant qui craint le danger,
> N'est-ce pas digne qu'on l'aime. »

— Tu conviendras au moins que les femmes du monde sont maniérées, tracassières et bégueules.

— Comment cela ?

— En ce sens qu'elles interdisent une foule de choses à leurs amants.

— Quelle innocence! — elles leur cachent quelquefois ce qu'elles savent, mais elles ne se refusent jamais à apprendre ce qu'ils veulent bien leur enseigner.

— Sans entrer dans des détails d'alcôve, je pourrais te citer une preuve du contraire.

— Laquelle?

— Le cigare qu'elles n'acceptent pas volontiers.

— C'est encore ce qui te trompe; car voilà longtemps que je fume avec vous, et j'ai pour trois heures un rendez-vous avec une femme charmante, dont les manières sont parfaitement aristocratiques : — je ne vous la nommerai pas parce que vous la connaissez tous.

— Tout ce que cela prouve, c'est que tu as beaucoup de bonheur.

— Peut-être... Maintenant adieu, car l'heure indiquée ne tardera pas à sonner.

Charles, tout en causant, avait retiré de sa bouche son cigare à demi consumé; il l'avait laissé s'éteindre, et, continuant de le tenir à la main sans s'en apercevoir, il s'achemina vers la rue Tronchet où le général baron Carol demeurait alors.

Arrivé au deuxième étage de la belle et vaste maison qu'habitaient le vieux mari et la jeune femme, Charles fut introduit par une cameriste, discrète confidente de l'intrigue de sa maîtresse; et, toujours machinalement, il posa son fragment de cigare sur la tablette de velours cramoisi qui recouvrait le marbre blanc de la cheminée.

Fanny Carol était une ravissante femme, fine, fluette, blanche, avec de grands yeux noirs et des cheveux magnifiques; gracieuse dans ses poses et dans ses mouvements; remplie de distinction dans toute sa personne.

Le général, nous l'avons déjà dit, était fort jaloux. D'abord de tous les hommes en général, pour ne pas courir le risque d'en oublier un seul, et de Charles en particulier, car il avait cru remarquer que dans le monde sa femme trahissait quelque préférence pour ce jeune homme, imprudence que madame Carol n'aurait pas commise si elle eût eu quelques années de plus.

Cette disposition ombrageuse, nous l'avons dit aussi, ne l'empêchait pas d'entretenir une lorette. — Que de maris sont ainsi! — L'adultère qui, pour leurs femmes est un crime, pour eux n'est pas même une faute. — La peine du talion a dû être imaginée par un veuf.

Après une visite de deux heures, dont nos lectrices imagineront les détails au gré de leur caprice ou de leurs souvenirs, Charles quitta la belle et tendre Fanny. — Au moment où il sortait de la maison, un cabriolet de régie s'arrêtait devant la porte. — Charles passa sans y faire attention; mais l'arrivant le reconnut, et avant de descendre de son cabriolet il le regarda s'éloigner.

C'était le général, qui, ayant rencontré à quelques lieues de Paris la personne chez laquelle il allait, n'avait pas continué son voyage.

La présence de Charles ne prouvait rien : tout au plus une simple visite à sa femme..,... cependant il se sentait ému.

Il monta après avoir laissé s'écouler quelques minutes.

Madame Carol en le voyant ne put retenir un cri de surprise.

Le général l'embrassa gracieusement; puis après quelques instants de conversation sur son voyage manqué, il lui dit :

— Avez-vous eu du monde aujourd'hui, chère amie?

— Ce matin j'ai eu ma cousine Marie à déjeuner.

— Et depuis?

— Personne.

— Aucune visite?

— Aucune... — répondit-elle d'une voix légèrement tremblante, car elle était troublée par l'idée que son mari avait pu rencontrer Charles dans la rue, idée qui lui vint malgré la précaution que M. Carol avait prise de ne pas monter immédiatement.

Le général s'adossa silencieusement à la cheminée, relevant ses pieds l'un après l'autre pour les échauffer : — c'était une manière de déguiser son inquiétude.

Tout à coup Fanny se leva. — Sans le reflet rougeâtre des rideaux de damas, on aurait vu qu'elle avait subitement pâli. — Elle venait d'apercevoir pour la première fois le fragment de cigare resté sur le velours.

Avez-vous observé quelquefois les mouvements hypocrites d'une chatte voulant s'emparer d'un peloton de fil qu'on retire de moment en moment?

De même madame Carol, les yeux fixés sur son mari, avançait lentement la main pour essayer d'enlever le vestige accusateur, puis elle la retirait bien vite si le regard du général semblait se diriger vers elle. — Enfin les doigts effilés et frémissants de la pauvre femme n'étaient plus qu'à quelques lignes du fatal rouleau de tabac, quand son mari se retourna tout à coup. — Les jambes de Fanny ployèrent sous elle... — Elle tomba à demi évanouie dans son fauteuil. — Son mari comprit ce mouvement, car il vit le bout de cigare. — Ses lèvres blanchirent, mais il eut assez d'empire sur lui-même pour dire avec l'apparence du plus grand sang-froid :

— Vos domestiques sont d'une négligence incroyable, ma chère Fanny! Hier au soir, en rentrant du club, j'ai laissé par mégarde, sur votre cheminée, cet affreux cigare à demi-brûlé, et je l'y retrouve encore aujourd'hui! grondez donc vos gens, je vous en prie, car moi je suis un peu trop vif : quand je gronde je me fâche.

La jeune femme aurait voulu pouvoir remercier le ciel à deux genoux. — Elle s'était cru perdue sans ressource, et elle se voyait miraculeusement sauvée.

— Je sors, mon amie, — ajouta le général, en dépo-

sant sur le front encore glacé de sa femme un baiser per-
fide comme celui de Judas. — Je sors, ne m'attendez pas
pour dîner.

M. Carol avait désormais une preuve matérielle que sa
femme, que sa Fanny, lui dissimulait les visites de Charles;
— mais cela ne lui suffisait pas pour frapper un grand
coup. Il voulait savoir s'il y avait seulement entraînement
commencé, ou s'il y avait eu déjà infidélité consommée.

Le général avec cette admirable sagacité de certains jaloux, avait rapidement bâti un plan qui devait le mener à
la connaissance positive de ce qui s'était passé. — En conséquence, en quittant la rue Tronchet, il alla chez sa maîtresse qu'il trouva assise sur un divan, les jambes croisées
à la manière orientale, et lisant *les Mystères de Londres.*

— Camélia, lui dit-il en entrant :

— Mon gros chéri, — répondit-elle sans se déranger.

— Je vous donne mille francs par mois, et je vous les
paye très-exactement.

— N'allez-vous pas me les reprocher? Ce serait un joli
procédé! Est-ce que je vous marchande le sentiment, moi?
Répondez!

— Mon Dieu, ma petite Camélia, je ne me plains pas!
mais laissez-moi parler.

— Eh bien! parlez! mais dépêchez-vous un peu, car
vous savez que je n'aime pas attendre. — *Je suis patiente
comme un chat qui se brûle.*

— Voilà longtemps que vous me demandez un châle,
n'est-il pas vrai, mon amour?

— Ah! oui! bien longtemps!

— En cachemire?

— Tiens c'te bêtise! comme si je pouvais porter autre
chose? en cachemire! et de l'Inde encore, avec des marques en fil blanc et des cachets de cire rouge.

— A fond vert-émir avec de grandes palmes, et une magnifique rosace au milieu.

— Que vous me promettez toujours, et que vous ne me donnez jamais, monstre que vous êtes !

— Le voulez-vous ?

— Parbleu ! tout de suite ! !

— Non, demain.

— Vrai ? bien vrai ? — Voyons, mon gros chéri, soyez gentil ; ne me contez pas *des blagues*.

— Vous l'aurez demain, sur mon honneur, si vous faites exactement ce que je vous demanderai.

— Vous savez bien que mon cœur vous appartient exclusivement, mauvais sujet !

— Ce n'est pas de cela qu'il s'agit pour le moment, ma bonne Camélia.

— Eh bien ! voyons autre chose : moi d'abord je suis très-bonne fille.

— Prenez ce papier à lettre, cette plume, et asseyez-vous devant cette table.

— Voilà ! comme feu votre régiment à la manœuvre !

— Écrivez.

— A qui ?

— Je vous le dirai plus tard.

— Quoi ?

— Je vous dicterai moi-même la lettre.

— L'orthographe n'est pas nécessaire, n'est-ce pas ? Je vous préviens que ça me gênerait un peu. — Je la sais bien ; mais je suis si vive que je ne prends jamais le temps de la mettre.

— Je dicte : y êtes-vous ?

— A mort !

— Écoutez-donc, et écrivez aussi exactement que vous le pourrez.

« Monsieur, soyez cette nuit à deux heures au bal de

l'Opéra, en face de la loge numéro 13 : on veut vous parler de celle que vous aimez : *de Fanny.*

« Un ami inconnu. »

— Inconnu... — répéta Camélia en finissant d'écrire.

— Maintenant pliez.

— Comment c'est tout ?

— Oui.

— Et l'adresse ?

— Écrivez : A monsieur Charles Royer, rue de la Chaussée-d'Antin, N° ***.

— Tiens ! tiens ! tiens !

— Vous le connaissez, Camélia ? — demanda le général d'un ton sévère.

— J'en ai entendu parler dans le monde, — répondit Camélia en se mordant les lèvres pour se punir de sa maladresse ; — et maintenant, mon petit amour de général, j'aurai mon cachemire, n'est-ce pas ?

— Il y a encore quelque chose à faire.

— Quoi donc ?

— Vous le saurez ce soir.

— Au revoir, mon gros chéri ! — ne va pas me *flouer* au moins. Ça ne m'irait pas du tout, je t'en avertis.

Après cette recommandation plus que familière, Camélia retourna s'asseoir à la turque sur son divan, et le général Carol s'en alla dîner à son club.

§

Deux heures du matin sonnaient à l'horloge du foyer de l'Opéra ; l'orchestre de Musard tonnait dans la poussière ; les couloirs regorgeaient de monde ; les escaliers ruisselaient d'arrivants ; les femmes de mœurs faciles quêtaient des aventures, et les provinciaux arrivés le matin s'étonnaient déjà de n'être pas encore intrigués par des marquises et des duchesses.

Depuis quelques minutes Charles attendait devant la loge portant le numéro 13, et il aurait craint d'être la dupe de quelque mystification, si le nom de Fanny qui se trouvait dans le billet reçu, n'avait mis le trouble dans son cœur et l'inquiétude dans son esprit. — Il aimait réellement madame Carol, et rien de ce qui la touchait ne pouvait lui être indifférent. — Cette espèce d'hommes-là s'en va tous les jours.

Deux dominos noirs s'approchèrent de lui. — L'un d'eux, le plus petit, prit son bras; — l'autre resta à trois ou quatre pas en arrière, dans une attitude qui ne semblait trahir aucune curiosité.

— Je viens, — dit le premier, — de la part de la pauvre Fanny.

Une idée funeste, funeste en ce sens qu'elle porta Charles à la confiance, traversa son cerveau troublé : — il s'imagina que la femme qui lui parlait était cette cousine Marie qui avait déjeuné la veille avec madame Carol.

Sous l'impression de cette pensée, il répondit :

— La pauvre Fanny, dites-vous, madame?

— La malheureuse femme! vous l'avez perdue! perdue sans ressource!

— Perdue!!!

— Oui, et depuis que vous êtes son amant j'avais toujours prévu que les choses finiraient ainsi! les avertissements ne lui ont pas manqué... mais elle était folle.

— Son amant, madame! — répéta Charles avec stupeur, — moi! mais non, je vous jure!

— Eh! mon Dieu! je sais tout... je suis sa meilleure et sa plus intime amie!

— Mais enfin, Madame, qu'ai-je donc fait? ma conscience ne me reproche aucune indiscrétion.

Le domino noir expliqua à Charles l'histoire du bout de cigare, si malheureusement oublié par lui, et découvert par M. Carol, revenu de la campagne plus tôt qu'on ne l'attendait.

— Hélas! c'est vrai! — s'écria Charles en se frappant le front avec désespoir. — Je suis un misérable étourdi! Mais que faire? que faire, mon Dieu?

— Aimez-vous toujours Fanny? — demanda le domino noir d'un ton d'intérêt.

— Toujours, et pour toujours!

— Alors vous la sauverez?

— Au prix de ma vie s'il le faut! mais comment? dites comment, je vous en conjure à mains jointes!

— Attendez-moi là... dans un instant je reviendrai vous dire ce que vous avez à faire.

Le petit domino rejoignit le plus grand, et tous deux s'éloignèrent.

Nous supposons que nos lecteurs n'ont pas eu de grands frais d'imagination à faire pour reconnaître dans ces deux masques le général et Camélia.

Au bout de quelques minutes, Charles, abîmé dans ses douloureuses réflexions, sentit une main s'appuyer avec une puissante contraction nerveuse sur son épaule.

Il se retourna, et il vit attaché sur lui le regard fixe et flamboyant dans sa fixité du général Carol.

— Je sais tout, Monsieur, — dit ce dernier, d'une voix brève et terrible.

— Alors, Monsieur, je suis à vos ordres.

— Je l'espérais bien ainsi.....; demain au bois de Vincennes, à sept heures et demie du matin! — Je suis l'offensé....., je choisis le pistolet : pourtant, si l'épée vous convient mieux...

— Tout m'est indifférent, général.

— Vous m'autorisez à dire que c'est une discusion politique qui nous met les armes à la main.

— Tout ce que vous voudrez; je ne nierai rien.

— A demain, monsieur!

Les deux rivaux se séparèrent, puis chacun d'eux se perdit dans la foule.

Le lendemain, à l'heure convenue, le général Carol, Charles et leurs témoins, étaient en présence dans la partie la plus isolée du parc de Vincennes.

Vingt pas furent comptés!

Les deux adversaires prirent place vis-à-vis l'un de l'autre, chacun ayant un pistolet à la main.

On donna le signal.

Deux coups de pistolet partirent en même temps.....
— Charles s'affaissa sur lui-même sans proférer une parole ni une plainte; — il avait la poitrine traversée par une balle : la mort avait été instantanée.

M. Carol tira de sa poche un morceau de linge et un objet dont les témoins ne devinèrent pas la nature; et, avant que ceux-ci fussent revenus de la stupeur douloureuse que cette catastrophe leur avait causée, le général se pencha sur le cadavre et trempa dans le sang les deux objets qu'il tenait à la main.

— J'espère, messieurs, que tout s'est passé dans les règles? — demanda-t-il ensuite aux témoins; et, sur leur réponse affirmative, il remonta dans son cabriolet et regagna Paris.

De retour chez lui, le général embrassa sa femme avec le même calme apparent qu'il avait montré la veille; — puis il posa sur la cheminée un petit paquet tout souillé d'un sang encore humide et vermeil.

— Qu'est-ce que cela? — s'écria Fanny en se levant de son fauteuil avec terreur.

— Le cigare que j'ai trouvé ici hier, ma bonne amie, et que je vous rapporte aujourd'hui.

La jeune femme tomba à la renverse en poussant un cri déchirant.

Une fièvre cérébrale se déclara le soir même, et, trois jours après, Fanny était morte.

Camélia eut son cachemire *vert-Émir* à grandes palmes et à rosaces.

Mais le baron Carol quitta Camélia.

XIII

La chanteuse des rues.

L'histoire de M. Carol était celle de beaucoup de maris, c'est-à-dire qu'après n'avoir pas reculé devant la presque certitude que la manière dont il s'y était pris pour annoncer dans son intérieur la fin tragique du pauvre Charles Royer, pourrait tuer la douce et frêle créature que Dieu lui avait donnée pour compagne de sa vieillesse, il avait maintenant horreur de sa conduite brutale jusqu'à la férocité, et il aurait fait tout au monde pour la racheter si cela eût été possible.

Son désespoir était si amer et si profond, que si le digne général eût été doué du pouvoir, fort heureusement surnaturel, de faire sortir les morts de leurs tombeaux, il eût été capable après avoir ressuscité sa femme, de ressusciter aussi Charles, afin que sa chère Fanny ne fût pas trop malheureuse d'être revenue dans ce monde.

Nous ne blâmerons point M. Carol de ce tardif sentiment d'indulgence : — en amour nous trouvons les faiblesses aussi respectables que les violences, et nous comprenons aussi bien la belle action de celui qui pardonne, que le crime de celui qui se venge. — Toute grande passion, selon nous, est une souveraine qui a le droit libre de vie et de mort.

L'existence était devenue insupportable au vieux général. — Sa maison, dépeuplée de l'être charmant qui en faisait l'ornement et la joie, lui paraissait un affreux désert, et cependant il lui était impossible de se décider à en sortir pour essayer de reprendre ses habitudes.

Nous avons dit qu'il avait quitté Camélia; nous ajouterons qu'il n'avait pas encore remplacé cette liaison par une autre, tant sa douleur l'absorbait. — M. Carol était devenu une de ces machines, dont les amis, entre deux verres de vin de Champagne, disent: *c'est un homme fini.*

Peu à peu cependant cette espèce de torpeur morale et physique, ce dégoût profond de la vie semblèrent diminuer. — Le général ouvrit d'abord sa porte à quelques vieux compagnons d'armes; — il se décida ensuite à faire une ou deux visites à la famille de madame Carol, qui semblait profondément touchée de la violence et de la durée de ses regrets; — enfin il prit un jour une grande résolution et il alla dîner à son club.

Il y trouva quatre ou cinq de ces vieux libertins dont Paris pullule, et il ne chercha pas à les éviter, ce qui était déjà un commencement de retour vers sa vie passée. Leur conversation passablement cynique ne le révolta point, et il finit même par s'amuser beaucoup du récit d'une certaine orgie que ces barbes blanches et ces faux toupets avaient faite la veille, en compagnie d'une demi-douzaine de rats de l'Académie royale de musique. — Le narrateur, ancien officier général comme M. Carol, était un de ces beaux et robustes sexagénaires dont la destinée écrite est de mourir d'apoplexie dans un cabinet particulier de restaurateur ou dans un boudoir de lorette, et qui en attendant que ce moment arrive mènent la vie la plus joyeuse qu'ils peuvent imaginer.

— J'étais bien sûr que je vous ferais rire, mon cher Carol, — dit le vieux viveur en terminant son histoire par un déluge de grosses obscénités, — et je suis enchanté d'avoir réussi. Rien n'est plus malsain à nos âges que la tristesse, mon ami; ainsi vous avez bien fait de nous revenir. — Voyons que pourrions-nous faire pour vous secouer? le spectacle? votre deuil est encore un peu récent... il est permis de se divertir quand on est veuf, mois il faut observer certaines convenances. — Je vous mènerais bien chez ma maitresse qui est gaie et drôle, seulement c'est le jour d'un nigaud d'Anglais qui lui donne un petit coupé pour filer l'amour platonique avec elle deux fois par semaine, et j'ai promis de ne jamais les déranger. — J'imaginerai quelque chose si je puis pour demain, et je vous préviendrai.

M. Carol rejeta bien loin toutes ces propositions, mais elles laissèrent des traces profondes dans son esprit. — Rentré chez lui, ce ne fut plus son isolement qui le tourmenta, mais bien le désir d'y mettre un terme le plus promptement possible.

Cherchant à se tromper lui-même comme le font toutes les natures faibles, il n'aborda pas de front l'idée d'avoir une maitresse en titre, lui donnant comme Camélia de l'amour à tant par mois. — Son vœu secret se formula dans sa pensée sous la personnification d'une gouvernante ou mieux encore d'une compagne qui s'occuperait de son intérieur et lui donnerait des soins s'il venait à tomber malade. — M. Carol, en train de rêver, évoqua plusieurs types féminins qu'il composa à son gré; et après avoir débuté par une respectable matrone de cinquante-cinq ans en robe de soie puce et en bonnet à nœuds de ruban couleur feu, il finit, toujours trouvant des inconvénients à tout, par s'arrêter à une femme de trente-cinq ans, blanche, grasse, fraîche et toujours de bonne humeur. Il ne s'agissait plus que de la trouver, mais à Paris que ne trouve-t-on pas.

— Ainsi, c'est bien décidé, — pensa M. Carol ; je choisirai une dame de compagnie de trente à trente-cinq ans ; mais voilà le diable ; elle ne se donnera que ce nombre d'années, et elle en aura peut-être dix de plus. »

Eh bien ! je la chercherai de vingt-cinq ans, et si elle en a davantage j'en prendrai mon parti.

Ce fut le lendemain du jour où M. Carol s'arrêta à cette résolution, selon lui fort sage, qu'il se dirigea en cabriolet vers les boulevards extérieurs, du côté de la barrière Rochechouart. — On doit se souvenir que nous l'avons laissé montant au grand trot la rue Blanche.

Le but de cette course vers les quartiers éloignés n'était pas, comme nos lecteurs le supposent peut-être, la recherche de la compagne plus ou moins mûre que le général désirait associer à sa vie. — Pour le moment il ne voulait qu'essayer un magnifique trotteur anglais, dont il avait fait tout récemment l'acquisition ; et pour que l'animal fut plus libre dans ses mouvements, M. Carol se rendait dans un lieu où il espérait trouver moins de foule qu'aux Champs-Élysées.

Le boulevard dont nous avons parlé, situé entre les Batignolles et le village de Montmartre, est garni dans presque toute sa longueur d'une multitude de cabarets borgnes et de petites guinguettes, fort peu fréquentés pendant la semaine, mais en revanche, pleins comme des ruches le dimanche et le lundi.

Ce jour là était un mardi, aussi le général fut-il fort étonné à la vue d'un rassemblement assez considérable

qui occupait non-seulement les contre-allées du boulevard, mais encore la chaussée du milieu.

M. Carol cria : — Gare! gare! — personne ne bougea ;
il fouetta son cheval, mais il fut obligé de l'arrêter aussitôt, car l'extrémité des brancards allait porter en plein
sur une foule compacte qui ne paraissait pas disposée à
s'entr'ouvrir et qui se contenta d'accueillir par des rires
et des murmures la tentative de notre personnage.

Celui-ci fit descendre son groom qui s'enfonça au beau
milieu des rangs pressés de la foule, et revint au bout
de quelques instants dire à son maître que tout ce monde
était rassemblé autour d'une espèce de baladine ambulante qui était admirablement belle et chantait délicieu-
sement bien.

Ce rapport piqua la curiosité du général, bien qu'il sût
que le peuple de Paris est aussi curieux de ce qui est laid
et ignoble, que de ce qui est beau et gracieux.

Il mit donc pied à terre à son tour, renouvela la manœuvre de son domestique, et sa grande taille et ses cou-
des aidant, il parvint à se faufiler jusqu'au bord intérieur
du cercle qui laissait libre un espace de quelques pieds
autour de la chanteuse.

Il put alors contempler à son aise, cette dernière, qui
certes méritait bien toute la peine qu'il s'était donnée pour
arriver jusqu'à elle.

C'était une grande jeune fille de vingt-deux à vingt-
quatre ans, dont les formes, merveilleusement belles et
élégantes, étaient mises en relief par un costume des plus
étranges.

Ce n'étaient point les classiques et piteux oripeaux des
chanteurs des rues, car il n'y avait ni clinquants ni pail-
lettes.

Ce n'était pas non plus le costume d'un des peuples que
le général avait visités pendant les longues et glorieuses

guerres de l'empire ; pas davantage un habillement emprunté à l'héroïne de quelque pièce en vogue.

La baladine portait une toque écossaise, à carreaux
blancs et noirs, sur laquelle s'inclinait gracieusement une
petite plume d'un rouge vif. — De cette toque s'échap-
paient deux nattes de cheveux noirs d'une longueur phénoménale : — un ruban couleur de feu serpentait autour
de ces nattes.

Un justaucorps de velours violet foncé dessinait hardiment la svelte cambrure de sa taille et les riches et fermes
contours de son buste.

A cette espèce de spencer s'ajoutaient autour de hanches saillantes et développées, les mille plis d'une courte
jupe de même étoffe et de même couleur, laissant voir
jusqu'à la naissance du genou une jambe d'une finesse
idéale et d'une irréprochable perfection de forme. — Ces
jambes étaient couvertes d'un bas de soie noire. Le pied,
d'une exiguité charmante, était chaussé d'un petit soulier
rouge.

Ce costume donnait à toute la personne de la chanteuse un caractère d'originalité tout à fait attrayant, et
elle le portait avec une grâce inimitable et une dignité
dont on ne pouvait s'empêcher d'être frappé.

Quant à la tête de la jeune fille, il eût été difficile d'en
imaginer une plus belle et d'une plus magnifique expression.

L'ovale, d'une régularité parfaite, était comme illuminé
par deux grands yeux fiers et brûlants, dont les regards
magnétiques jetaient quelquefois un éclat extraordinaire,
et l'instant d'après se voilaient comme si l'ombre d'une
triste pensée se fût étendue sur eux. — Un cercle bleuâtre et marbré entourait ces yeux si beaux, et trahissait
tout à la fois un commencement de flétrissure et des tra-

ces de larmes anciennes et récentes. — La bouche admirablement dessinée et d'un rouge de grenade, offrait comme les yeux un contraste frappant : elle exprimait tantôt la fatigue et la tristesse, tantôt la volupté et le dédain.

La jeune fille tenait une guitare dont elle se servait pour s'accompagner; à son côté pendait un tambour de basque retenu à sa ceinture par un crochet d'argent; une petite sébile de fer battu était posée à quelques pas d'elle.

Le général avait été vivement frappé de cet ensemble que nous avons essayé de décrire.

La jeune fille chantait.

Sa chanson n'était ni l'un des hymnes patriotiques de notre vieux Béranger, ni une romance plaintive de Loïsa Puget ou de Masini, ni une folie de Bérat, ni enfin une de ces gaudrioles sans nom dont retentissent les cabarets de nos carrefours.

C'était, sur un air étrange, des paroles inconnues, dont la pensée ne valait pas grand'chose sans doute, mais qui empruntaient une valeur immense de la voix magnifique de la virtuose en plein vent, et de l'expression tour à tour touchante et dramatique avec laquelle elles étaient dites.

Voici ces paroles, modulées sur une sorte de récitatif tantôt lent et triste, tantôt rapide et passionné :

> Pauvres enfants, filles de la Bohême
> Et de l'amour,
> C'est le hasard qui nous pousse lui-même
> Au jour le jour.

Cette strophe fut chantée avec un mélange d'insouciance et de mélancolie rempli de charme. — Les doigts de la jeune fille continuèrent d'errer sur la guitare dont ils tirèrent quelques sons plaintifs, puis elle poursuivit :

> Qui nous conduit quand la nuit est profonde?
> C'est le hasard !
> C'est encor lui qui nous enlève au monde,
> Toujours trop tard !

Ces deux derniers vers tombèrent avec la voix de la chanteuse qui exprimait un découragement profond.

Elle reprit aussitôt :

> Si le hasard nous a donné les ailes
> Et la beauté,
> Nous n'avons pas comme les hirondelles
> La liberté.

Et le regard de la jeune fille se perdit dans l'espace avec la dernière note, comme pour suivre dans son vol la pensée qu'elle venait de laisser échapper et que compléta la strophe suivante :

> Nous marchons bien, libres en apparence,
> Guitare en main,
> Mais il nous faut par notre dépendance
> Payer du pain !!

Ici le chant était devenu une véritable plainte qui se prolongea pendant le couplet suivant :

> Il faut chanter, pauvre fille asservie,
> Et te hâter !
> Puisque ton chant doit soutenir ta vie
> Il faut chanter !!

En ce moment l'expression du visage de la jeune fille changea subitement. — Ses narines se gonflèrent, un sourire amer contracta sa bouche, et elle promena sur la foule un regard étincelant de haine et de dédain, qui rencontra dans son vol circulaire les yeux émus de M. Carol, toujours fixés sur la baladine depuis qu'il avait été à portée de la voir et de l'entendre.

Elle reprit d'une voix énergique et vibrante :

> Il faut danser... danser tout près du gouffre,
> D'un pied peureux !
> Il faut montrer quand l'âme pleure et souffre
> Un front joyeux !

Et rejetant par un mouvement plein de grâce sa guitare derrière son épaule, elle saisit son tambour de basque et se mit à tourner autour du cercle en exécutant les passes rapides d'une danse étrange et voluptueuse.

Puis elle s'arrêta haletante, le sein gonflé, l'œil voilé de langueur, la bouche entr'ouverte et souriante, et sans le secours de sa guitare elle murmura avec un accent passionné ces derniers vers :

> Dansons, chantons, sourions à nos chaînes,
> Et quelque jour,
> Nous trouverons pour oublier nos peines
> Un peu d'amour !

Son rôle était fini pour le moment : la dernière étincelle de passion s'était éteinte, en même temps que la dernière note du chant s'était évanouie dans l'air. — La chanteuse reprit son sourire vague et quêteur de baladine, et sa sébile à la main elle se mit à parcourir son auditoire.

Le général laissa tomber une pièce d'or dans la sébile.

La jeune fille regarda avec étonnement son généreux admirateur, puis elle fit un geste de remercîment gracieux et coquet, et elle continua sa tournée.

Le général sortit de la foule, remonta dans son cabriolet, rebroussa chemin et s'éloigna rapidement. — Cependant avant de prendre ce parti il s'assura que la chanteuse se dirigeait vers un de ces petits cabarets disséminés à droite et à gauche le long du boulevard.

XIV

Le Cabaret de la Grand'Pinte.

M. Carol rentra chez lui excessivement préoccupé de la rencontre qu'il avait faite, et le cœur rempli de cette espèce d'inquiétude vague, de ces désirs confus qui précèdent quelquefois les passions violentes. — Tout le reste de la journée il fut poursuivi par l'image de la chanteuse; la nuit il la revit dans ses rêves, effleurant les cordes de sa guitare, agitant au-dessus de sa tête son tambour de de basque, faisant tourner dans sa danse voluptueuse et rapide les longues tresses de ses cheveux noirs, et son ample jupe de velours. — Il lui semblait même entendre les accents de cette voix tour à tour vibrante et mélancolique qui avait jeté le trouble dans son âme.

Au point du jour, M. Carol en était arrivé à se reprocher amèrement de n'avoir pas suivi jusque dans son gite la belle chanteuse, et à se dire qu'il ne devait rien négliger pour se remettre sur ses traces; que jamais femme ne l'avait aussi vivement impressionné, et que ce serait *le plus grand malheur de sa vie* s'il ne parvenait pas à la retrouver.

M. Carol ne se dissimula aucune des difficultés de son entreprise, mais le nombre et la nature des obstacles ne le découragèrent pas. — La jeune fille pouvait avoir quitté Paris; elle dépendait peut-être d'un mari ou d'un de ces intraitables protecteurs qui regardent ces sortes de femmes comme le bonheur qui les console et la fortune qui les fait vivre. — Si aucune de ces impossibilités n'existait, ne fallait-il pas encore prévoir le cas où la virtuose en plein vent préférerait les hasards de sa vie nomade mais indépendante, aux chaînes dorées d'une existence plus douce et plus régulière? — L'hirondelle languit silencieusement et meurt dans la cage où rien ne lui manque, tandis qu'elle est joyeuse au milieu des tempêtes qui l'emportent vers des contrées stériles et désertes. — M. Carol faisait toutes ces réflexions, et plus il les retournait dans son esprit, plus il sentait s'enfoncer profondément dans son cœur le désir de revoir la jeune fille, et la volonté de l'associer à sa destinée s'il parvenait à la rencontrer.

Vers les onze heures du matin, ne pouvant plus résister à son impatience, il fit atteler le cheval que nous connaissons à son cabriolet, et il reprit le chemin de la barrière Blanche.

Cette première tentative ne fut suivie d'aucun résultat. — Le général parcourut le boulevard extérieur d'un bout jusqu'à l'autre, il interrogea du regard tous les groupes; adressa des questions à quelques passants : il ne découvrit ni la plume rouge, ni le justaucorps de velours violet, et nul ne put lui donner le renseignement le plus vague sur la personne qu'il cherchait.

Du boulevard extérieur M. Carol gagna les Thernes, et et rentra dans Paris par la grande avenue des Champs-Élysées, qu'il explora dans toute sa longueur avec le soin le plus minutieux. — Dix fois les sons d'une guitare plus ou moins fêlée frappèrent son oreille et firent battre son cœur : véaification faite, le général ne trouvait accolée à l'instrument, qu'une de ces misérables créatures, types immondes et trop connus de la chanteuse des rues.

M. Carol revint de son expédition abattu et presque découragé. — La volonté d'agir lui restait encore, mais l'espérance qui l'avait soutenu dans ses démarches de la veille n'existait plus.

Mais pendant la nuit d'insomnie qui suivit cette laborieuse journée, le vieil amoureux se souvint qu'il avait tout essayé excepté la seule chose qu'il y eût à faire et par laquelle il aurait dû commencer, à savoir d'aller aux renseignements dans le cabaret où il avait vu entrer la jeune fille.

Comment ne s'était-il pas avisé de cette démarche si simple? — Mon Dieu, tout bonnement parce que les idées les plus naturelles sont presque toujours celles qui se présent les dernières aux esprits incertains.

Mais une-fois l'idée trouvée, l'exécution ne devait pas se faire attendre avec un homme du caractère de M. Carol. — A huit heures du matin son cabriolet s'arrêtait devant une guinguette, sur la muraille de laquelle on lisait en grosses lettres jaunes :

ESTAMINET DE LA GRAND'PINTE.

et au-dessous, en lettres plus petites, mais suffisamment voyantes :

Au rendez-vous des Francs-Lurons.

Le soi-disant estaminet était complétement désert, sauf une laide et revêche servante qui ne pouvait donner aucun renseignement. — Le propriétaire de l'établissement venait de partir pour Bercy, où l'appelait un achat de piquette, et il ne devait guères être de retour que vers les trois heures.

Force fut donc au général de prendre patience, et pour tuer le temps, il recommença sur les boulevards son incessante et inutile recherche de la veille.

A trois heures précises il mettait de nouveau pied à terre devant le cabaret, qui cette fois était peuplé d'une société sinon choisie, du moins nombreuse.

Au moment où M. Carol franchissait le seuil, il fut tout d'abord aveuglé et suffoqué par la fumée d'une dizaine de pipes qui fonctionnaient comme les cheminées d'autant de machines à vapeur.

Au fond d'une salle obscure, basse et humide, quelques individus groupés dans une vapeur épaisse comme des personnages de Téniers jouaient et buvaient, accoudés sur des tables de la plus révoltante malpropreté.

Au premier plan, sur une table isolée, deux hommes également accoudés, buvaient et jouaient aussi en fumant.

Le maître du logis trônait majestueusement au milieu de ses brocs, de ses verres et de ses litres, derrière un comptoir d'étain rongé par le temps, et souillé par cette décoction malsaine et nauséabonde d'alcool et de bois de Campêche qu'on vend aux viveurs des barrières, sous le pseudonyme fallacieux de vin.

Le propriétaire de la *Grand'Pinte* était un gros homme à trogne rubiconde et bourgeonnée.

A l'aspect très-imprévu du général, il se leva et vint à lui avec cet air de haute considération que devaient lui inspirer la grande taille de M. Carol, sa mise recherchée et la rosette écarlate qui s'épanouissait comme un œillet à la boutonnière de sa redingote.

— Que faut-il servir à monsieur? — demanda-t-il : — un litre à seize ou un petit verre de doux?

M. Carol se sentait fort embarrassé, et ne savait trop comment entamer l'entretien.

— Je voudrais vous parler en particulier, monsieur, — dit-il enfin, — c'est pour un renseignement à prendre.

— Très-bien, monsieur — répondit le gros homme — rien n'est plus facile. — Tontine — cria-t-il en s'adressant à la Maritorne — débarrassez le salon numéro 2.

Au but d'une minute le cabaretier introduisait le général dans l'espèce de bouge, pompeusement nommé le salon numéro 2.

C'était un grand cabinet qui ne recevait de jour que par une lucarne à quatre vitres, donnant sur une cour fangeuse de douze pieds carrés. — Les murailles en étaient grasses et luisantes, le plancher humide et glissant. — Quant au mobilier de ce taudis, il se composait d'une table étroite et longue, recouverte d'une toile cirée en lambeaux, d'un quinquet rongé de poussière, suspendu au plafond, et de quelques cadres de bois noir renfermant ces incroyables lithographies qui représentent l'histoire jadis et longtemps populaire *des braves lanciers Polonais*. — Au bas de chacune d'elles se trouvait, en manière de légende explicative, un couplet de la fameuse chanson qui fait encore à l'heure qu'il est pleurer les vieilles ganaches de l'empire; car, et nous en demandons humblement pardon à l'ombre du grand homme, l'empire a aussi eu ses ganaches comme la restauration a eu ses voltigeurs. — C'était bien la peine de tant se moquer de ces derniers pour finir par leur ressembler en laid.

Si nos lecteurs ne connaissent pas *la fameuse* chanson *des Lanciers polonais*, nous leur en donnerons un couplet comme spécimen du style Chauvin dans toute sa pureté :

> Napoléon l'âme attendrie
> Leur dit dans ces cruels moments :
> « Retournez dans votre patrie,
> « Amis je vous rends vos serments. *(bis)*

Il croyait dans son triste asile
N'être suiyi *que de* Frrrançais...
Mais il retrouva dans son île
De braves lanciers Polonais!!
Encor des lanciers Polonais!!!
Toujours des lanciers Polonais!!!!

} *(bis)*

Revenons au général et au cabaretier.

— Que faut-il servir à Monsieur? — répéta de nouveau ce dernier en avançant une chaise à M. Carol.

— Ce que vous voudrez, — répondit celui-ci.

Le gros homme profita immédiatement de la latitude qu'on lui laissait, et il cria :

— Tontine, appportez des liqueurs assorties, du vin cacheté, et deux grands et deux petits verres.

Quand tontine eut déposé sur la table ce que son maître avait ordonné d'aller chercher ; quand tous les verres eurent été remplis, le maître de l'établissement, satisfait de l'idée qu'il ne ferait rien gratis, se disposa à écouter le général.

— Dites-moi, Monsieur, — demanda ce dernier, — vous souvenez-vous qu'avant-hier une jeune fille, une chanteuse ambulante soit entrée dans votre estaminet?

— Sans doute, Monsieur; — il en est même entré plusieurs, si je ne me trompe.

— Il pouvait être de deux à trois heures à peu près.

— Ah! ah!—reprit le gros homme en clignant malicieusement de l'œil : — je sais ce que vous voulez dire... une petite blonde, habillée de bleu...

— Pas le moins du monde!.. un grande brune, très-belle, remarquablement belle...

Et le général, après avoir laissé au cabaretier le temps de recueillir ses souvenirs, fit une description exacte de la baladine.

— Voyons donc, voyons donc, — dit le cabaratier en

se grattant l'oreille... — à moins que ce ne soit la grande Perdita... une belle fille... ma foi, je ne vois pas trop...

— Perdita ! — interrompit le général, frappé de ce nom étrange qui lui sembla d'abord renfermer sa destinée.

— Oui, ce doit être Perdita ; et si c'est elle, j'ai votre affaire.

— Vous croyez ? demanda M. Carol avec anxiété.

— Il y a là, dans la grande salle, un brave garçon qui la connaît ; nous allons bien voir... — Ohé ! l'Amour ? ohé ! — cria-t-il de toute la force de ses poumons.

— On y va, — répondit une voix rauque.

— Dépêche, *il y a gras !* — ajouta l'aubergiste de la *Grand'-Pinte.*

— On y va ! on y va ! — répéta la voix enrouée.

L'individu auquel s'adressait cette gracieuse dénomination de l'*Amour*, était un des hommes établis et jouant près de la porte du cabaret.

Au moment où il était ainsi interpellé par le maître de la maison, il venait de dire à son adversaire en abattant son jeu :

— Cinq atouts *par le monarque, son épouse et galuchet !* T'es volé, mon pauvre Bricole !

— Si je le savais ! — riposta l'autre ; — si je le savais que je *soye* volé ! je te distribuerais *une tripotée*, que le diable en prendrait les armes !

— C'est pas comme ça que je l'entends, vieux ! — je veux dire que t'es fait au même ! — queq' tu veux ? la chance ! — *aboule tes vingt ronds*, bêta ! je crois qu'on m'appelle ici à côté, voyons, dépêche-toi !

Et ayant empoché l'argent que le joueur malheureux lui compta, il se dirigea vers le *salon n° 2.*

C'était un homme de quarante à quarante-cinq ans, mais dont on ne pouvait à première vue apprécier l'âge, tant son visage avait été délabré, altéré, délavé par la vie crapuleuse qu'il menait depuis son enfance ; c'était, en un mot, une de ces ruines précoces, plus hideuses que toutes les autres.

Son costume indescriptible, se composait d'une foule d'éléments hétérogènes qu'on aurait cru empruntés à la hotte d'un chiffonnier. — Le linge brillait par son absence ; les chaussures ne tenaient aux pieds qu'au moyen d'une perpétuelle contraction de l'orteil : aussi ne tenaient-elles guères.

Quand ce personnage entra dans la pièce où se trouvaient le général baron Carol et le marchand de bois de campêche, il ôta son chapeau qu'il portait incliné sur l'oreille droite, et dit avec un mélange de rudesse et de jovialité :

— Voilà l'amour demandé ! qui est-ce qui a demandé l'amour ? — le voici aux ordres de l'honorable société.

Et l'Amour ne pouvant battre des ailes, attendu qu'il n'en avait pas, prit une pose militaire, qui semblait dire : — *disposez de moi.*

— L'Amour, — fit le gros homme, — c'est Monsieur qui voudrait avoir l'adresse d'une chanteuse, avec des renseignements analogues à la chose.

— Une chanteuse ! ça me connaît ! je suis membre honoraire de plusieurs sociétés chantantes, roucoulantes, sirotantes, et autres caveaux !..

— Et je crois que la chanteuse en question, doit être Perdita, — tu sais bien, Perdita ? — reprit le gros homme.

— Perdita ! — l'objet est joli. — Il ne faut que ça de bijou à monsieur ? bravo, bourgeois ! je comprends vot' plan et je vous approuve. — J'aime l'amour, moi ! — Voilà pourquoi on m'en a donné le sobriquet.

Et l'ignoble personnage, au milieu d'un formidable éclat de rire, entonna l'air bien connu :

C'est l'amour, l'amour, l'amour...

Le général était au supplice, à chaque seconde qui s'écoulait, il se disait qu'il devait quitter ce bouge infâme ; — mais l'image de Perdita se présentait à son souvenir, et il restait.

— Enfin, mon maître, de quoi s'agit-il ? — demanda l'Amour, en s'adressant directement à M. Carol.

— De me donner, si vous la savez, l'adresse de cette jeune fille.

— Ça peut se faire, mon pair de France..., mais les affaires sont les affaires, et entre honnêtes gens, ça doit être traité en conscience. — Voyons, père l'abondance, distribue-nous une tournée de *petit blanc*, et laisse-nous pour quecq' z'instants, ce bourgeois et moi... — je suis un bon *zig,* il a l'air d'un bon enfant, nous nous entendrons comme père et mère.

Le petit blanc fut apporté, et le général resta seul avec son hideux convive.

— Maintenant à nous deux, mon maître, — dit ce dernier ; — montrez-moi votre jeu sans faire filer... — Y a-t-il de la *braise ?*

— De la *braise ?* — répéta le général étonné.

— De l'argent à gagner, bourgeois... vous ne savez donc pas le vrai français ? — combien donnez-vous.

— Il me semble que pour une adresse, dix francs.

— *Deux roues de derrière !* merci ! merci ! — si vous naviguez sans ces eaux-là, nous n'irons pas loin ensemble. — Il paraît que vous êtes un peu gêné.

— Mais, enfin... dites vos prétentions vous-même et je verrai si je puis...

— Parlez de *monarques*, mon maître, si vous voulez qu'on s'entende, ou sans ça... •

— De monarques !..

— De Philippes, de Napoléons ou de Louis XVIII *ad litum*, des jaunets enfin.

— De l'or pour une adresse !

— C'est un prix fixe ! vous n'êtes pas forcé... ne donnez rien, j'avale ma langue et je bois à votre santé sans la moindre rancune.

— Faites donc votre prix et finissons-en, — répondit M. Carol avec impatience.

— Écoutez, je ne suis pas méchant... si c'était la Chèvre-Noire, ou la Picheline, ou la grande Gargamelle, ou la petite Bistoquette, ça vaudrait un jaunet et ça serait cher... — mais Perdita, mon maître ! c'est un morceau d'empereur ! — l'adresse vaut trois napoléons comme un sou de monaco.

— Les voici, — dit le général en jetant les trois pièces d'or sur la table.

— Marché conclu ! — répondit l'Amour en glissant avec l'agilité d'un prestidigitateur l'or dans sa poche.

Puis il tendit à M. Carol une main hideuse de saleté, que le général n'osa pas se refuser à toucher du bout du doigt.

— Je vas vous conduire, — reprit l'Amour : — payez la dépense et prêtez-moi cinq francs, ça se retrouvera avec autre chose.

Tous deux sortirent du cabaret de la Grand'Pinte. — En voyant la voiture du général, son ignoble compagnon marmotta entre ses dents, comme s'il se parlait à lui-même :

— Un cabriolet bourgeois ! plus que ça de luxe ! j'aurais dû demander dix jaunets... je suis volé ! — et il ajouta à haute voix : — Je vas t'y monter dedans ou derrière, mon maître ? j'aimerais mieux dedans.

Le général ne put retenir un geste de dégoût. — Par bonheur un cabriolet de régie passait à vide dans ce moment, M. Carrol l'arrêta, et dit à son guide :

— Montez, je vous suivrai.

Et les deux voitures s'éloignèrent rapidement dans la direction des Batignolles, puis elles disparurent dans le labyrinthe inextricable de petites ruelles qu'on rencontre assez ordinairement aux environs de certaines barrières.

Le cabriolet s'arrêta :

— Nous sommes obligés de faire le reste du chemin à pied, — dit l'Amour ; — les voitures ne pourraient pas passer.

Le général mit pied à terre et suivit son guide.

Après quelques minutes de marche, ils arrivèrent devant la porte d'une haute et sombre maison, tombant en ruines ; les volets pendaient disloqués ; l'allée était humide, infecte et ténébreuse comme le soupirail d'une cave.

— Attendez-moi là, — dit l'Amour ; — je serai de retour dans un instant.

Et il entra.

— La colombe est dans son nid, — fit-il en revenant après quelques minutes d'absence. — Montez au septième, sous les toits, la porte à gauche, je vous attendrai au bout de la rue.

Et le général s'enfonça résolument dans l'allée infecte qui s'ouvrait devant lui.

XV

Comment on devient un lion.

Nous allons maintenant rejoindre deux de nos principaux personnages, Georges d'Entragues et son commensal le vicomte de Nodêsmes, que nous avons été obligés d'abandonner depuis quelque temps, pour suivre le fil d'une autre partie de notre récit, et mettre en scène de nouveaux acteurs dont la présence, nous l'espérons, piquera la curiosité de nos lecteurs.

Georges n'aurait pas mieux demandé que de garder sous son toit et par conséquent sous sa main le jeune provincial, dont il avait médité l'exploitation ; mais Jules, quelque convaincu qu'il fût que l'hospitalité acceptée par lui, lui avait été offerte de bon cœur par son nouvel ami, ne voulut pas en user outre mesure, de sorte qu'au bout de quelques jours de vie commune, il manifesta à d'Entragues l'intention bien arrêtée de chercher le plus tôt possible un logement indépendant, et il le pria de vouloir bien l'aider de ses bon avis dans cette circonstance.

En conséquence, Georges, après quelques recherches, fit louer au vicomte le rez-de-chaussée tout entier d'un petit hôtel situé entre cour et jardin dans la rue Saint-Lazare, à peu de distance de la maison qu'il habitait lui-même.

Cet appartement, ni trop grand ni trop petit, convenait merveilleusement à un jeune homme riche, et disposé à faire une certaine figure dans le monde. — Il était composé d'une très-belle antichambre, d'une salle à manger en rotonde pouvant contenir de nombreux convives, d'une salle de billard, d'un salon de réception assez vaste, d'un autre plus petit exclusivement destiné aux fumeurs, et de deux ou trois chambres à coucher, distribuées de la manière la plus commode. — Le petit salon communiquait, par une porte fermée d'une magnifique glace sans tain, avec une ravissante serre toute prête à recevoir une nombreuse collection d'arbustes exotiques et de plantes rares. — Les remises pouvaient contenir quatre voitures, et les écuries huit chevaux : — ces dernières étaient organisées à l'anglaise avec des *boxes* fort confortables.

Une fois le logement trouvé, le premier pas était fait, mais il restait encore l'opération importante, capitale, de meubler, de décorer, d'embellir toutes ces pièces dont l'élégance était un peu nue, et ce n'était pas une petite affaire.

— Je prétends, mon cher vicomte, m'occuper moi-même de toutes vos acquisitions, — dit Georges à son jeune commensal. — Je suis trop votre ami, — ajouta-t-il en riant, — pour souffrir qu'un autre que moi vous vole quand je suis là.

Jules répondit à cette offre obligeante et à cette plaisanterie par les plus aimables assurances d'affection et de gratitude.

— Quelle est à peu près la somme totale que vous avez l'intention de consacrer à toutes vos dépenses de premier établissement? — demanda M. d'Entragues. — Je vous préviens que je suis très-décidé à ne pas vous laisser faire de folies.

— Il m'est impossible de répondre de prime abord à votre question, mon cher comte. — Ne connaissant le prix de rien, vous comprenez que je ne saurais fixer un chiffre. — C'est à vous de m'aider.

— Voulez-vous que nous fassions ensemble un calcul approximatif?

— Vous m'obligerez en vérité mille fois plus que je ne saurais vous le dire.

— Voyons, commençons! — Que penseriez-vous par exemple, d'une salle à manger en vieux chêne, avec des dressoirs armoriés et destinés à recevoir votre argenterie?

— Ce serait, il me semble, parfaitement joli et du meilleur goût.

— Nous pourrions ensuite, si vous le jugez convenable, tendre le grand salon en damas de couleur sombre, et le petit, destiné aux fumeurs, avec une étoffe d'une nuance plus claire; — Pour l'ensemble de l'ameublement, nous adopterions le style Louis XVI, mais dans sa plus grande pureté, car j'ai horreur des disparates.

— J'approuve tout cela, et je vois que vous finirez par faire de moi un garçon très-entendu.

— Ce ne sera pas bien difficile, car je vous reconnais de très-grandes dispositions à devenir l'homme à la mode le plus accompli.

— Ce que vous me dites là m'enchante!

— Quant à la chambre à coucher, — poursuivit d'Entragues, — le style oriental ferait, je crois un délicieux effet : ainsi, un tapis turc et des divans bas. — Un lampas aux vives couleurs ira admirablement avec des trophées d'armes asiatiques, et des objets d'art d'Alger et de Constantinople.

— Cette idée me sourit fort, — repartit vivement Jules,
— Vous êtes en vérité un guide admirable.

— Il nous reste encore à nous occuper de la salle de
billard, mais pour cette pièce je me permettrai de vous
conseiller la plus grande simplicité : des bois de meubles
en ébène sculpté et une tenture en étoffe Perse, c'est élégant, léger et sans prétention aucune. — Eh bien ! que
dites-vous de l'ensemble ?

— J'en ai la tête tournée, et je crois que personne
n'eût pu me diriger aussi bien que vous dans une affaire
de cette nature.

— Alors il ne nous reste plus qu'à examiner en bloc la
dépense probable, nécessaire pour chaque pièce, et c'est
ce que nous allons faire séance tenante ; car ainsi que je
vous le disais tout à l'heure, tout en désirant vous voir
un délicieux mobilier, j'éviterai avec le plus grand soin
ces recherches superflues qui vous entraîneraient invinci-
blement à d'inutiles et folles dépenses.

— Je vous sais un gré infini de cette attention déli-
cate, qui, du reste ne m'étonne pas de la part d'un
homme tel que vous, mon cher Georges.

— Trève de compliments, — interrompit d'Entragues,
dont la voix trahit un certain malaise intérieur dont Jules
ne s'aperçut pas, car il fut imprévu et rapide : ce n'était
à vrai dire que l'éclair d'une mauvaise conscience qui re-
tombe aussitôt dans l'obscurité sinistre de la nuit.

Et Georges tira de sa poche un petit portefeuille de cuir
de Russie et un porte-crayon en or ; — puis, après avoir
réfléchi ou feint de réfléchir pendant quelques instants,
il reprit avec le plus grand sérieux :

— Il est difficile pour la salle à manger de dépenser
moins de six mille francs ; cette somme sera même un peu
faible, mais nous nous donnerons un peu plus de mouvement et nous tâcherons qu'elle soit suffisante : ci 6,000 fr.

» Le meuble de salon, y compris la garniture de cheminée, et quelques chinoiseries et curiosités pour les étagè-
res en vieux laque, doit, si je sais bien calculer, représen-
ter à peu près une vingtaine de mille francs : ci 20,000 fr.

» Quant au petit salon, comme à l'exception de sa tenture, il n'y aura pas d'autres meubles que des divans, des
nattes et des crachoirs, je vais le porter, et c'est beaucoup,
à dix-huit cents francs : ci   1,800 fr.

» La salle de billard avec son meuble principal de
premier choix, ne me semble pas devoir aller au delà de
quatre mille francs : ci   4,000 fr.

» J'estime à cinq mille francs la chambre à coucher de
style oriental : si nous sommes obligés de dépasser cette
somme, ce sera de très-peu de chose : ci   5,000 fr.

» Maintenant l'argenterie, les cristaux, la porcelaine,
le linge, tous les menus détails et accessoires imprévus,
et pour bien monter une maison, ces choses-là vont loin ;
je vais mettre approximativement... quinze mille francs :
ci   15,000 fr.

— Si votre intention, — continua toujours Georges, —
était de vivre tout à fait en garçon, vous pourriez suppri-
mer presque entièrement cette dernière dépense ; mais
votre fortune et votre position ne vous permettent guère
de rendre dans un salon de restaurateur, les diners auxquels vous allez être invité de tous les côtés, aussitôt que
vous aurez fait votre entrée dans le monde... qu'en pensez-vous ?

— Pour cela comme pour tout le reste, mon ami, je
m'en rapporte entièrement à vous. — Ma confiance est
sans bornes comme mon amitié.

Georges reprit son calepin, et se mit à faire des chiffres
en gardant le silence pendant quelques instants.

— Votre mobilier, tel que je le comprends, mon très-
cher, et ne laissant rien de vraiment essentiel à désirer,

sous le double rapport du confort et de l'élégance, ne vous reviendra, avec mes conseils, qu'à la bagatelle de cinquante à cinquante-cinq mille francs : — c'est merveilleux, n'est-ce pas ? — Mal dirigé, vous pourriez facilement dépenser le double, pour être beaucoup moins bien.

Quoique Jules ne trouvât pas que cette somme d'une vingtième de million fut une bagatelle, il se crut cependant obligé de répondre qu'il donnait son approbation complète à tout.

— A combien, reprit Georges, se monte le chiffre de votre crédit chez vos banquiers MM. Delamare et Martin-Didier.

— A cent mille francs ; mais il ne tient qu'à moi de le faire augmenter autant que je voudrai. — J'ai des fonds assez considérables chez mon notaire à Grandville.

— Je vous engage alors à faire doubler la somme; non pas que cent mille francs ne soient suffisants et au delà pour vos frais d'installation, mais vous allez vous trouver entraîné dans une foule de menues dépenses qu'il est impossible de prévoir et qui montent assez haut. — Nous n'avons, par exemple, pas encore parlé de vos équipages. — C'est une affaire sérieuse et qui demande à n'être pas traitée légèrement : il vous faut deux voitures.

— Croyez-vous qu'une seule ne serait pas suffisante ? — hasarda Jules timidement.

— Non, sans doute : il vous faut de toute nécessité un coupé pour le soir, une calèche pour aller au bois avec une femme, et de plus un cabriolet pour faire vos courses du matin. — Vous voyez qu'au lieu de deux nous en trouvons trois. — Il y a des gens qui vous conseilleraient d'avoir en outre un tilbury ; mais je crois que vous pouvez faire l'économie de cette dépense. — Il faut de la raison en toute chose.

— Eh bien ! — dit Jules du ton d'un homme qui se rend à l'évidence, — nous aurons les trois voitures ; mais c'est à la condition que vous m'aiderez à les choisir.

— Je suis à vos ordres pour cela comme pour tout le reste, — répondit d'Entragues.

— Voyons maintenant l'écurie, — reprit le vicomte.

— Pour l'écurie, trois chevaux de voiture, afin qu'il y en ait toujours un qui se repose ; — un cheval de cabriolet et deux chevaux de selle. — Six en tout.

— Va pour les six chevaux... c'est à peu près le nombre que j'avais fixé moi-même.

— Les trois voitures vous coûteront ensemble douze mille francs chez Thomas-Baptiste, Herler ou Binder. Il n'y a que ces trois hommes auxquels on puisse s'adresser si l'on veut avoir, ce que vous souhaitez sans doute, l'élégance unie à la solidité. — Il ne faut pas qu'en vous voyant passer en voiture, on puisse vous prendre pour un de ces provinciaux naïfs qui vont au bazar d'Amsterdam acheter des fiacres restaurés. — Quant aux chevaux, c'est encore une de ces acquisitions où le milieu entre la folie et la raison est assez difficile à saisir ; mais recommandé par moi, j'espère que Bernheim, Dévédeux ou Ancel vous fourniront vos six chevaux pour seize à dix-huit mille francs. — Maintenant ajoutez deux mille écus pour les harnais et autres objets de sellerie, et vous trouverez que vos équipages ne vous reviendront qu'à trente et quelques mille francs.

— Mais, — interrompit le vicomte, — trente-cinq mille et cinquante-cinq mille...

— Font, si Barême n'est pas faux, quatre-vingt ou quatre-vingt-dix mille francs, — interrompit Georges à son tour : — mais remarquez bien, mon ami, qu'il s'agit là de dépenses une fois faites et que vous ne renouvellerez pas de sitôt. — Au surplus, si vous le souhaitez, nous pouvons réduire quelques articles ; par exemple, vous économiserez tout de suite cent cinquante ou deux cents louis, si vous achetez des chevaux allemands au lieu de chevaux anglais... mais vous aurez le désagrément qu'on vous prendra pour un receveur général en congé, ou un conseiller d'État, ce qui ne convient pas à tout le monde.

— Et à moi en particulier, — interrompit Nodêsmes en riant de cette boutade. — Maintenant, et voilà le fâcheux, tout cela sera un peu long.

— Beaucoup moins que vous ne vous l'imaginez, mon très-cher. — A Paris, les billets de banque ont une vertu magique ; et de même qu'ils donnent de l'esprit aux sots, de la probité aux fripons, du charme à la laideur et de la distinction à l'ignoble, ils communiquent de la célérité aux plus lents... — mais enfin, mon ami, quelque temps qu'il faille pour vos différents préparatifs, j'espère que vous ne songerez pas à me quitter avant le jour où tout sera disposé pour vous établir convenablement chez vous.

Nodêsmes serra cordialement la main de l'obligeant d'Entragues, et l'on ne parla plus de séparation ; seulement des ordres immédiats furent donnés, et les ouvriers prirent possession du logis du vicomte.

On sait que Georges s'était promis de faire de son commensal un *lion,* et on doit commencer à voir qu'il ne négligeait rien pour mener à bonne fin cette œuvre importante et difficile.

Mais d'abord qu'est-ce que c'est qu'un *lion?*

C'est, avant tout, une expression passée de mode aujourd'hui : et dont nous ne nous servons que parce qu'elle avait cours en l'an de grâce 1844.

Quant à la définition du sens qu'on peut attacher à ce mot, et à la description de l'animal qu'il désigne, nous allons essayer de satisfaire nos lecteurs.

Tous les naturalistes, depuis Pline l'ancien, ce savant

qui eut un neveu homme d'esprit, jusqu'à M. de Buffon, qui écrivait l'histoire naturelle en manchettes de dentelles et l'épée au côté, sans doute pour se rapprocher davantage de la nature, tous les naturalistes, disons-nous, se sont accordés à donner au lion le titre magnifique de roi des animaux.

Ce n'est malheureusement pas du monarque redouté des vastes solitudes du désert, du quadrupède aux yeux ardents, au pelage fauve, à la majestueuse crinière, que nous avons à nous occuper maintenant.

Le *lion* dont il s'agit ici, le lion parisien, est, hélas! un bipède peu royal, point terrible, et ne s'accommodant en aucune façon des sables immenses du Sahara, qu'il va pourtant visiter quelquefois par désœuvrement, en prenant toutes les précautions imaginables pour ne pas se trouver face à face avec son redoutable homonyme.

Le *lion* appartient à la nombreuse catégorie de ces mortels barbus, frisés, pommadés, cravatés, *corsetés*, gantés, vernis, qui, chaque jour, promènent leurs moustaches, leurs cigares, leur ennui et leur sottise sur le boulevard Italien et les lieux environnants.

Un bon tailleur, un joli cheval, une maîtresse à la mode, voilà ce qui constitue le *lion* au moral.

Celui qui sait joindre à tous ces avantages un ou deux duels et quelques aventures avec des femmes de la bonne compagnie, est le héros du genre. — Il peut alors devenir attaché non payé d'ambassade, ou officier dans la garde nationale à cheval.

Le *lion* n'aime que deux choses au monde, mais il les aime avec constance et passion. — *Lui-même*, lui d'abord et par-dessus tout; — et ensuite *l'argent*, ou pour parler son langage élégant *l'or*.

L'or en effet, pour le lion plus que pour le reste des

16

hommes, est une nécessité de toutes les heures et de tous les instants.

Sans or, point de cabriolet, ni de petit coupé, ni de cheval pur sang pour la promenade, et de demi-sang pour la chasse !

Point de groom à la taille microscopique, baragouinant l'anglais !

Point de meubles de boule, de groupes de Saxe, de vases de vieux Sèvres, de lames de Tolède, de cotte de mailles de Venise, de bahuts pure renaissance, et autres objets de première utilité !

Point de pantalons miraculeux !

Point de ces gilets ébouriffants qui font épouser des héritières, et tournent la tête à des Anglaises hors d'âge !

Point d'avant-scènes aux Variétés, ni de fauteuil au balcon de l'Opéra !

Point de dîners au café de Paris, ni de soupers *régence* à la Maison-d'Or !

Point de panatellas à discrétion ! — point de collection de pipes turques et de narguilés égyptiens !

Points de *rats !* — point de panthères ! — point de vingtième d'action dans la société en commandite d'une lorette en vogue !

Enfin point de superflu, c'est-à-dire point de nécessaire ! — ô malheur !

Il y a des *lions*, nous dira-t-on peut-être, qui remplacent l'or par des dettes.

Cette observation est sans portée. — Le crédit, qu'est-ce autre chose que de l'or, et les dettes que du crédit monnayé ?

Le *lion* est de sa nature assez emprunteur. — Il ne recule pas devant un escompte à cinquante pour cent ; — mais il rugit quelquefois quand il s'agit de rendre.

Et si de prime-abord on trouvait ce portrait peu flatté,

inexacts nous prierions ceux de nos lecteurs qui nous trouveraient trop sévères ou de mauvaise foi, de vouloir bien prendre la peine d'observer de près et avec une scrupuleuse attention quelques *lions* de haut parage : — Les célébrités de Jockei-Club, par exemple; — cette étude les amusera peu, nous les en prévenons charitablement, mais elle les obligera à nous rendre justice.

Or donc, Georges d'Entragues voulant faire de Jules de Nodêsmes un lion, lui apprit :

A porter d'une façon leste et dégagée les vêtements élégants, confectionnés par l'un des meilleurs tailleurs de Paris; — à enchâsser sans grimace et sans contorsions des muscles de la face un petit morceau de carreau de vitre dans l'orbite de l'œil, entre l'arcade sourcilière et le haut de la joue; — à secouer avec une grâce toute particulière la cendre blanche de son cigare, pour donner du feu à un ami qu'on rencontre sur le boulevard ou dans contre-allées de la grande avenue des Champs-Élysées;

A savoir juste la nuance convenable de gants pour le matin, le milieu du jour et le soir;

A nouer galamment les longs bouts d'une cravate de satin bleu saphir ouvert myrthe;

A regarder avec une impertinence imperturbable les femmes qui passent à côté de lui, et à leur jeter audacieusement au visage un compliment de palfrenier en goguette;

A tourner légèrement les cartes au lansquenet, et à murmurer du bout des lèvres un harmonieux *banquo*.

A manier son cure-dents d'un air profondément ennuyé sur le perron du café de Paris, et à connaître par leur nom tous les garçons des cabarets célèbres;

Et une foule de choses, tout également importantes, que nous regrettons bien d'être obligés de passer sous silence, attendu qu'elles pourraient être fort utiles à tous les sots du monde entier.

En outre Jules fut présenté par son ami Georges à plusieurs gentilshommes de la meilleure compagnie et de la plus grande distinction, parmi lesquels nous nous faisons un devoir de citer : M. le baron Aymeric Croisé de la la Croisette, chevalier de plusieurs ordres et commandeur de quelques autres ; — Lord William Stloobomby, — le comte Abel, — le chevalier d'Astré, — le marquis de Borgues, — sir John Babibernet, — le prince Krakopoulof, — le comte Antonio Miso, — le vicomte de Sanluces, — sir Edward Nasomby, — et le baron Pérégode, tous gens de notre connaissance et de celle de nos lecteurs.

Il l'initia — (c'est toujours de d'Entragues et de Nodèsmes qu'il s'agit) — aux mystères galants des foyers des petits théâtres, et lui fit entendre à l'orchestre des Variétés, du Vaudeville et du Palais-Royal, lieux où se réunissent chaque soir les rejetons des premières familles de France, des conversations comme celles-ci, tenues entre *Lions* de haut parage, dans ce langage hyppique qui constate la prééminence de la science vétérinaire, comme complément de l'éducation d'un jeune homme à la mode (1).

— Dis donc, Henri?

— Quoi?

— Regarde aux premières loges.

— A quel étage, de quel côté? — tu sais que je n'aime pas chercher deux heures.

— Loges de la galerie, la troisième à droite; celle de la petite Jenny enfin.

— J'y suis; je la reconnais parfaitement... Ah! voilà qu'elle me fait un signe avec son bouquet.

(1) Nous rappelons à nos lecteurs que la première édition des *Chevaliers du Lansquenet,* a été publiée en 1847.

— Connais-tu cette femme en robe de moire noire qui est avec elle?

— Non... Hein! comme elle a de la race!

— Tu trouves?

— Oh! mon cher, il est impossible d'avoir plus de sang, et je mettrais volontiers une *boxe* à sa disposition. Voyons, regarde-la donc encore.

— Au fait la tête est bien... l'œil a du feu... les nazeaux très-dilatés annoncent la vigueur unie au fond...

— Que dis-tu de l'encolure? interrompit le premier interlocuteur qui semblait enthousiasmé.

— Elle est, ce me semble, un peu courte, ce qui l'oblige à porter au vent.

— Elle gagnerait peut-être à s'encapuchonner, mais alors le poitrail ressortirait moins, et tel qu'il est, il me semble fort remarquable.

— C'est développé!

— Résistant!

— Ah! la voilà qui se retourne! ma foi l'arrière-main est aussi très-distinguée.

— Et surtout remarquablement dégagé!.. comme les hanches sont souples! le rein flexible!..

— Ce n'est pas comme sa voisine la petite Jenny...

— Oh! celle-là est maigre comme une pouliche entraînée trop jeune; il lui faudrait le vert et le repos...

Puis l'orchestre prélude, et on lève la toile pour une première représentation; — mais nos *lions* se gardent bien d'écouter : — fi donc! — ils pourraient apprendre quelque chose, même dans un vaudeville! il ne faut pas s'exposer à cela. — Bien mieux vaut s'occuper du costume des acteurs et surtout de celui des actrices, et dire des choses saillantes dans le genre de celles-ci.

— Regarde donc, Alfred.

— Que veux-tu que je regarde? je n'aperçois rien de bien curieux dans la salle.

— Comment, tu ne vois pas les bottes de Lafond comme elles sont pointues?

— C'est pardieu vrai! quel diable d'idée a-t-il eu de se faire faire des bottes comme cela?

— Mais en revanche son gilet lui va à merveille! décidément il a beaucoup de goût.

— C'est l'homme de Paris qui met le mieux sa cravate.

— Oh! pour cela je ne suis pas de ton avis : Félix du Vaudeville lui est bien supérieur.

— Moi je trouve que Lafond la met miex : chacun a son goût, Félix est assez beau garçon, mais il ne me plaît pas. Lafond selon moi est vraiment le type de l'homme comme il faut.

— C'est bien dommage que ses bottes so'ent si pointues ce soir.

— En vérité, je ne sais pas à quoi pensent ces imbéciles d'acteurs, de négliger des choses aussi essentielles.

— Si on lui écrivait une lettre anonyme pour le prévenir de la gaucherie qu'il a faite?

— Je lui ferai parvenir un avertissement par un journaliste que je connais : Tu sais le petit blond de la Boisgontier.

— Ah! oui... dansera-t-on le cancan dans la pièce?

— Je ne sais pas.

— On le dansait joliment dans *Deux Dames au violon.* Dieu que c'était drôle!

— Ah! voilà Alice Ozy... Tu vas voir, elle ne tardera pas à nous *faire l'œil.*

— C'est peut-être elle qui dansera le cancan : elle le danse très bien.

— C'est bien possible... pourtant c'est ordinairement Esther qui en est chargée.

— Oh! quel pantalon à Cachardy! C'est vraiment se moquer du public. Un acteur qui joue les amoureux, devrait se faire habiller par Chevreuil ou Senties.

— Maintenant je vous présente madame Bressant.

— Tiens, elle est assez gentille, ce soir.

— Vois donc cette robe vert-pomme à raies blanches...

— Elle est assez originale.

— Mais pas assez décolletée.

— Merci! qu'est-ce que tu voudrais donc voir de plus? Moi, mes principes s'opposent à ce que j'en voie davantage.

Et dans tout cela pas une minute d'attention donnée à la pièce nouvelle.

Règle générale, les lions, aux Variétés, n'écoutent qu'un seul acteur; mais cet acteur les amuse plus à lui tout seul, que tous les autres ensemble n'amusent le public attentif.

Cet acteur n'est pas Lafond...

Ni Bouffé...

Ni André Hoffmann...

Ni Neuville...

Ni Fouyou...

Cet acteur, c'est le nez d'Hyacinthe!

Jules de Nodèsmes ne s'inspira pas précisément de l'école dont nous venons de donner un échantillon, mais enfin il fit d'assez notables progrès dans la gaie science de la gentilhommerie parisienne au dix-neuvième siècle.

A peine arrivé à Paris depuis quinze jours, il était allé tout d'abord faire une visite à la princesse de Tresmes-Cariman, dont il était l'allié ainsi que nous l'avons dit; — mais la froide et grave réserve du salon très-aristocratique de sa parente lui avait paru sinistrement et mortellement ennuyeuse, comparée à la vie bruyante et joyeuse dans laquelle Georges d'Entragues était en bon train de le lancer. — Il s'était donc abstenu après sa première visite de retourner chez la princesse, se disant chaque jour : « — J'irai demain sans faute. » — Demain arrivait, passait, et Jules ne s'acheminait pas vers le noble hôtel de la rue Saint-Dominique.

Bref, le vicomte de Nodêsmes, — le pur jeune homme que nous avons vu frémissant d'un chaste amour auprès de l'égrillarde Pivoine, — était tellement bien disposé à changer de vie, que Georges se dit qu'il était temps de frapper un grand coup.

Nous allons le voir à l'œuvre !

XVI

Une loge au Vaudeville.

En attendant que les équipages du vicomte de Nodèsmes fusseut prêts, Georges, qui semblait veiller à tous ses besoins, lui avait fait louer un fort joli coupé de remise au mois, coupé dont il se servait lui-même quand Jules sortait à pied, ce qui arrivait quelquefois. — D'Entragues avait cependant sa voiture à lui, mais il entrait dans ses vues d'accoutumer petit à petit le jeune pronincial à considérer une certaine communauté entre eux, comme la chose la plus naturelle du monde. — Georges qui avait fait l'épreuve de toutes les puissances morales à l'aide desquelles on gouverne les êtres honnêtes et faibles, ne pouvait ignorer les ressources de celle de l'habitude.

Le 15 janvier, entre onze heures et midi, le coupé de Jules s'arrêta place de la Bourse devaet le péristyle du Vaudeville, mais ce fut Georges qui en descendit.

Il entra immédiatement dans le vestibule du théâtre, et il demanda à la préposée à la location, une *avant-scène de la galerie* et *deux stalles d'orchestre* au meilleur rang, dont on lui délivra à l'instant même les trois coupons.

Cette opération terminée, le comte regagna sa voiture et donna l'ordre au cocher de le conduire le plus vite possible place Ventadour, où étant arrivé il monta chez Mazagran, qu'il eut l'aplomb de demander au portier sous le nom de madame Lambertini.

Cette fois il n'y avait pas de fil de fer accusateur traversant la place, pas de fenêtre ouverte dans l'appartement, et la jeune femme n'avait rien à cacher.

Elle était en peignoir blanc, assise sur l'une des chauffeuses de sa chambre à coucher, et elle se livrait simultanément à trois occupations différentes.

D'abord elle faisait sauter en cadence sa petite pantoufle de maroquin rouge brodée d'or, au bout de son pied mignon et cambré.

Puis elle confectionnait du bout de ses doigts agiles et rosés de charmantes nacelles en papier, qu'elle lançait, au fur et à mesure qu'elles sortaient de ses mains sur un Océan en miniature, formé par une cuvette pleine d'eau, posée à côté d'elle sur un guéridon.

Enfin elle chantait en riant comme une folle, ce refrain bien connu des bonnes d'enfants.

> Maman, les p'tits bateaux
> Qui vont sur l'eau
> Ont-y des jambes ?
> Mon p'tit bêta,
> S'y n'en avaient pas
> Les p'tits bateaux ne marcheraient pas.

— Qu'est-ce que vous faites donc là, ma fille ? demanda Georges un peu étonné des occupations innocentes et presqu'enfantines de la jolie courtisane.

— Vous le voyez bien, mon petit Georges, — répondit Mazagran : — je fais des bateaux *et je les mets sur l'eau.*

— Est-ce que ce n'est pas dans nos conventions? — ajouta-t-elle en arrêtant sur d'En.ragues un regard étincelant d'une douce malice et d'une sorte d'affection.

Et la jeune femme se mit à construire une nouvelle embarcation, avec une feuille de papier qu'elle prit dans un amas de lettres gisant par terre à ses pieds.

Il y en avait de toutes les formes et de toutes les couleurs. — A coup sûr si ces nombreux morceaux de papier n'eussent été couverts d'écriture et chiffonnés, on aurait pu en les réunissant monter un fonds de papeterie des plus élégants et des mieux fournis.

— Et peut-on savoir ce que c'est que tout cela? — dit Georges en désignant du bout de sa botte vernie les lettres éparses sur le tapis.

— Des billets doux, mon cher! — repartit Mazagran d'un air de triomphe : — et un peu bien tournés, je vous prie de le croire. J'en ai reçu dix-sept depuis trois jours, savez-vous?... et dire qu'on ne peut pas profiter de tout ça ! — Ma foi, Georges vous pouvez vous vanter de m'avoir fait manquer de fameuses occasions.

M. d'Entragues, curieux de savoir quelles bonnes occasions il avait pu faire manquer à Mazagran, ramassa plusieurs des billets, et se mit à les examiner.

Quelques-uns étaient adressés à madame Lambertini; mais le plus grand nombre ne portait que cette suscription assez cavalière : *Pour la dame du troisième.* — Tous contenaient les expressions de la flamme la plus brûlante et la moins timide, et finissaient invariablement par la demande d'un rendez-vous, ou la prière d'être autorisé à se présenter : pour signature : *Amédée, Henri, Victor, Frédéric, etc., etc.*

— Où diable tous ces gens-là vous ont-ils vue? — de-

manda Georges en riant de tout son cœur de cette magnifique litanie d'amoureux.

— Est-ce que je sais, moi ? — répondit Mazagran avec
une petite moue dédaigneuse. — Aux Champs-Élysées, au
bois, à ma fenêtre, chez les pâtissiers... Il paraît que je
suis comme l'aimant... j'attire.

Et la jeune femme laissa délicatement tomber sur l'eau
sa dernière embarcation, puis elle se mit à fredonner
gaiement :

> Et vogue la nacelle
> Qui porte mes amours.

— Comme vous êtes de bonne humeur ce matin, ma
belle, — dit Georges.

— Je crois bien, et ce n'est pas sans raison ! Figurez-
vous, mon petit, j'avais rêvé chat, ce qui est très-mauvais
signe, aussi j'étais désolée, comme vous pouvez le croire ;
mais je me suis tiré les cartes, et j'y ai vu que je recevrais
aujourd'hui même *un beau jeune homme dans ma maison*,
et que ce jeune homme me procurerait beaucoup d'agrément. — Ensuite j'ai fait plusieurs réussites qui m'ont
toutes dit la même chose. — Vous voyez donc bien que les
rêves sont des bêtises, et que les cartes seules ont raison,
puisque vous voilà, que j'ai justement besoin d'argent, et
que vous allez sans doute m'en donner.

Et Mazagran se mit à danser en chantonnant :

> L'or est une chimère,
> Sachons nous en servir...

— Nous verrons cela tout à l'heure, ma fille, — dit
Georges. — Mais laissez là vos bateaux pour un instant,
et écoutez-moi avec la plus grande attention : j'ai à causer
très-sérieusement avec vous.

— Sérieusement... dites donc, mon petit Georges, ça sera-t-il encore pour me mettre dans le gouvernement?

— Non... Vous me demandiez, je crois, il y a quelques jours quand vous verriez le jeune homme, *le vicomte* dont je vous ai parlé.

— Je vous le demande plus que jamais si la vue n'en coûte rien. Écoutez donc, on n'aime pas à acheter comme ça chat en poche. J'ai été si souvent volée, que maintenant je me défie.

— Eh bien! si vous voulez il ne tiendra qu'à vous de le voir ce soir.

— Ici?

— Non; ce serait mener les choses un peu vite, et il s'agit d'une affaire qui ne doit pas être traitée lestement.

— Vous pouvez bien cependant me dire tout de suite où je le verrai cet amour de vicomte.

— Au Vaudeville, — répondit Georges.

Et il présenta à Mazagran le coupon de la loge qu'il venait de prendre au théâtre.

— Ah! par exemple, voilà qui est un peu gentil... vous viendrez avec moi et lui aussi! il y a si longtemps que je ne suis allée au spectacle avec des hommes; comme je vais m'amuser! je me ferai bien belle.

— Vous irez seule, — reprit Georges froidement : — faites-moi encore ce sacrifice-là.

— Ah! ça, je suis donc décidément veuve! — s'écria la lorette désappointée. — Et pourquoi faut-il que j'aille toute seule dans une avant-scène de six?

— Parce que je ne serai pas censé vous connaître : je vous préviens d'avance en outre qu'il est plus que probable que le vicomte de Nodêsmes ne vous sera pas encore présenté ce soir; mais cela ne saurait tarder beaucoup.

— Ah! il s'appelle le vicomte de Nodêsmes! à la bonne heure! ça a au moins l'air d'un vrai nom... mais c'est égal, je vais joliment m'ennuyer, t ute seule comme l'*as de pique*.

— C'est indispensable, ma fille. Fiez-vous-en à mon zèle pour vos intérêts.

— C'est bon, c'est bon, on s'y conformera, — répondit Mazagran à demi-convaincue.

— Maintenant, quelle robe mettrez-vous? ceci est encore de la plus grande importance.

— J'ai une robe délicieuse en poult de soie rose à mille raies blanches. — Elle est très-décolletée, ce qui me va très-bien, comme vous savez.

— Ce n'est pas du tout ce qu'il faut pour la circonstance dont il s'agit. Tâchez de vous figurer, si c'est possible, que vous êtes une femme honnête, ou à peu près, — pour une fois vous n'en mourrez pas.

— Vous êtes poli... merci !

— Il n'y a pas de quoi, — répliqua Georges en riant.— Enfin ne me faites pas une de ces toilettes voyantes qui attirent les regards d'un bout à l'autre d'une salle de spectacle. Je vous veux pour ce soir parée de votre seule beauté...

— Mais, Georges, ce ne sera pas décent, — interrompit la jeune femme avec un sérieux comique. — Le commissaire me mettra à la porte.

— Folle! voyons, montrez-moi votre garde-robe.

Mazagran conduisit M. d'Entragues dans le *sanctum sanctorum,* où de nombreuses robes accrochées par ordre de nuances formaient une gamme de couleurs aussi complète que possible, depuis la plus sombre jusqu'à la plus tendre en passant par les plus éclatantes.

Georges choisit une robe de satin feuille-morte, très-montante.

— Vous mettrez ceci, — dit-il. — Un chapeau de crêpe blanc fort simple ; peu de bijoux ; tout au plus un innocent bracelet d'or : par exemple, je vous permets le plus beau de vos cachemires, si toutefois ils ne sont pas en gage. Je vous enverrai un bouquet dans l'après-midi.

— Est-ce tout ?

— Oui : du moins quant à ce qui concerne la toilette. Maintenant voilà la consigne.

— Je suis tout oreilles.

— Vous avez un charmant profil.

Mazagran sourit et chercha immédiatement à se voir de côté dans la glace de sa psyché.

— Vous aurez soin, — continua Georges, — de le mettre en évidence, en vous accoudant quelquefois sur le rebord de votre loge. Cette petite manœuvre aura d'ailleurs l'avantage de faire ressortir votre main qui est délicieuse.

Nouveau sourire de Mazagran qui se mit à mordre avec complaisance le bout transparent et rosé de ses doigts effilés.

— Vos cheveux n'ont, à ce que je crois du moins, pas de rivaux dans Paris...

Ces paroles étaient à peine prononcées, que la lorette, comme pour montrer jusqu'à quel point l'assertion de M. d'Entragues était exacte, ôta son peigne, et à l'instant même sa magnifique chevelure se déroula sur elle, *plus longue qu'un manteau de roi*, comme l'a dit si poétiquement Alfred de Musset.

— Vous n'aurez pas besoin d'en montrer autant, puisque vous serez en chapeau. Seulement, vous ferez bien de remplacer, pour cette fois seulement, les bandeaux que vous portez d'habitude, par une grande profusion de boucles, ou par deux longues anglaises; — je préfère même ces dernières, comme donnant une expression plus décente à la physionomie.

— Ah! çà, Georges, vous voulez donc me déguiser tout à fait?

— Ne m'interrompez pas, — reprit vivement d'Entragues, — car j'arrive à la partie intéressante de mes recommandations. — M. de Nodèsmes sera assis à ma droite aux stalles de l'orchestre. Il portera d'ailleurs, pour qu'il vous soit impossible de vous tromper, un camélia rouge et blanc à sa boutonnière. — Il s'agira de paraître le remarquer, mais c'est là ou vous serez obligée de déployer un tact extraordinaire, une prodigieuse habileté. Ainsi vous ne le regarderez jamais que quand il aura les yeux occupés ailleurs ; puis sitôt que son regard se dirigera sur vous, vous détournerez la tête vivement, mais cependant sans affectation... Vous devez au surplus connaître ce manége mieux que moi, pour l'avoir employé souvent... Il ne s'agit que d'y mettre un peu de bonne volonté et beaucoup d'attention. Il est plus que probable que mon ami le vicomte de Nodèsmes n'aura bientôt d'yeux que pour vous... Alors s'il vous était possible de rougir quand vous sentirez sa jumelle braquée sur votre loge, cela ferait un merveilleux effet.

— C'est bien difficile, — dit Mazagran, en hochant la tête d'un air de doute. — Cependant, mon petit Georges, pour vous faire plaisir je tâcherai de me conformer à cette dernière instruction. En avez-vous encore d'autres à me donner ?

— Sans doute : Vous aurez soin par exemple de rire d'une façon très-spirituelle et point bruyante aux endroits comiques des pièces que vous verrez jouer ; mais s'il y a des mots lestes vous mettrez l'attention la plus scrupuleuse à ne pas paraître les comprendre : ceci est encore de la plus haute importance.

— Je ne comprends jamais les mots lestes, Monsieur ! — fit la jeune femme d'un ton piqué.

— Vous éviterez, — poursuivit Georges, — de manger des oranges : cela donne à une femme l'air de n'avoir pas suffisamment dîné chez elle. Croquer des bonbons a aussi un inconvénient, c'est de faire supposer que vous avez des galants dans la salle, et il n'entre pas dans mes vues que l'on puisse porter ce jugement-là sur vous.

— Mais si votre vicomte me prend pour une bégueule, ça ne va-t-il pas faire tout manquer?

— Ne craignez rien, je serai là pour le surveiller, — répondit Georges en souriant... — mais je n'ai pas fini : vous ne vous retournerez pas si l'on vient à regarder par la lucarne de votre loge, ce qui ne manquera pas d'arriver.

— Encore! mais savez-vous, Georges, que c'est joliment difficile et ennuyeux ce rôle que vous allez me faire jouer-là? — moi qui suis bonne fille avant tout, il me faudra pendant cinq heures avoir des façons de mijaurée qui ne me vont pas le moins du monde...

— Avec de l'esprit, et vous en avez beaucoup, — interrompit Georges, — on se tire toujours d'affaire. Au surplus je n'ai plus qu'une recommandation à vous adresser; c'est de sortir avant la fin du spectacle, quelque chose comme deux ou trois minutes, plus si vous voulez, et de recommander à votre cocher d'aller au pas jusque chez vous. — Souvenez-vous bien surtout que si vous me rencontrez dans les couloirs au moment de votre sortie, vous ne devez pas avoir l'air de me connaître... Je suis un étranger pour vous : ne perdez pas cela de vue un seul instant.

— Mais, mon cher ami, j'aurai une atroce envie de rire, je vous en préviens.

— Vous la passerez plus tard, et d'ailleurs vous vous direz qu'il s'agit de votre avenir; cela vous calmera.

— Tout cela est bel et bon, mais voyez-vous, Georges, moi je suis faite comme ça, quand il faut que ça parte ça part.

— Je vous promets sur mon honneur que vous ne perdrez rien pour attendre... maintenant, ma fille, vous dites que vous avez besoin d'argent, et vous vous fiez à mon amitié pour vous en procurer : c'est me rendre justice.

— J'ai des dettes qui me tourmentent.

— Ah! vous avez déjà d'autres dettes...

— Écoutez donc, mon petit Georges, interrompit la lorette d'un ton de reproche, je ne pouvais pourtant pas vivre comme ça sans rien faire du tout. Si vous me défendez les amoureux, permettez-moi au moins les créanciers : on est femme ou on ne l'est pas.

— Eh bien! ma fille, si je suis satisfait de vous, je vous donnerai de l'argent demain. Vous savez que je tiens toujours scrupuleusement ma parole...

— C'est un nouveau genre que vous avez pris avec moi depuis quelque temps, mais il n'y a rien à dire, il est bon... A ce soir, mon petit Georges; je vous promets d'être gentille à croquer; vous m'en ferez des compliments.

Et d'Entragues quitta Mazagran pour aller rejoindre M. de Nodêsmes.

XVII

Une loge au Vaudeville (*suite*).

— Avez-vous disposé de votre soirée, mon cher Jules ? — demanda Georges en abordant le vicomte.

En faisant cette question il était bien sûr de la réponse négative qui la suivrait, car Nodèsmes s'était mis sur le pied de ne rien faire, de ne former même aucun projet sans consulter d'Entragues.

— Je vous attendais justement pour me décider à quelque chose, mon ami, — répondit le vicomte. — Je suis entièrement libre.

— Cela se trouve à merveille, car j'avais pensé à vous proposer d'aller voir : *Paris à tous les Diables*, la revue nouvelle du Vaudeville, que l'on dit très-amusante, et dans l'espoir que cette petite partie vous conviendrait, j'ai pris à tout hasard deux stalles d'orchestre que voici.

— Mais c'est délicieux ! et je suis on ne saurait mieux disposé à vous accompagner.

— Si vous voulez nous dînerons aux Frères-Provençaux que vous ne connaissez pas encore, et delà nous n'aurons

que la rue Vivienne à monter pour arriver au Vaudeville :
juste le temps de fumer un cigare en marchant un peu
lentement.

— Je suis à vos ordres pour cela comme pour tout le
reste, mon cher d'Entragues, et dussiez-vous me traiter de
rabâcheur, je vous répéterai encore qu'il est impossible
de faire les honneurs de Paris à un pauvre provincial avec
plus d'intelligence et d'amabilité.

— Ne m'avez-vous pas accueilli de même dans votre
magnifique château de Nodêsmes, quand vous me connais-
siez à peine? Au surplus voilà mon rôle de *Cicerone* qui
tire à sa fin, car vous serez bientôt plus Parisien que les
Parisiens pur sang.

— Voyons, ne me flattez pas : croyez-vous réellement
que j'aie fait quelques progrès ?

— Au point que vous n'en aurez bientôt plus à faire,
mon ami : ceci est une opinion tout à fait consciencieuse,
et que je ne suis pas seul à avoir et à exprimer, car plusieurs de mes amis sont tout à fait de mon sentiment à
cet égard... Mais le temps est magnifique... que penseriez-
vous de quelques tours de Champs-Élysées pour humer un
peu de ce beau soleil d'hiver qui fait tant de bien ? Tout
Paris sera là, j'en suis sûr ; et les femmes ont tant d'éclat
quand une pelisse de fourrure leur fait monter le sang à
la tête... Dans ces moments-là il n'y a rien qu'on ne puisse
leur dire à l'oreille.

Et les deux amis montèrent en voiture et partirent.

Peu de temps après leur arrivée aux Champs-Élysées,
ils croisèrent le petit coupé de Mazagran, et Georges qui
na voulait pas que M. de Nodêsmes vit la jeune femme en
ce moment, emmena son ami au tir de Gastine-Reinette,
où ils cassèrent quelques poupées, et où M. d'Entragues
donna négligemment une idée de son savoir-faire en
mettant douze balles au centre du carton, dans un **rayon**

de quelques pouces. — Après cet exploit qui frappa Jules d'une vive admiration, les deux amis se séparèrent en se donnant rendez-vous pour six heures précises aux Frères-Provençaux.

Georges profita du temps qu'il avait devant lui pour faire quelques courses dans Paris, envoyer à Mazagran le bouquet qu'il lui avait promis, et à l'heure indiquée il rejoignit Nodèsmes qu'il trouva déjà arrivé.

Précisément et comme par un heureux hasard, le vicomte de Sanluces et sir Edward Nasomby allaient se mettre à table dans le grand salon des Frères-Provençaux. — Georges s'empressa de les inviter à dîner, et demanda un cabinet où ils s'installèrent tous les quatre.

Le repas fut gai, mais d'une gaieté de bonne compagnie qui n'était pas de nature à effaroucher le laisser-aller naissant du jeune vicomte. — Georges eut d'ailleurs le soin d'exciter progressivement la tête de son ami par des libations successives, habilement combinées, et par des propos d'une gaillardise tempérée, tout à fait à la portée d'un viveur encore à l'état de néophyte comme l'était l'excellent Jules, qu'on ne pouvait amener que peu à peu à s'arranger du décolleté pittoresque du langage parisien moderne.

Jules proposa au vicomte de Sanluces et à sir Edward Nasomby de les accompagner au Vaudeville; mais Georges fit observer qu'il était plus que probable que ces messieurs ne trouveraient pas de place, et de plus il les avertit par un coup d'œil rapide mais très-significatif de refuser la proposition du vicomte. — Les *Chevaliers du Lansquenet* se soumirent sans hésiter à l'ordre de leur chef suprême.

La soirée était admirablement belle, et comme depuis le coucher du soleil la gelée avait repris, il en résultait que le pavé était aussi sec qu'en été. Les deux amis s'acheminèrent donc à pied vers le théâtre où ils entrèrent à sept heures et demie environ.

Le vaudeville joué comme lever de rideau n'était point encore terminé. La salle se peuplait lentement; mais l'avant-scène de droite, celle que devait occuper Mazagran, était vide encore. — Georges n'en fut pas fâché : l'entrée inattendue de la jeune femme pouvant amener un résultat plus prompt que la circonstance de la découvrir dans sa loge. Qui ne connaît l'effet produit sur le plus grand nombre des hommes par une porte qui s'ouvre inopinément au théâtre? c'est l'attente précédent l'inconnu.

Georges et le vicomte prirent possession de leurs stalles placées à l'endroit le plus favorable de l'orchestre, du côté gauche.

C'était ce soir-là la douzième ou quinzième représentation de : *Paris à tous les Diables*, revue en sept ou huit tableaux, de M. Clairville.

Paris à tous les diables, vécut sur l'affiche ce que vivent toutes les revues, ces espèces pochades dramatiques qui sont au vaudeville ce qu'est l'éphémère qui vole une heure au papillon qui vole un jour. Qui se souvient aujourd'hui de *Paris à tous les Diables*, excepté nous et les garçons d'accessoires du théâtre? Mais enfin à l'époque dont nous parlons cette pièce nouvelle avait la vogue.

Bref on venait de lever le rideau sur l'ouverture de M. Doche et sur une décoration assez originale représentant un grand mur couvert d'immenses affiches illustrées : *Le Diable à Paris*, *le Diable à l'École*, *les Mémoires du Diable*, *les Premières Armes du Diable*, *la Part du Diable*, *les Pilules du Diable*, *etc.* quand Mazagran fit dans son avant-scène une entrée assez triomphante et assez bruyante, pour déterminer plusieurs habitués de l'orchestre à diriger immédiatement sur elle leurs lorgnettes.

Et disons-le tout de suite, l'impression que produisit la

jeune femme fut extrêmement satisfaisante. Mazagran avec le costume élégant et simple conseillé par M. d'Entragues était vraiment ravissante.

Son petit chapeau de crêpe blanc encadrait à merveille les soyeuses boucles de ses cheveux, disposés en anglaises d'une longueur phénoménale, suivant l'avis de Georges, et marquait les charmants contours de son visage gracieux et mutin. — Un grand cachemire, serré par elle au-dessus des hanches avec cette voluptueuse désinvolture dont les Parisiennes ont seules le secret, dessinait à ravir sa taille fine et cambrée. — Elle tenait à la main une touffe magnifique de roses mousseuses et de camélias, sur laquelle elle posait de temps en temps ses narines roses et légèrement dilatées

Jules, très-occupé du spectacle en sa qualité de provincial récemment dégrossi, ne fit d'abord aucune attention à ce qui se passait dans la salle.

Pendant l'entr'acte qui sépara le prologue du premier tableau, Georges dit à son ami d'un air tout à fait désintéressé :

— Voyons un peu s'il y a quelques jolies femmes ici ce soir.

En même temps un homme de fort bonne mine, placé tout auprès des deux jeunes gens, mais à un autre rang de l'orchestre, disait à son voisin :

— Regardez donc à l'avant-scène du côté droit : quelle délicieuse créature.

Au spectacle comme partout ailleurs, plus qu'ailleurs peut-être, les hommes sont essentiellement imitateurs, et le premier mouvement de quelqu'un qui voit regarder dans une direction, est de porter les yeux du même côté.

Par une conséquence toute naturelle de cette disposition, le vicomte de Nodèsmes braqua immédiatement sa lorgnette sur la loge où trônait Mazagran, et poussant le bras de Georges, il murmura à son oreille d'une voix un peu émue :

— En effet, voilà une bien ravissante femme. Quels beaux yeux ! quelle charmante coupe de visage !

Georges eut l'air de chercher un instant dans la salle, puis arrivant à l'avant-scène de Mazagran, il s'écria comme pris d'un enthousiasme subit :

— En vérité, je n'ai jamais rien vu d'aussi enchanteur que cet ensemble... Vous avez un goût excellent, mon cher Jules.

— Savez-vous qui elle est ?

— En aucune façon ; mais ce doit être une femme du monde, à en juger par la grande distinction de sa personne, et le goût parfait qui a présidé à sa toilette.

— Ne trouvez-vous pas étonnant qu'elle soit toute seule dans une loge ! — demanda Jules à d'entragues, qui répondit :

— Remarquez, mon cher, que cette avant-scène a, selon toutes les probabilités, été louée pour elle, et qu'alors sa solitude n'a rien que de très-convenable.

— C'est juste, — reprit Jules. — Puis il ajouta après quelques secondes de silence qu'il employa à dévorer Mazagran des yeux : — Mon Dieu, que cette femme est jolie !

En ce moment l'orchestre joua une ritournelle, et la toile tomba sur le second tableau.

Mais la disposition d'esprit de M. de Nodêsmes était complétement changée, car son attention n'appartenait plus désormais aux incidents plus ou moins burlesques qui se déroulaient sur la scène. — Elle était entièrement absorbée par Mazagran, laquelle de son côté, en petite sournoise qu'elle était, trouvait le jeune homme fort à son goût, et jouait avec une rare perfection la comédie muette, dont Georges lui avait indiqué le matin les situations principales. Rien n'y manquait : ni le rire coquet pour montrer ses belles dents, ni la main mignonne nonchalamment appuyée sur le velours rouge du rebord de la loge, ni les discrètes et furtives œillades, aussitôt réprimées; nous croyons même être en mesure de pouvoir affirmer que Mazagran trouva moyen de rougir plus d'une fois, quand elle sentit arrêté sur elle le regard magnétique de Jules.

Il va sans dire que d'Entragues voyait tout cela avec une orgueilleuse satisfaction, lui metteur en scène habile du prologue d'amour qui se jouait dans la salle.

Pendant l'entr'acte suivant, le vicomte quitta sa place sans rien dire à Georges, et s'en alla coller son visage à la lucarne de l'avant-scène. — Mazagran qui l'avait senti venir avec ce *flair* féminin si infaillible, et que d'ailleurs Georges surveillait depuis sa stalle, se garda bien de tourner la tête, et le jeune homme dut se contenter d'admirer de plus près la taille charmante *de la belle inconnue*, et de prendre un aperçu de certains contours que le satin *feuille-morte* faisait ressortir admirablement, comme s'ils eussent été moulés en bronze florentin.

Quand il revint s'asseoir, Georges l'entendit murmurer pour la troisième ou quatrième fois :

— Mon Dieu! mon Dieu! que cette femme est jolie!

— Et quel air décent! — se hâta d'ajouter M. d'Entragues qui venait justement de surprendre une œillade un peu trop vive échappée à Mazagran.

Mais Jules était trop naïf encore pour lire toute la vie d'une femme dans un seul de ses regards.

La revue dramatique était terminée, et l'on allait finir le spectacle par un petit vaudeville en un acte, quand Jules vit Mazagran recevoir des mains de l'ouvreuse son châle et son chapeau, et se disposer par conséquent à quitter sa loge.

— Voulez-vous que nous la suivions? — demanda Georges négligemment.

— J'allais vous le proposer, mon ami, — répondit le vicomte d'un ton qui prouvait une vive gratitude.

Les deux jeunes gens quittèrent l'orchestre. — Mazagran passa devant eux avec le plus beau sang-froid, descendit l'escalier du théâtre, monta dans son coupé qui l'attendait, et dit au cocher :

— Chez moi.

Le remise de Jules n'était pas encore arrivé. Les deux amis furent donc obligés de suivre à pied, ce qui, du reste, ne paraîtra pas difficile à nos lecteurs, s'ils se rappellent la recommandation de Georges à Mazagran, de regagner au pas la place Ventadour.

Bref, M. de Nodêsmes savait une demi-heure après où demeurait la jolie femme de l'avant-scène du Vaudeville, et il alla se coucher, sinon très-amoureux déjà, du moins parfaitement préparé à le devenir.

XVIII

Castel-Madrid.

Le lendemain matin, de très-bonne heure, M. d'Entragues sortit de chez lui et fit deux visites : — la première, place Ventadour, à Mazagran, — la seconde, tout près de là, rue Port-Mahon, à M. le baron Aymeric Croisé de la Croisette, chevalier de plusieurs ordres et commandeur de quelques autres.

Ces deux visites devaient avoir un résultat important que nous apprendrons dans la suite de ce chapitre : bornons-nous à dire pour le moment, qu'il s'agissait pour Georges de tirer promptement parti de l'impression qu'avait faite sur l'esprit de Jules de Nodêsmes la charmante *veuve Lambertini*.

En rentrant chez lui, Georges trouva le vicomte tout habillé, et à la fois agité et rêveur. — D'Entragues, pour lequel les causes de cette mélancolie et de ce trouble assez mal dissimulés, n'étaient pas un mystère, se garda bien de parler à son ami des incidents de la veille au soir, et après avoir cherché, mais sans pouvoir y parvenir, à mettre Jules dans une disposition morale plus riante, il s'assit devant son piano, et laissant errer ses doigts sur les touches, il reproduisit comme par distraction le motif de cette bizarre mélodie qu'il avait entendu murmurer à la petite Pivoine dans les taillis du parc de Nodèsmes.

La vicomte tressaillit, écouta quelques minutes avec une profonde attention, puis s'approchant lentement de Georges, il lui posa la main sur l'épaule et lui dit avec une sorte d'impatience :

— Vous allez me trouver bien singulier, bien ridicule même, mon ami ; mais vous m'avez habitué à penser tout haut, à agir sans façon avec vous... eh bien ! je vous apprendrai franchement que j'ai fort mal dormi cette nuit, que je suis un peu souffrant ce matin, et que votre musique, qui me charmerait en toute autre circonstance, me porte horriblement sur les nerfs. — Excusez cet enfantillage, donnez-lui le nom que vous voudrez, mais soyez assez bon pour quitter votre piano et causons : vous savez que c'est toujours un grand plaisir pour moi.

Georges se leva immédiatement : il savait tout ce qu'il voulait savoir. — Évidemment puisque les souvenirs de l'amour passé étaient importuns, la passion naissante avait déjà une grande force : un observateur moins habile que d'Entragues l'aurait compris ainsi.

— Quoi ! vous êtes souffrant, mon ami ? — dit-il du ton le plus affectueux à Nodèsmes. — Cette vie de Paris, qui vous a violemment arraché à vos habitudes régulières, vous serait-elle déjà à charge ? — Si cela était, mon cher Jules, je serais le premier à vous engager à retourner en Normandie, et je vous proposerais même, dans le cas toutefois où cela pourrait vous être agréable, de vous accompagner et de passer une partie de l'hiver avec vous.

— Vous attachez trop d'importance à un malaise qui

n'est que passager, j'espère, mon cher d'Entragues, — répondit Jules avec une certaine vivacité. — Je suis venu à Paris avec l'intention d'y rester quelques mois, et je ne me donnerai certainement pas le ridicule d'abréger mon séjour, comme un avare qui craint de faire trop de dépense, ou comme un provincial niaisement atteint du mal du pays. — Je suis en mauvaise disposition ce matin, et voilà tout.

— Je le tiens ! — se dit Georges en lui-même. — Voulez-vous que nous allions respirer le grand air ? ajouta-t-il à haute voix.

— Bien volontiers... je sus sûr que quelques tours de boulevard me feront beaucoup de bien.

Les deux jeunes gens suivirent la rue de la Chaussée-d'Antin dans toute sa longueur en se donnant le bras, puis quand ils eurent parcouru plusieurs fois la distance qui sépare cette rue du passage des Panoramas, ils se dirigèrent vers le café Anglais, où ils se firent servir à déjeuner.

Bien que le repas fût silencieux, il se prolongea assez longtemps, grâce à la distraction des cigares et à l'occupation de la lecture des journaux. — Georges remarqua que Nodèsmes était toujours distrait et rêveur, et que tout en ayant l'air de lire avec attention, il laissait souvent errer sa vue à droite et à gauche, comme un homme dont l'esprit est occupé de tout autre chose que de ce qu'il fait.

Quand ils quittèrent le café Anglais, il était un peu plus d'une heure. — Comme la veille le ciel était pur, le soleil brillant, le pavé sec, et la foule élégante commençait à se répandre dans les rues.

Georges proposa la promenade accoutumée aux Champs-Élysées, ce que Jules accepta avec empressement, par suite de cet instinct commun à tous les amoureux, qui les porte à errer sans cesse, dans l'espoir de rencontrer enfin par hasard la femme qui les a charmés.

Naître dans l'incertitude, vivre dans le troublé et mourir dans la satiété, voilà en peu de mots la définition de cette ivresse qu'on appelle l'amour.

Jules en était à l'incertitude, et il avait la simplicité d'en être triste : le pauvre enfant!

Il proposa à Georges de monter dans leur voiture qu'ils avaient fait venir, et ils ordonnèrent à leur cocher de les descendre auprès du corps de garde situé à l'angle des Champs-Élysées, près du mur du jardin de l'ambassade ottomane. — Ils voulaient parcourir à pied la grande allée de droite où affluaient déjà les promeneurs des deux sexes, pendant que leur coupé suivrait au pas la chaussée du milieu.

A mesure qu'ils approchaient du rond-point, un observateur attentif eût pu remarquer que le regard de Georges était moins indifférent qu'il n'avait été jusqu'alors, et qu'évidemment il semblait chercher quelque chose à travers les flots pressés de la foule.

Enfin, non loin de l'avenue Marigny, M. d'Entragues aperçut deux coupés qui stationnaient l'un à côté de l'autre. — Un homme d'un certain âge était appuyé sur le bord de la portière de l'un de ces deux coupés et causait avec la personne qui en occupait l'intérieur.

— Voilà, si je ne me trompe, M. le baron de la Croisette, — dit Georges à son compagnon.

— En effet, je crois le reconnaître, — répondit Jules. — Comme il est encore bien pour un homme de son âge!

— Avec qui, diable! peut-il s'entretenir si vivement? — ajouta M. d'Entragues; — ce doit être avec quelque jolie femme, car, malgré ses cheveux blancs et son extérieur respectable, ce cher baron est encore un vert-galant dans toute l'acception du mot.

Puis, comme ils avançaient de plus en plus, ils se trouvèrent bientôt à la hauteur des voitures arrêtées; alors Georges se mit à siffler du bout des dents un air d'Opéra-Comique.

Soit hasard, soit convention faite d'avance (nous penchons pour cette dernière supposition), M. le baron de La Croisette se retourna, et, ayant reconnu les deux jeunes gens, il s'empressa de venir à eux, après avoir salué respectueusement la personne avec laquelle il était en conversation, comme pour lui demander la permission de la quitter un moment, ou prendre congé d'elle tout à fait.

— Je suis presque en bonne fortune, — dit-il à d'Entragues et à Nodêsmes en échangeant avec eux une cordiale poignée de main. — Vous me voyez là avec une des plus ravissantes femmes de Paris.

Jules glissa son regard dans le coupé qui n'avait pas changé de place, et il reconnut, avec une profonde émotion la jolie spectatrice du Vaudeville.

— Je retourne à mon poste, — ajouta La Croisette; — mais, si cela peut vous être agréable, nous nous retrouverons tout à l'heure. Quels sont vos projets? où allez-vous?

— Nulle part,; nous flânons sans but, comme de vrais enfants de Paris, — répondit Georges.

— Eh bien! — reprit La Croisette, — je vous offre une légère collation à Madrid, comme, par exemple, un verre de très-vieux madère, et quelques biscuits de Reims : Acceptez-vous?

— Sans aucun doute, — fit d'Entragues; — pourvu, toutefois, que cela convienne au vicomte, qui est un peu souffrant ce matin, et qui, peut-être....

— Je me sens beaucoup mieux, — interrompit vivement Jules, à qui la proposition de M. de La Croisette convenait beaucoup.

— Prenez donc les devants, — repartit le baron en s'éloignant; — je vous rejoindrai dans trois minutes; je n'ai plus que quelques mots à dire.

Les deux jeunes gens se hâtèrent de regagner leur voiture, dans laquelle ils prirent place.

— Il la connaît! il la connait, mon ami! — s'écria Jules dès qu'il furent assis; je pourrai donc savoir qui elle est.

— Ah! vous croyez donc aussi que c'est la jeune femme que nous avons vue hier soir au Vaudeville? — dit Georges. — Il me semblait bien la reconnaître, mais je n'en étais pas tout à fait sûr; j'ai une détestable mémoire pour les visages, fussent-ils les plus charmants du monde.

— Mais, mon ami, — répliqua Jules avec feu, — il est impossible d'oblier celui-là, quand on l'a vu une seule fois.

— Alors cela se trouve merveilleusement bien, — repartit froidement d'Entragues, sans avoir l'air de remarquer l'exaltation du vicomte. — M. de La Croisette, qui semble au mieux avec la belle inconnue, pourra nous donner quelques renseignements : laissez-moi faire, je saurai tout à l'heure si la place est abordable.

— Que croyez-vous qu'elle soit? — demanda Jules avec une vague inquiétude qui se trahit dans le son de sa voix légèrement émue.

— Voilà ce qu'on nous dira dans un instant, mon cher Jules.

— Mon Dieu, que Madrid est loin! — reprit Nodêsmes en se replongeant dans le coupé, après avoir mis la tête à la portière pour savoir si la voiture du baron les suivait.

On la voyait arriver dans l'éloignement.

Georges souriait imperceptiblement, mordait sa moustache et ne soufflait plus mot.

Enfin *l'énorme distance* d'un peu moins d'une demi-lieue, qui sépare Madrid de la barrière de l'Étoile fut franchie, et les deux amis mirent pied à terre dans la cour, déjà remplie de voitures et de cavaliers.

XIX

Castel-Madrid (suite).

Le restaurant ou le café de Castel-Madrid est, en dépit du nom assez pompeux dont on l'a affublé, et malgré la vogue dont il jouit depuis longtemps, un véritable cabaret, dont les *salons* ne sont guère plus élégants que ceux que nous avons décrit dans notre chapitre intitulé : *Le cabaret de la Grand'Pinte.* — Fréquenté par les *gentlemen riders* les plus célèbres de France et d'Angleterre, et par toutes les lionnes de l'Europe, il a conservé, tout en faisant de brillantes affaires, sa simplicité primitive, et il fait mentir d'une façon éclatante le proverbe qui dit que *les honneurs changent les mœurs.*

Georges demanda des cigares, et en attendant le baron Croisé de la Croisette qui ne pouvait tarder beaucoup à arriver, il prit place au soleil avec Jules, à l'une de ces petites tables vertes qui encombrent la cour au grand effroi des cavaliers novices dont la monture est ombrageuse et rétive.

Enfin le baron arriva! il demanda du vin de Madère et des biscuits, puis il s'attabla entre Nodêsmes et d'Entragues.

— A propos, baron, — dit Georges après avoir préludé adroitement à cette question par quelques paroles insignifiantes, — quelle est donc cette jeune femme à laquelle vous faisiez tout à l'heure votre cour d'une manière si compromettante pour votre moralité bien connue?

— Vous la trouvez jolie, n'est-ce pas? — demanda le baron au lieu de répondre.

— Charmante!

— Je le crois pardieu bien! — reprit La Croisette. — C'est tout bonnement la plus jolie femme que j'aie jamais vue, et j'ajouterai : la plus aimable, la meilleure et la plus intéressante.

Jules ne perdait pas une des paroles du baron : on eût dit qu'elles devaient décider de son sort.

— J'ai dit intéressante, — ajouta La Croisette, — parce qu'elle est malheureuse. Veuve si jeune, c'est...

— Ah! elle est veuve! interrompit Georges.

— Sans doute... d'un de mes vieux amis qu'elle a rendu parfaitement heureux...

— Et qui s'appelait? — interrompit de nouveau d'Entragues.

— Lambertini. Un très-bon gentilhomme italien, naturalisé Français, avec lequel j'ai été au service autrefois. Il était beaucoup, beaucoup plus âgé qu'elle, et il l'a laissée veuve sans grande fortune, après deux années seulement de mariage.

— Pauvre petite femme! — fit Georges d'un ton pénétré.

C'est l'être le plus parfait que je connaisse, — reprit le

baron. — Un vrai trésor! si douce! si bonne! parfaitement élevée, et très-bien née.., je crois même qu'il y a quelques alliances entre les la Croisette et les Flavy auxquels elle appartient: dans tous les cas les deux familles se valent.

— On le voit, — dit Georges sans sourciller, — la distinction semble lui être aussi naturelle que la grâce.

— Je l'ai connue toute petite fille, — continua La Croisette, — et elle a en moi la plus grande confiance. Figurez-vous que tout à l'heure, quand vous nous avez croisés, elle me faisait une confidence.

— En vérité, — s'écria Georges, — et que vous confiait-elle?

— Des choses qu'il serait fort mal à moi de divulguer, et que je dois tenir secrètes.

— Voyons, mon cher baron, le vicomte et moi nous sommes des gens d'honneur, d'une discrétion à toute épreuve.

— Trahir l'amitié! j'en suis incapable, et je n'y consentirai jamais.

— Le secret d'une femme jeune et jolie est fait pour être répété. Allons, soutenez-moi donc, mon cher Nodêsmes!

— Mais je ne sais trop, — balbutia Jules... — et nous n'avons pas le droit... cependant j'avoue que je serais très-curieux de connaître...

— Décidez-vous, baron, — interrompit Georges: nous sommes entre jeunes gens...

— Ce n'est pas une raison.

— Nodêsmes et moi nous serons muets comme la tombe: n'est-ce pas, Jules?

Jules protesta de sa discrétion; mais malgré ces instances et ces protestations, le baron ne voulait pas céder.

— Prenez garde, mon cher baron, — reprit d'Entragues, — avec votre obstination à vous taire, vous allez nous faire supposer des choses...

— Quoi donc, bon Dieu ?

— Des choses fort graves... tandis qu'en réalité il ne s'agit peut-être que de quelque très-mignon péché d'amour. Croyez-moi il vaut toujours mieux dire la vérité aux hommes que de la leur laisser chercher : moi d'abord quand je suis en train de suppositions, mon imagination va un train de poste.

— Eh ! bien ! Messieurs, il ne s'agit pas même d'un mignon péché d'amour, comme vous le pensez, — dit La Croisette.

— Raison de plus pour parler.

— Je cède, mais c'est bien malgré moi; et vous me rendrez la justice que j'ai fait une belle résistance. Ah ! çà, je compte bien que vous ne répéterez pas un mot de ce que je vais vous dire.

— C'était promis d'avance. Commencez, nous sommes tout oreilles.

— Madame Lambertini me disait donc quand je vous ai rencontrés...

Le baron s'arrêta.

— Vous disait donc, — répéta Georges...

— En vérité je ne sais si je dois continuer...

— Dieu, mon cher baron, que vous êtes agaçant...

— Me disait qu'elle était allée hier soir au spectacle...

— La belle affaire! si son deuil est fini, elle en avait parfaitement le droit.

— Au Vaudeville, je crois, — continua La Croisette; — et que là elle avait remarqué un jeune homme.

Le front de Jules se rembrunit tout à coup, et un nuage passa sur ses yeux.

— Dont elle ne vous a pas donné le signalement, j'en suis sûr, — fit d'Entragues.

— Si pardieu, au contraire ! ledit jeune homme qui de son côté paraissait la regarder beaucoup, était blond, fort joli garçon, et il portait à la boutonnière de son habit un magnifique camélia rouge et blanc.

Georges poussa silencieusement le coude du vicomte, dont les yeux étincelaient de joie. Il se serait volontiers jeté au cou de M. de La Croisette, tant il paraissait transporté.

— Il faut convenir, — dit Georges, — que ce jeune homme est un heureux gaillard.

— A quoi cela lui servira-t-il ? — répondit le baron, — il ne connaît pas Adèle, il ignore sans doute où elle demeure, et il ne la reverra peut-être jamais.

— Qui sait ? — reparit Georges, en poussant de nouveau le coude de M. de Nodêsmes, dont le regard brillant de bonheur annonçait qu'il était au troisième ciel. — Le hasard est quelquefois bien habile, mon cher baron. Votre charmante veuve reçoit-elle ?

— Peu de personnes, mais très-choisies... sa maison est fort agréable.

— Êtes-vous en mesure de lui présenter quelqu'un ? Je vous demande cela tout franchement ?

— Sans doute : ceux que j'amène chez elle sont toujours les bien venus.

— Alors rendez-moi ce service : je vous en aurai une grande reconnaissance.

— Avec le plus grand plaisir.

— Et je suis sûr que mon ami Nodêsmes serait charmé aussi d'obtenir de vous la même faveur. — N'est-ce pas, Jules, que vous seriez bien aise de faire la connaissance de cette charmante femme, sous les auspices du baron ?

Sans aucun doute ! répondit Jules avec une chaleur qui trahissait l'agitation de son âme.

— Deux personnes à la fois, Ce sera peut-être beaucoup, — ajouta La Croisette, — surtout après les confidences que je viens de vous faire tout à l'heure... et je me demande s'il est bien prudent... une jeune femme...

— Qu'importe ? — interrompit d'Entragues, — puisque cette confidence n'intéresse malheureusement ni l'un ni l'autre de nous, selon toute apparence... d'ailleurs je vous le répète, mon cher baron : nous sommes muets comme la tombe.

— Allons je cède... je vous présenterai tous deux.

— Quand ?

— Ce soir même si cela vous convient : elle reçoit justement aujourd'hui.

— C'est entendu, — dit Georges en frappant dans la main du baron. — Nous irons vous prendre à huit heures et demie. Demeure-t-elle bien loin de chez moi ?

— Non, tout près.

Les trois verres de Madère étaient vides, les trois cigares étaient fumés : nos personnages remontèrent en voiture et retournèrent à Paris.

Jules tout en roulant, absorbé dans son bonheur, bénissait *le hasard*, et se promettait de trouver désormais tous les romans vraisemblables. — Georges ne disait rien et mordait sa moustache : nous savons que c'était sa manière de comprimer un éclat de rire dont l'explosion eût pu être indiscrète.

Le même soir à huit heures et demie, M. le baron Aymeric Croisé de la Croisette, chevalier de plusieurs ordres, et commandeur de quelques autres, précentait dans

les termes les plus flatteurs M. le vicomte Jules de Nodêsmes et M. le comte Georges d'Entragues à madame Lambertini, — née Adèle de Flavy, — qui les recevait à merveille.

FIN DE LA PREMIÈRE SÉRIE.

TABLE DES MATIÈRES.

—

PROLOGUE.

LE CONSEIL DES DOUZE.

Chap. I. Le bilan.................................... 5

II. Un dictateur............................... 17

III. Mazagran 29

PREMIÈRE PARTIE.

GEORGES D'ENTRAGUES.

Chap. I. Georges d'Entragues. — Coup d'œil en arrière. 41

II. Un début dans la vie................... 55

III. Le club des Phocéens.................. 73

IV. La chanoinesse........................ 85

V. Un fils de famille en province........... 101

VI. Pivoine............................... 115

VII. Esther............................... 135

VIII. Esther (*suite*)....................... 143

IX. Place Ventadour..................... 155

X. Diplomatie........................... 169

CHAP. XI. Le Conseil des douze................. 185

XII. L'histoire d'un cigare.............. 193

XIII. La chanteuse des rues.................. 211

XIV. Le Cabaret de la Grand'Pinte 221

XV. Comment on devient un lion.......... ... 253

XVI. Une loge au Vaudeville................. 249

XVII. Une loge au Vaudeville (*suite*).. 259

XVIII. Castel-Madrid....................... 267

XIX. Castel Madrid (*suite*)............ 273

FIN DE LA TABLE DES MATIÈRES.

Impr. de MUNZEL frères, à Sceaux.

OUVRAGES PARUS.

LES VIVEURS DE PARIS, par XAVIER DE MONTÉPIN. . . 4 vol.

LES AMOURS D'UN FOU, par LE MÊME. . . . . . . 1 vol.

GENEVIÈVE GALLIOT, par LE MÊME . . . . 1 vol.

LES CHEVALIERS DU LANSQUENET, par LE MÊME. . . 5 vol.

LA COMTESSE ALVINZI, par le marquis DE FOUDRAS. . . 1 vol.

LES GENTILSHOMMES CHASSEURS, par LE MÊME. . . . 1 vol.

MADAME DE MIREMONT, par LE MÊME . . . . . . 1 vol.

LES PÉCHÉS MIGNONS, par A. DE GONDRECOURT. . . . 2 vol.

LE DERNIER DES KERVEN, par LE MÊME . . . . . . 2 vol.

LES BOUCANIERS, par PAUL DUPLESSIS . . . . 4 vol.

SOPHIE PRINTEMPS, par ALEXANDRE DUMAS fils. . . . 1 vol.

TRISTAN LE ROUX, par LE MÊME. . . . . 1 vol.

CHASSES ET PÊCHES DE L'AUTRE MONDE, par H.-B.
Révoil. . . . . 1 vol.

UNE FAMILLE PARISIENNE AU XIXᵉ SIÈCLE, par madame ANCELOT. . . . . 1 vol.

SIMPLES RÉCITS, par CHARLES DESLYS . . . . . . 1 vol.

LA TRIBU DES GÊNEURS, par HENRY DE KOCK . . . 1 vol.

BRIN D'AMOUR, par HENRY DE KOCK . . . . 1 vol.

LE NID DE CIGOGNES, par ELIE BERTHET. . . . . . 1 vol.

L'ÉTANG DE PRÉCIGNY, par LE MÊME. . . . . . . 1 vol.

LA RECHERCHE DE L'INCONNUE, par ALEXANDRE DE 1 vol.
LAVERGNE. . . . . 1 vol.

LE COMTE DE MANSFELDT, par LE MÊME. . . . . . 1 vol.

UNE HISTOIRE DE SOLDAT, par madame LOUISE COLET. 1 vol.

RACHEL ET LE NOUVEAU MONDE, par L. BEAUVALLET . 1 vol.

LÉANDRES ET ISABELLES, par ADRIEN ROBERT. . . . 1 vol.

LE MENDIANT NOIR, par PAUL FÉVAL. . . . . . . 1 vol.

LES AMOURS DES RUSTRES, par ANGELO DE SORR. . . 1 vol.

SCEAUX. — IMPRIMERIE DE MUNZEL FRÈRES.